정토의 꽃

정토의 꽃

송경하 장편소설

차례

작가의 말

올해로 고려건국 1101년이 되는 해입니다. 이런 의미 깊은 해에 의식의 시계를 과거로 돌려놓고, 팩트와, 그 너머의 상상의 나라, 500년 동안 가장 광활한 영토를 통치했던 고려를 다시 한번 살펴보면서 다원화된 고려가 이룩한 찬란했던 문화유산 중에서 특히 세계 최초요. 최고의 발명품이라는 직지심체요절(백운화상초록불조직지심체요절)에 관한 글을 쓰게 되어 무한한 자긍심과 동시에 긴장의 끈을 놓을 수 없었습니다.

직지를 소재로 쓰는 글이라면 결코 상상으로 채울 수 없는 명백한 팩트 두 개를 관통하지 않고서는 피상적이거나 왜곡되어질 수밖에 없다는 생각 때문이었습니다. 즉 고려라는 시대적 배경과 직지 안에 담긴 내용, 말하자면 직지심체요절의 근간을 이루며 그 중심점에 놓인 방대하고 오묘한, 간과할 수 없는 불교적 사상이었습니다. 많은 고민을 했습니다.

우선 금속활자에 담긴 내용이 부처님의 법어집을 집대성한 경전이라는 점, 주조된 공간이 흥덕사라는 사찰이고 주관한 인물들 역시 승려였다는 사실 말고는 실존적 인물도 극히 제한적이었고 증거자료도 충분치 않았습니다.

또한 내용 역시 대부분이 한자로 된 불교용어였고 그 맥을 흐르는 사상 역시 법맥과 법통을 문자가 보편화 되지못한 당대에 서전심수(서책으로 사상을 계승)하고자했던 백운선사의 숭고한 뜻이 어렴풋이 가늠되기는 했지만 입증된 자료는 거기까지였습니다.

당시 고려는 불교를 국교로 삼았고 호국불교, 국태민안, 경천애민 사상을 통치이념으로 차용했을 만큼 고려와 불교는 밀월 관계였습니다.

경향각지에 흩어져 있는 민중의 의식을 하나로 통합하려 그 중심에 불교사상을 놓았고, 불교 역시 상구보리, 하화중생을 주련으로 걸고 나라가 위기에 처했을 대는 분연히 일어나 힘을 보탰고 나라의 정책에서 소외된 긍휼한 백성들, 즉 하층민을 보살피고 구제하는데 소홀하지 않았습니다.

그 후 고려가 이루어낸 예술적 가치가 빼어난 문화유산 대부분이 불교를 모태로 태어난 불교 유산이었다는 것만 보아도 불

교가 고려사회에 끼친 영향력을 짐작할 수 있습니다. 직지 금속
활자를 비롯해 불화, 불탑, 불상, 단청문양, 범종 등 오늘날에 와
서 그 우수성을 더욱 높이 평가 받고 있는 품격 있고 예술성 높
은 문화유산이 고려시대 불교를 모티브로 제작되었으니까요. 더
불어 고려인들이 지닌 예술적 직관, 그리고 수용력이 우수했다
는 것을 엿볼 수 있는 대목입니다. 제작된 불화는 경향 각지의
사찰은 물론이고 왕족이나 귀족들의 개인 원당에 까지 안치가
되었으니까요.

유감스럽게도 해외로 밀반출된 문화재들 중에는 대부분이 고
려의 문화유산이라는 점이 무엇을 의미하는지, 우리가 다함께
새겨야할 부분입니다. 설상가상 국내에 있는 고려의 문화 유물
도 북녘 땅에 치우쳐 있고 그나마 남한에는 유일하게 청주에서
고려의 유물이 출토되고 있다는 사실에 주목해야할 필요가 있습
니다.
미루어 짐작컨대, 고려의 문화, 학문의 중심지가 지방 도시로
는 청주가 유일했던 게 아닌가, 백운선사는 왜 청주를 금속활자
의 주조지로 선택했을까요,
그 이유는 사료에서도 찾을 수 없었습니다. 상상에 기댈 수밖
에 없었지요. 천혜의 기후조건, 강우량이 많지 않고 기온의 편차
가 크지 않고 거기에 그곳 사람들의 유순하면서 학문과 예술을

숭상하기를 좋아했던 성품이, 당시 백운선사가 금속활자를 주조하기에 가장 부합한 곳으로 낙점한 이유가 아니었을까, 생각하면서.

이러한 모티브를 기저에 두고, 사실적 가치가 훼손되지 않게 팩트에 충실하려 정확한 연대나 참여했던 인물들을 역사 속에서 불러내어 허구의 인물들과 같은 공간에서 말하고 행동하게 하려고 노력했습니다.

문학이란 역사, 종교, 철학, 심리, 신화, 그리고 작가의 우주관까지 총망라된 풍부한 사유의 바다에서 피어낸 장엄한 꽃이 아닐까 감히 정의해 봅니다.

역사학자 중에는 세계 최초인 직지금속활자본이 관서가 아닌 지방의 한 사찰에서 주조되었다는 점을 들어 직지를 폄훼하기도하지만 그건 당시 고려사회에서 사찰의 위상을 고려하지 않은 트집에 지나지 않을 뿐입니다.

국교가 불교인, 고려사회에서 사찰은 곧 관서였습니다. 역병이 돌때면 민간요법으로 치료해주었고 기근에 허덕이는 백성들에게는 식량을 나누어 주었고 뿐만 아니라 물물 교환하는 장소로, 드물게는 외국 사신을 접견하는 장소로 사찰을 이용했다는 기록이 있습니다. 고려에서 사찰의 역할은 절대적이었다는 부분을 짐작케 하는 대목입니다.

불교는 신神, 귀鬼, 혼魂을 요체로 삶과 죽음, 윤회, 사후의 세계, 내세관에 천착하며 초월적이고 초자아적인 영혼불멸의 세계, 언젠가 돌아가야 할 영혼의 안식처, 진리의 바다입니다.

2020년 경자년 일월 관악산 들머리에서

삼인행이면 필유아사, 라

강기슭을 스쳐온 바람이 새치름했다. 절기상으로 이미 입동이 지나고 시월 하순으로 접어들고 있었다. 노대를 잡은 뱃사공은 뜻밖에 퍽 앳돼 보였다. 넉넉잡아 보아도 열에 칠팔 살 정도로밖에 보이지 않은 소년이었다.

어린 사공은 바람의 세기나 방향을 가늠하려는 듯, 고개를 들어 허공을 올려다보았다. 바람은 분명 앞에서 불어오고 있었다. 앞으로 나아가려는 배에는 역풍이었다. 사공의 얼굴에 잠시 불안감이 나타났다 사라지고, 다시 고개를 내려 뱃전에 앉아있는 길손들을 하나하나 훑듯이 바라본다. 띄엄띄엄 건너 앉은 길손들의 행색 역시 예사로워 보이지 않았다. 잿빛 무명천 승복차림의 길손은 아까부터 바랑을 가슴에 꼭 끌어안은 채 가부좌를 틀고 앉아있을 뿐, 별다른 움직임도 표정의 변화도 없었다. 그 옆으로 구릿빛 얼굴에 갈매색 잠뱅이를 아무렇게나 걸친 듯한 사내는 눈알을 자주 굴려 주위를 두리번거리는 모양새가 불안한 듯 보였다. 그의 행색으로 보아서는 중인 정도의 장인 같은데 놋쇠 징 바닥만큼이나 넓적한 얼굴을 양옆으로 곱슬곱슬하게 자란 검은 구레나룻 수염이 얼굴을 절반이나 덮고 있었다. 사공의 발치 가까이에 다소곳이 앉아있는 젊은 미소년은 입을 한 일 자로 굳게 다물고 겉으로 보기에도 귀티가 흘러 양반 댁 도련님 같은데 무슨 일로 이 나룻배를 탔는지 그 까닭은 알 수가 없었다. 이즈음 들어 이 무심강을 건너 청주목으로 들어오는 길손도, 나가려는 사람도 없이, 한가롭고 적적하기만 하던 고을에 모처럼 찾아든 길손들이었다.

사공은 노를 젓기 시작한다. 하얀 서리 같은 입김이 날숨에 섞여 뿜어 나오다 바람 속으로 흩어진다.

늦가을 해는 빠르게 그 빛과 열기를 잃어가고 얼굴에 와 닿는 바람이 더 한랭해져있었다. 긴장한 듯, 미동도 없이 가부좌로 앉아있던 젊은 승이 가슴에 안고 있던 바랑을 조심스럽게 풀어 무언가를 꺼냈다. 잿빛 무명천을 촘촘하게 누벼 만든 둥그런 모자였다. 한기 품은 바람이 민머리를 스치자 시린 모양이었다. 모자를 머리 깊숙이 눌러쓰자 눈과 코만 덩그러니 남겨졌다. 야위고 수척해 보였지만 초롱초롱한 동공에서 뿜어져 나오는 광채로 보아서는 퍽 총명해 보였다.

사공은 마음이 조급해진다. 오늘따라 유난히 강폭이 넓게만 느껴진다. 하필이면 이런 날 서풍이 불어 배가 앞으로 나가지를 못하고 그 자리에서 자맥질만 치고. 가뜩이나 낡고 투박해진 목선인데 역풍까지 불어대니, 두건 아래 이마에서는 진득하게 땀이 배어나와 번들거리고, 양 볼은 상기되어 발갛게 물들어있었다.

젊은 승이 지그시 눈을 감는다. 어쩌면 이 강을 건너지 못하고 배가 뒤집히기라도 한다면 바랑 안에 들어있는 스승이 손수 쓰신 직지심체요절의 운명이 어찌 될지, 불안감이 먹구름처럼 몰려들고 있었다.

백운화상이 입적하신 지가 이태 해가 되어가지만 아직까지 스승의 유업이었던 부처의 최상의 깨달은 생각이요, 선의 요체로서 중생에게 죽비소리처럼 전해질 직지심체요절 주자본을 내놓지 못하고 있었으니 제자로서 스승에게 할 도리를 못하고 있는 것 같아 자책해 오고 있었던 참인데. 혹여 이배가 전복 되기라도 한다면 꼼짝없이 스승의 뼈를 깎는 탁마수행으로 얻어진 직지 원본이 못쓰게 될 터, 젊은 승은 강 한가운데에서 자맥질만 치고 있는 배를 걱정스럽게 내려다본다. 역풍은 더욱 거세지고,

낡은 목선은 방향을 잡지 못한다. 젊은 승이 입술을 달싹거려 주문을 염송하기 시작한다. 관세음보살 나무관세음보살… 무구정광대다라니경이었다.

"이봐 애송이 사공, 이름이 뭐이가?"

팽팽한 긴장감을 찢고 촐싹거리는 목소리가 들렸다. 주문을 외고 있던 젊은 승이 소리 나는 쪽으로 고개를 돌려 흘끔 바라본다. 구레나룻은 별 상관없다는 듯 시선을 사공에게만 꽂아두고 대답을 기다린다. 사공은 아무런 대꾸가 없었다. 이 불안한 상황에 이름을 묻는 길손이 달가울 리 없었다. 어느새 두건 아래 이마에는 땀방울이 송글송글 매달려 있었다. 구레나룻은 어린 사공의 얼굴에서 시선을 떼지 않고 있었다.

"강무길 이래 유~"

한참만에 대답을 하면서 사공은, 귀찮다는 듯 목소리가 퉁명스러웠다.

"무길, 강무길. 거 참, 이름 한번 절묘하구래. 어쨌거나 이 무심강에서 뱃사공 할 이름이디. 긴데, 어띠 글케 팔에 힘이 없디?"

구레나룻 사내는 이번에는 질책하는 말투였다. 미소년 선비나 젊은 승 모두 마뜩잖은 듯 구레나룻 쪽으로 고개를 돌린다. 두 길손은 구레나룻을 멀뚱히 바라만 보다가 말없이 고개를 돌려 젊은 승은 경을 다시 염송하고, 미소년 선비는 바람에 흐트러진 갓끈을 고쳐 맨다.

"집에 가서 어마이 젖 좀 더 먹어야겠구래."

구레나룻이 이번에는 노골적으로 사공을 향해 이죽거린다.

"길손님 그러지 맙세다. 다 사정이 있으니게유. 아이쿠, 요놈의 팔자."

어린 사공은 이죽거리는 말투가 몹시 거슬린 것 같았다. 얼굴을 찌푸리며 팔자까지 들먹여 자신의 처지를 자조했다. 가뜩이나 배가 역풍을 만나 나아가지를 않아 이 길손들을 무사히 건네줄 지, 긴장감에 휩싸여있는 판에 한가하게 말장난이나 걸어오는 나그네가 성가신 것 같았다.

젊은 승은 그때까지 주문을 염송하고 있었다. 바람이 조금 잦아드는가 싶더니 서서히 방향이 바뀌어 지는 것 같았다. 강 저쪽으로 나아가려는 배에는 순풍이었다. 사공은 물론, 배 안의 길손들의 얼굴에도 안도의 빛이 서서히 나타나고 있었다.

"헤헤, 애송이 사공. 이 고을에 미색이 출중한 기생이 있다던디, 혹시 아시는가?"

구레나룻 사내가 주위를 슬쩍 돌아보고는 안도하고 있는 틈새를 노려 의중에 숨기고 있었던 말을 꺼내놓았다. 그리고는 사공의 입매에 시선을 꽂아놓고 대답을 기다린다.

사공은 시선을 먼 산에 던져 놓고 노만 연신 저어댄다. 사공을 올려다보고 있던 구레나룻이 조금 멋쩍어지는지.

"하긴 사공 같은 주제가 기방을 알 턱이 있간."

이번에는 더 비아냥거리면서 사공의 성정을 돋운다.

"그렇지요, 그런 거는 재물이 많거나 벼슬이 높은 나으리들의 호사스런 유희입죠. 우리 같은 천것들이야 관심 가져 무엇하겠시우. 목구멍에 풀칠하기도 힘든 판에."

사공의 대답은 퍽 자조적이었지만 소년답지 않게 옹골찼다. 상대의 말이 같잖다는 투로 비틀어버렸다. 구레나룻이 무르춤해져서 먼 산 쪽으로 시선을 돌린다. 그러다가 이내 고개를 돌려,

"댁은 뉘시며 어디로 가는 길이오까?"

이번에는 뱃전에 말없이 앉아있는 미소년 선비를 향해 말을 던졌다. 구레나룻은 잠시도 가만있지를 못하고 나댔다. 선비는 아무런 반응을 보이지 않고 그대로 정면만 응시한 채 앉아있었다. 그는 마치 남장을 한 여인네처럼 이목고비의 선이 섬세했다. 구레나룻은 자신의 말을 무시해버리는 것 같은 선비를 힘이 바짝 들어간 눈빛으로 쏘아보듯 하고 있다. 그러자 자신의 얼굴에 꽂힌 구레나룻의 강렬한 시선을 의식했는지 선비가 고개를 돌려 흘깃 구레나룻을 쳐다보았다.

"저 홍덕사를 찾아가는 길이오."

선비의 목소리는 뜻밖에도 생김새와 다르게 중저음에 무게감이 실려 있었다. 별로 말하고 싶지 않다는 뜻으로 들렸다.

"홍덕사! 무슨 일루? 나도 기리로 가는 길이디. 헤 헷."

구레나룻은 반갑다는 듯 너스레를 떨었다.

"거 참 듣자 듣자하니 초면에 말이 많소이다. 차림새로 보아 이 목선을 탄 사람 모두 목적지가 청주고을에 있는 흥덕사인 것 같지 않소."

젊은 승은 묻지 않고도 짐작할 수 있는 것들을, 아까부터 구레나룻의 행동거지가 퍽 경망스럽다고 느끼면서도 지켜보고만 있다가 이제 지청구를 친다. 순간 구레나룻의 얼굴에 불쾌감이 일고 있었다. 젊은 승을 한참이나 눈초리를 세워 쏘아보고 있는 사이, 나룻배는 미끄러지듯 강나루 가까이 다가들고 어린 사공은 긴장감에서 풀려난 듯 긴 날숨을 뱉는다.

저만치 황금빛 새 이엉으로 지붕을 단장한 초가지붕들이 빨간 고추가 널린 채반들을 이고 오종종 모여앉아 있는 마을이 눈앞에 다가든다.

"저기, 저 마을이 '청주목 운천마을'올시다. 보시다시피 청주목은 산세가 수려하고 햇볕이 단양하여 곡식이 잘 자라는 기름지고 풍요로운 땅이로소이다. 이런 풍수에서 나고 자란 사람들 또한 유순하고 사심이 적어 이웃들 간에는 다툼이 없고 예와 덕을 귀히 여기는 곳이라고 소문이 나 있는 곳이지요. 저 산세들을 보시오."

젊은 승은 갑자기 고개를 들어 가까이 다가들고 있는 앞산을 손가락으로 가리키면서 청주목 풍수에 대해 설명을 한다. 미소년 선비나 지금까지 집중을 못하고 떠들어대던 구레나룻도 흥미로운지 승이 가리키는 곳으로 시선을 모은다.

'삼인행이면 필유아사라 세 사람이 길을 가면 필시 그 중 한 사람은 스승이라 했던가.

미소년 선비는 분명 이 좌중에서 이 승이 스승이었구나, 마음속으로 그의 범상치 않은 자태에서 법력의 수승함을 느끼고 있었던 터였다.

"이런 길지에 스승님의 뜻을 받들어 부처의 깨달은 사상과 선지자의 법어인 직지심체요절을 영원히 보존하고자 이 소승도 흥덕사로 찾아가는 길이외다."

젊은 승은 자신의 신분을 드러내면서 청주목에 찾아든 이유를 설명했다.

"직지심체요절! 아니, 몇 해 전, 백운화상이 금속활자본으로 만들려고 흥덕사로 찾아왔다가 큰스님으로부터 내용이 미흡하다며 더 보완할 것을 권유 받고 돌아갔다는 그 법어집 말입니까."

미소년 선비는 어디서 들었는지 직지심체요절을 잘 알고 있었다.

"그렇다면 스님이 백운화상의 수제자이신 석찬스님이시구려?"

선비는 반색을 했다.

"그렇소만 댁은 누구시길래, 이 소승을 알아보는지요?"

"아~, 이 고려 땅에서 백운화상을 모를 사람이 어디 있겠소,

그러다보니 바늘과 실처럼 그의 제자인 석찬스님도 승가에서는 꽤 알려져 있지요.”

“민망합니다. 불초소생 스승의 명성에 흠결이나 되지 않을까…”

젊은 승은 자신의 얼굴에 집중되는 선비와 어린 사공의 시선을 의식한 듯했다. 젊은 승이 이 고려의 백성들이라면 누구나 만나 뵙기를 원하고 혹 소문으로 듣기만 하여도 마음의 스승으로 여기는 백운화상의 수제자 석찬이었다는 것이 드러나자 구레나룻은 아까와 달리 조금 풀이 죽었다. 애써 외면하며 먼 산만 바라보고 있었다. 그저 승복만 입었지 저잣거리에서 구걸이나 하는 탁발승이려니 했었는데, 법력을 갖춘 승이라니 다소 심기가 불편해지고 있었다.

“저 역시 절에서 부르면 찾아가 불화를 그리는 화동 솔뫼이옵니다.”

이번에는 미소년 선비가 자기를 소개했다.

“솔뫼! 많이 듣던 이름 같소. 불화를 그리는 화가, 송나라에 유학하여 불화 그리는 법을 배웠다는 그 솔뫼 화가 말이지요? 어허, 이거 귀한 분을 만났소이다. 명성은 익히 들어 잘 알고 있는데 실체를 여기에서 만나는구려, 역시 청주목에는 귀한 인재들이 모여드는 곳인가 봅니다.”

젊은 승은 미소년 선비가 화가 솔뫼라는 것을 알고는 몹시 흡족해했다. 구레나룻도 화가 선비를 찬찬히 살펴보고 있었다.

배는 강나루에 다다랐다. 강섶을 하얗게 덮고 있는 억새 숲에서 서걱서걱 소리가 대지의 은어들처럼 들려왔다.

사공은 먼저 내려서서 배를 나루터기에 바짝 대놓고 수줍은 듯 서 있었다. 뱃삯을 받을 차례였다. 뱃삯이야 딱히 정해진 게 없이 주는 대로 받았다. 먼저 구레나룻 사내가 차고 있던 전대를 풀더니 은화 한 닢을 꺼내 사공의 손에 쥐어주고 내렸다. 뒤이어 미소년 선비는 바지 아랫단 행건 속에 깊이 넣어두었던 은화 세 닢을 찾아 어린 사공의 손에 쥐어주고, 스님은 내내 안고 있었던 바랑에서 자루를 꺼내 사공에게 건네주었다. 자루는 곡물인 듯 묵직해 보였다. 사공은 간만에 곡물을 만난 것처럼 자루를 덥석 품으로 안아 받았다.

배에서 내리자 스님은 말없이 잰걸음을 걷기 시작했다. 노루 꼬리만큼 남은 해가 산등성이에 걸려있고 사위는 어슴푸레해지고 있었다. 구레나룻도, 미소년 선비도 모두 스님의 뒤를 따르며 홍덕사 방향을 향해 발걸음을 재촉했다. 양쪽으로 가을걷이가 끝난 빈 들판이 석양빛에 물들어 끝 간 데 없이 펼쳐져있고, 버려둔 허수아비 사이에서 참새 떼들만 낟 가리들을 쫓아 이리저리 우르르, 째 재 쨱 몰려다니고 있었다.

"기리니께 우리는 같은 곳을 가는 길 동무였수다 기래."

구레나룻이 어느덧 아까의 기분에서 벗어났는지 걸쭉한 목소리로 침묵을 깼다. 젊은 승도 미소년 선비도 빙긋이 웃어보였다.

홍덕사 일주문이 저만치 보이고 일행은 가벼운 흥분과 함께 보폭을 넓혀 걷는다.

인연 처, 홍덕사

홍덕사는 긴 겨울을 날 채비에 부산했다. 채반에 널어놓은 고추가 가을볕에 꾸들꾸들 말라가고 뒷마당에서 부목처사 만질의 장작 패는 소리에 앞마당까지 흔들거렸다. 겨울을 날 땔감이었다. 묘덕은 공양간 댓돌 아래 쭈그리고 앉아 남새밭에서 서리를 두어 번 맞고 시들시들해진 무청을 새끼로 엮으면서 '차일피일 미루다가 별안간 눈설레라도 몰아치면 어쩌뉴' 절간에서의 월동준비는 민가보다 서두른다. 그만큼 산사의 가을은 짧았다. 잎사귀들이 물드는가하면 이내 떨어져버리고 예고도 없이 눈설레가 몰아치기도 했다. '동지섣달 그 삭풍을 어찌 견뎌낼꼬' 묘덕은 혼자 말을 또 중얼거린다. 엄동설한에도 재 날이면 빠지지 않고 홍덕사를 찾아오는 불제자들과 근동에 터를 잡고 살아가는 궁핍한 민초들을 생각해서 내년 봄까지 두고 먹으려면 월동가리가 여간 많이 드는 게 아니었다. 묘덕은 푸성귀 한 움큼도 헤프게 버리지 않았다.

뒤뜰에는 노적봉이 줄지어 서 있다. 홍덕사 소유의 기름진 옥답에서 거둬들인 곡식으로 봉을 지어 갈무리해 둔 것이다. 다행히 올해도 예년과 같이 풍작이었다. 열두 섬씩 들어가는 노적봉이 열일곱하고 낱 가마니가 예 일곱 개는 되었다. 이만큼이면 이 홍덕사 근동에서 혹한에 먹지 못해 굶어죽었다거나 부항이 들었다는 민초는 없을 것이었다. 긍휼한 민초들을 배불리 먹이지는 못해도 굶기지는 않을 양은 되었다. 모두 중생 구제해야할 식량들이었다.

불자들이나 민초들뿐만 아니라 올 겨울부터는 직지심체요절의 금속활자 제작을 이 홍덕사에서 할 것이라고 전갈을 들었던 터라, 홍덕사의 안 살림을 맡아 하고 있는 묘덕으로서는 여간 걱정이 아니었다.

금속활자를 제조하는 데 필요한 인력들 즉 공정별로 공인들을 많이 모셔 와야 할 텐데, 겨울 먹을거리를 넉넉하게 준비해야 할 거라고 진즉부터 큰스님의 말씀이 있었다.

공양간 아궁이로 통하는 굴뚝에서는 하얀 연기가 모락모락 피어오르고 있었다. 수자보살이 저녁밥을 짓는 모양이었다.

그동안 비워두었던 별채를 공인들의 처소로 마련해놓았고 그 옆에 회의실 겸 승원으로 쓸 방까지 부목처사 만질이를 시켜서 소재해 놓았다.

행랑채에 있는 국향실, 일로향실, 다실은 그대로 두었다. 그곳은 업둥이 드나들면서 산꽃, 들꽃을 꺾어다 꽂아 놓고 들어앉아서 자수도 놓고 가끔은 청소를 하기도 했다. 언제부턴가 업둥이 주로 기거하는 방이라는 것을 묘덕도 알고 있었기 때문이었다.

여주 취암사에서 백운화상의 수제자인 석찬이 직지의 금속활자본을 제작하기 위해 이곳에 내려올 거라는 전갈을 받은 게 여러 달 전이었고, 조정에서 불화를 그릴 화동을 물색해서 곧 내려보내겠다는 약조도 도솔을 통해 전해왔었다. 올 겨울부터는 손님들을 많이 치러 내야 할 것 같은데 먹을거리며 공임을 어찌 다 감당할 수 있는지, 묘덕은 이런저런 잔걱정을 하면서 익숙한 손놀림으로 분주하게 무청을 엮어내고 있었다. 업둥은 묘덕 옆에 붙어 앉아 무청을 한 코에 엮을 만큼씩 알맞은 크기로 떼어내어 묘덕 손에 건네주고 있었다.

"아이쿠나, 네가 그렇게 떼어주니 손놀림이 더 빨라지누만, 어서 끝내고 치워야한다. 손님들이 들어닥치기 전에."

요즘들어 묘덕은 부쩍 업둥의 비위를 맞추려 애를 쓰는 것 같다. 조그만 선행에도 다소 과장되게 칭찬을 하곤했다. 평소 묘덕답지 않은 모습이었다.

업둥은 묘덕의 칭찬은 귓등으로 흘려버리고 일어서서 제 방쪽으로 가버린다. 묘덕은 자신의 칭찬을 가벼이 여기는 것 같아 섭섭함이 밀려든다. 어릴 때는 묘덕할매, 묘덕할매 하고 부르며 어미처럼 따르고 순종만 하던 아이였는데.

묘덕은 업둥의 뒷모습만 멀뚱히 바라보고 있다. 새 다리처럼 가느다랗던 종아리에 어느새 보기 좋게 살이 올라있고, 마늘쪽같이 빈약하기만 했던 엉덩이가 소담스럽게 부풀어 있었다. 업둥이 어렸을 적에는 젖배를 곯아서인지 퍽 몸이 약했었는데…

묘덕은 산사에서 불시에 맡아 기르게 된 어린 핏덩이인 업둥 때문에 긴 밤을 꼬박 지새운 적이 부지기수였던 게 새삼 떠오른다. 우선 먹일 젖이 없어서 강보에 싸인 아이를 안고 근동의 젖어미를 찾아다니며 동냥젖을 얻어먹였고, 그것도 여의치 않자 쌀가루로 미음을 끓여 떠 먹여 배를 채워 주곤 했지만, 어미의 젖만 할까. 업둥은 유난히 병치레를 많이 하며 자랐다. 묘덕은 가만히 업둥의 나이를 헤아려보았다. 오라~ 벌써 열다섯 해가 지났네. 까마득히 잊고 있었는데, 그저 아이려니 하고 있었는데, 어느새 세월이 그렇게 흘렀나.

얼마 전, 수자보살로부터 '업둥에게 춘정기가 찾아온 것 같아유, 첫 달거리를 치렀시유.' 전해 들었던 말이 뇌리에서 되살아난다. 이럴 때 제 어미가 있었더라면 좀 좋아, 계집아이란 그저 커 갈수록 어미가 곁에 있어 주어야하는데, 묘덕의 얼굴은 깊은 시름으로 잠겨들었다.

업둥 어미가 배설물처럼 아이만 쏟아 놓고 제 몸도 추스르기 전에 간다온다 말 한마디 없이 사라져버렸다. 묘덕이 그런 핏덩이를 품어 안은 지 열다섯 해, 단 한 번이라도 찾으러 오려니했던 기대는 아직까지 버리지 못하고 있지만, 묘덕은 어린 업둥에게 밥 먹이고 잠재우고 하는 일보다 요즘 더 힘든 게 그녀의 마음을 헤아리는 일이라는 것을 벽처럼 막막하게 느끼고 있는 터였다. 걷잡을 수 없이 변덕스러워졌고 혼자서 일주문 밖으로 나갔다가 저녁 늦게 돌아오고 잘 먹지도 않고 방안에서만 틀어박혀 무슨 생각을 하는지…

묘덕은 아무리 궁리를 해봐도 업둥과 소통이 되지 않으니 답답할 노릇이었다. '모진 아낙.' 묘덕은 업둥을 어미의 품으로 돌려보내고 싶을 때면 자신도 모르게 내뱉는 말이었다.

공양간에서 저녁공양 준비하는 수자보살의 요란한 칼질소리가, 뒤뜰에서 장작 패는 만질의 도끼소리와 불협화음을 이루면서 고요한 산사를 울린다. 저러다가 또 명운스님한테 꾸지람 듣겠다. '보살! 그렇게 조심성이 없어서…, 절간의 공양주노릇을 하려면 반 수행은 되어 있어야하는데, 정 그러다간 절간에서 쫓겨날지도 몰라.' 명운스님의 거친 음성이 들릴 것만 같아, 묘덕은 마음을 졸이며 어서 무 채 썰기가 끝나기를 기다리고 있었다.

　석공스님과 도환은 대웅전 앞문에 창호지를 발라놓고 틈새로
찬바람이 새어들까 봐, 겨울에는 바늘구멍으로 황소바람이 든다
지 않던가, 틈새막이로 볏짚을 엮어 만든 마름을 덧대어 둘러친
다. '저기 오동나무나 느티나무에도 마름옷을 입혀 주어야지.'
큰스님도 곁에 나와 앉아 석공과 도환이 일하는 모습을 지켜보
며 세심한 부분까지 빠뜨리지 말라고 일깨워주고 있다.
　절 마당가에 서 있는 아름드리 노목들에도 짚으로 엮어 만든
마름옷을 입혀주어야 겨울 삭풍과 매서운 칼바람을 견뎌내기 때
문에 해마다 해 온 빠뜨릴 수 없는 산사의 월동준비였다.
　석공스님은 손재주가 좋았다. 벌써 설피도 몇 켤레 엮어서 시
렁에 매달아 놓았다. 동지섣달 폭설이라도 내리면 설피 없이는
한 발짝도 나갈 수가 없었다. 이런 손재주가 필요한 일은 석공스
님과 도환이 맡아 했다.

　땅거미가 내려앉을 무렵이 되자 홍덕사에 귀한 손님들이 들
이닥쳤다. 석찬 일행이었다. 나룻배에서 만났던 그 길손들이었
다.
　"어서들 오시게."
　큰스님이 대웅전 앞에 서 있다가 맨 먼저 보고 마당을 가로질

러 걸어 나오며 일행을 맞았다.

"큰스님 옥체 편안하신지요?"

석찬 일행도 선 채로 허리를 굽혀 코가 땅에 닿게 반배를 올렸다. 석찬이 허리를 굽히자 등에 매달린 가벼워진 바랑 안에서 직지원본 두 권이 한쪽으로 쏠렸다. 묘덕도 무청을 엮느라 시퍼렇게 무청물이 든 손을 내밀어 석찬의 손을 잡으며 만면에 웃음을 지었다.

"먼 길 오시느라 고생 많으셨습니다. 오신다는 기별은 진즉 전해 들었지요. 그런데 어떻게 약조라도 한듯이 세 분이서 이렇게 만나셨는지요?"

묘덕은 서로 약조는 하지 않았을 텐데, 우연히 같은 날 홍덕사를 찾아 온 손님들이 신묘했다.

"네에, 저 나룻배에서 만났습죠."

구레나룻이 재빠르게 대답했다.

"어서들 들어가십시다."

큰스님이 석찬 일행을 행랑채 접견실로 안내를 했다. 세 사람은 큰스님을 따라 걸음을 옮겼다.

"어서 듭시다."

큰스님이 말을 하며 격자무늬 국향실의 문을 열자, 방은 며칠 동안 청소를 하지 않은 듯 먼지가 뿌옇게 내려앉아 있었다. 업둥이 산에서 꺾어다 꽂아 놓은 산국이며 빨간 열매가 붙어있는 개암나무 가지며 까치밥 열매 등이 언제 꽂은 건지 알 수 없게 거무튀튀하게 시들어있었다.

큰스님은 석찬 일행에게 계면쩍은 것 같았다. 업둥이 소제를 해놓은 줄 알았는데…

"자, 여기 좌복이 있습니다. 앉으시지요."

부목처사 만칠이가 아까 장작불을 지펴놓아서인지 방바닥은 은근하게 따듯했다.

"네에, 그럼 절부터 받으시지요."

석찬이 먼저 큰스님에게 넙죽 절을 올렸다. 그리고 자리에 앉은 다음,

"소승, 법명이 석찬이옵니다. 백운화상을 사부로 모시고 정진했습니다만 아직 미혹을 다 여위지는 못했습니다."

석찬은 고개를 조아리고 난 다음 가부좌를 지었다. 그의 행동거지는 어느 모로 보나 무척 겸손해보였지만 정중했다. 가까이에서 본 홍덕사 큰스님은 화상에게서 들었던 것보다 더 연로해 보였다. 카랑카랑한 음성만이 위엄이 서려있어 선지자의 법성처럼 들렸다. 오랜 수행의 결과이리라. 옆에서 대기하고 있던 미소년 선비는 고개를 끄덕이고는,

"솔뫼이옵니다. 사찰을 찾아다니며 주로 불화를 그리지요. 아직 화가라 일컫기에도 민망합니다."

"저, 주물장이 서마동이드래요. 쇳물을 녹여 청동 불상을 짓

기도 허디. 때론 범종을 만들기도 허디오. 기리던 중에, 혜, 혜 홍덕사 큰스님께서 부르신다는 전갈을 받고…"

솔뫼의 말이 채 끝나기도 전에 주물장이는 자신을 소개했다. 석찬과 솔뫼는 적이 놀랐다. 둘이 동시에 구레나룻을 바라보았다. 나룻배에서는 자신의 하는 일에 대해서는 일언반구 말이 없더니 쇳물을 다루는 주물장이였구나. 석찬은 조금 미안했다. 솔뫼도 시선을 거두어 다시 큰스님을 바라보았다. 그는 하는 일에 비해 대우가 허술하다고 불만을 털어놨다. 불화를 그리는 환장이는 귀한 대접을 받고 쇳물을 녹여 부처님의 거룩한 형상을 재현해내는 주물사는 허접하게 대한다며 평소 가지고 있었던 불만을 큰스님에게 노골적으로 털어놨다. 순간 솔뫼가 화들짝 놀라며 마동을 향해 얼굴을 찌푸렸다. 환장이라는 말이 몹시 거슬린 것 같았다. 마동은 개의치 않고 큰스님의 대답을 기다리는 것 같았다. 아까 나룻배에서 석찬에게 들었던 지청구 때문에 자존심이 상한 것을 큰스님에게 위안 받고 싶은 건지, 이번 일에서는 공임을 높여서 쳐 달라는 설레발인지…, 큰스님은 빙그레 웃기만 했다. 주물사 마동과 큰스님은 오랜 친분이 있는 듯 보였다. 그의 너스레나 하소연에 잔잔한 미소만 짓고 있는 것이 그런 추측을 하게했다. 그렇다면 묵언스님은 당연하게 금속활자를 주조하는데 주물사주조로 하실 생각이었을까? 주물사를 미리 청하여 놓은 걸 보면, 석찬은 미처 거기까지는 생각을 하지 못했는데.

"큰스님, 곡차를 올릴까요? 곧 저녁 공양 드실 시간이라서 어떨지 여쭙습니다."

큰스님의 시자승인 것 같았다. 목소리가 퍽 앳된 미성이었다. 이제 겨우 동자승을 면했을까말까 한 소년의 음성이었다. 어느새 어둠이 내려앉았는지 국향실 격자무늬 틈으로 새어나간 호롱불 빛이 추녀 끝에 매달려있었다.

"공양을 먼저 들어야 하지 않겠느냐. 손님들 먼 길 오시느라 시장하실 텐데. 내 공양 상은 석찬스님과 겸상해서 내방으로 가지고 오너라."

"예, 스님."

묵언스님은 콕 집어 석찬과 자신만 독대해서 공양 상을 받겠다고 시자에게 말했다.

솔뫼와 마동은 흘끔 서로를 바라보았다. 그것은 곧 둘이서만 은밀히 나눌 얘기가 있다는 암시인 것 같아 석찬은 내심 뿌듯해졌다. 둘이서 의논해야할 거리로 치자면 석찬의 이야기 보따리가 훨씬 더 클 것이기 때문이었다.

"자, 석찬스님 가십시다. 내 방으로요."

모두들 일사분란하게 일어나 석찬은 큰스님을 따라 요사채로 향하고, 솔뫼 화동과 주물사 마동은 시봉을 따라 공양간으로 각자 발걸음을 옮겼다.

공양간은 부산스럽다. 채식과 소반이 절간 음식의 근간이지만, 귀한 손님을 모셔놓고 나물 반찬 한 가지라도 더 상에 올리려는 게 인지상정인지라 묘덕은 나물을 다듬고 부목처사 만질은 아궁이 앞에 쭈그리고 앉아 굼뜬 손놀림으로 장작불을 지핀다.

장작에 불꽃이 쉽게 옮겨 붙지 않고 검은 생연기가 풀풀 피어올라 공양간을 채운다. 만질이 아궁이에 얼굴을 바짝 디밀고 입으로 '훅' 바람을 불어넣자 불꽃이 '확' 일면서 연기와 불꽃에 만질의 낯빛이 홍시처럼 익어 보였다.

"오메, 이 오살. 만질이! 사람 잡네."

수자보살이 연기에 눈을 질끈 감은 채, 오만상을 찌푸리고 만질에게 거칠게 역정을 부린다.

"어허 수자, 객방에 손님 모셔놓고 무슨 무례한 언행인고."

묘덕이 수자를 나무란다. 왠지 모르게 수자는 만질이라면 고양이 쥐 잡듯했다. 부목처사 만질도 비록 말 못하는 벙어리이지만 이제 나이가 드니 머리 밑에서 억새 뿌리 같은 흰머리가 주뼛주뼛 올라오는 게 보여 묘덕은 연민의 눈빛으로 지켜보고 있는데… 수자는 같은 천민 처지에 만만한 만질에게 자신의 열등감을 투영시키려는 마음이라는 걸 묘덕이 어렴풋이 눈치는 채고 있었다. 묘덕은 수자 공양주의 그런 언행이 눈에 거슬러 야단을 쳐도 소귀에 경 읽기였다. 명운스님 말이라야 좀 먹혀들지. 그럴 때도 부목처사 만질은 얼굴에 아무런 변화가 나타나질 않는다. 말을 못하는 벙어리에다 귀도 잘 안 들리는 것 같았다. 그는 소처럼 묵묵히 굼뜨지만 성실하게 시키는 대로 일을 했다. 흥덕사절 뒷마당에서 장작을 패고 아궁이마다 장작바리를 안고 다니면서 불을 지핀다. 여름이면 석공스님과 함께 마당을 온통 덮고 있는 잡풀을 뽑고 꽃을 심어 가꾼다. 그도 젊었을 적에는 무심강에서 뱃사공 일을 했다. 그러다 얼마 전에, 남의집 일에 품팔아 생계에 보태던 아내마저 죽자 뱃사공 일은 아들, 무길에게 맡기고 흥덕사에 들어왔다. 그는 절 허드렛일을 맡아하고 있는 부목처사다. 가을이면 묘덕보살이 그 품삯으로 곡식과 말려놓은 채소 따위를 지게에 지워 사가로 보내 주곤 한다.

업둥이 공양간 문을 밀치고 들어선다. 수자가 등 뒤에서 업둥의 발소리를 들었는지 뒤를 돌아보고는
"어디 있다가 이제사 끼데 나오는 겨."
이번에는 애먼 업둥에게 불통이 튄다. 묘덕의 지청구 효과는 오래가지 않는다. 묘덕의 지청구 따위는 수자에게는 일상이었다. 대들지 않고 들으면 그나마 다행이었다. 그녀는 키가 여느 사내 못지않게 컸다. 큰 게 키뿐만 아니었다. 만질이나 업둥에게 욕지기를 퍼부을 때면 왕방울 같은 눈을 뒤룩거렸고 목청도 우렁차서 공양간 지붕이 들썩거리는 것 같았다. 뚝심도 세서 쌀 한

섬지기는 누구의 도움 없이도 거뜬히 들어올렸다.

'계집이 저렇게 드세서 어디다 쓸고.' 묘덕은 혼잣말처럼 내뱉곤 했었다. 묘덕은 그런 그녀가 처음 흥덕사에 공양주로 들어왔을 때, 절간에서는 허드레 일하는 사람이라 할지라도 반 수행자는 되어야한다며 절간의 법도를 가르치려 애를 많이 썼다. 그러나 그녀의 억센 천성에다 살아오면서 뿌리박힌 척박한 습관은 쉽게 바뀌지 않았다. 말해봐야 그때뿐이었다. 묘덕은 그녀의 언행을 바로잡으려는 시도를 포기할 수밖에 없었고 그저 언젠가 근이 익으면 스스로 깨우칠 날이 있겠지, 지금은 명운스님이 가끔 호통을 칠 뿐 다른 스님들은 그러려니 지켜볼 뿐이었다.

요사채 큰스님 방에서는 큰스님과 석찬이 마주 앉자마자, 큰스님이 얘기의 서두를 꺼냈다.

"백운화상이 이 흥덕사를 다녀간 후로 성불산 성불 암자 옆에 토굴을 짓고 용맹정진에 들었다는 소식은 도솔에게서 전해 들었지요. 그리고 그 후로 오랫동안 소식을 듣지 못했는데 화상이 입적하셨다니요."

"네에 그러하옵니다. 스승께서는 직지 집필을 완성하신 후, 여주 취암사 주지로 자리를 옮겨 그 역할을 수행하던 중 입적하셨지요. 스승이 토굴 수행을 마치고 여주 취암사로 만행을 떠날 때, 사실 화상의 몰골은 해골로 착각할 만큼 피골이 상접해보였

어요. 건강이 급속히 나빠지셨지요. 그러면서도 늘 직지의 금속
활자 편찬에 대한 염원만큼은 내려놓지를 못하셨지요."

석찬은 스승을 떠올리자 자신도 모르게 눈시울이 촉촉이 젖
어들었다.

"허허 그랬군요. 화상으로서는 직지의 편찬을 영혼의 세계로
돌아가기 전, 꼭 완수해야 할 과업으로 여겨졌겠지요. 그러면 뭐
따로 유언이나 임종 게 같은 건 없었나요?"

"네에 계셨습니다. 화상 스스로도 회생의 가망이 없다는 것을
감지하고 계셨던 듯 입적 하실 때, '마지막에 이르는 곳이 돌아
갈 곳이요 만나는 곳이 고향이니라'라고 말을 남기시고 예견된
순간을 편안하게 맞으셨습니다. 그때 스승의 세수 77세셨습니
다."

"직지심체요절을 몸소 집필해 놓고 그토록 염원했던 금속활
자본을 이루지 못하고 입적을 하셨군요. 그래도 다행입니다. 이
제 스승의 유지를 받들어 석찬스님이 금속활자로 찍어내어 펼치
면 되지 않겠습니까."

"네에, 그래야지요."

큰스님은 석찬이 말을 하는 내내 먼 기억을 더듬듯, 한참을 벽
면만 주시하다가 다시 말을 이었다.

"백운화상이 직지심체요절을 가지고 이 흥덕사로 찾아왔을
때가 아마…"

큰스님이 얼른 생각이 떠오르지 않은 듯, 눈을 찌그리고 기억을 더듬었다.

"소승이 알기로는 7년 전쯤으로 사료되옵니다."

석찬이 말했다.

"아아 그렇지요. 역시 석찬스님은 듣던 대로 총명하십니다. 금속활자를 제작하기에는 이 청주목이 최적지라고 화상은 생각하셨던 것 같았어요. 그도 그럴 것이 이 청주목이 기온의 편차가 크지 않고 강우량이 적어 금속을 다루기에 좋은 환경이지요. 거기에다 서책이나 주자본을 탑 속에 내장시키기에도 이만한 데가 없다, 라고 말이죠. 문제는 화상이 들고 온 직지가 금속활자본으로 재현시키기에는 내용이 난해하다는 생각이었어요. 부처님의 법어록을 어려운 뜻글자인 한문으로만 집대성한 책으로 그 가치는 더할 나위 없이 훌륭했지만, 문제는 이 난해한 한자를 읽고 해득할 민중이 이 고려 팔도에 과연 몇이나 있을까, 하는 것이었지요. 일부 수학의 도가 높은 선지자들의 점유물로 국한된다면 널리, 세세생생 불법을 전파하라는 부처의 뜻에 반하는 행태로서 결국 분별을 조장하는 결과가 된다, 이 말씀이지요. 그것이 선지자들의 도리는 아니지요. 진실한 깨달음이나 행해야할 인간의 도리는 귀천을 떠나 만 중생들이 지니고 실천해야하지 않겠어요. 석찬."

큰스님의 열변은 힘이 들어가 있었다. 깡마른 체구에서 저런 원기가 솟아나다니… 입가에는 흰 거품까지 끼어있었다.

"네에. 지당한 말씀이옵니다. 큰스님."

석찬은 누구도 쉽게 이를 수 없는 참으로 깊은 성찰에서 끌어올린 보석 같은 사유를 접하면서 가슴 저 깊은 곳에서 큰 울림이 다가와 마구 뛰는 것을 느끼고 있었다. 그렇다. 아무리 보배로운 생각이나 사상도 전달되지 못한다면 무슨 의미가 있을까. 석찬은 대오각성의 경지를 체험하며 할 말을 찾지 못하고 있었다. 큰스님이 다시 말을 이었다.

"직지라면 '바로 가리킨다'인데 다시 화상께서 민중에게 글로든 음성으로든 무리 없이 전해질 수 있도록 그 오묘한 이치를 쉽게 풀어서 화상의 어록으로 집필해보시오. 더군다나 글을 모르는 민중에게 그 가리킴의 대상인 부처의 깨달음의 중심 사상이 명징하게 드러나게 더 강화시켜 보시오. 반상이, 양반과 민초가 함께 이해하고 함께 지니고 함께 실천하도록 해야 합니다. 석찬스님, 가뜩이나 나라안팎이 흉흉한 이 시기에 민중의 동요나 폭거가 일어나서는 안 됩니다. 세심한 관심을 기울여야 할 대상은 귀족이나 양반이 아니에요. 제도권에서 소외되어있는 민초들이라고요. 석찬 이해하시겠어요."

묵언스님은 그때 백운화상의 청을 받아들일 수 없다며 되돌려 보냈던 게 그럴 이유가 있어서 라고 제자인 석찬에게 해명을 하는 것 같았지만, 그 이상 자신의 생각이나 평소의 신념을 설득력 있는 언변으로 표현하고 있었다.

"네에 세상사 모든 일에는 서두름이 없어야 일을 그르치지 않는다는 것을 그 후로 스승님도 충분히 간파하셨을 겁니다."

석찬은 묵언스님과 독대하여 불법에 대해 토론하면서 이야기 중에도 이성적 사유에 깊이 도달할수록 그에게서 무어라 표현하기 어려운 앎의 질량 같은 게 느껴져서 저절로 숙연해졌다.

"비록 화상이 금속활자 주자본까지의 편찬은 하지 못하고 입적하셨지만, 석찬 같은 영민한 문도가 나서서 이 과업을 추진한다면 누가한들 무슨 상관이 있겠소이까. 석찬스님이 이 일을 성공적으로 해내면 화상도 열반정토에서 무척 흐뭇해하실 겁니다요. 하, 하, 핫."

묵언스님은 이제야 다소 여유를 찾은 듯 호탕하게 웃었다. 짙은 잿빛 가사 속에서 야윈 어깨가 들썩거렸다. 그런 큰스님의 모습을 보니 석찬은 가슴이 뭉클해졌다.

"네에, 소승도 이 과업을 천명이라 여기고 있습니다마는 워낙 큰일이라 여러 선지자분들의 도움 없이는 어려움이 따를 것이라 사료되옵니다. 스님, 많은 관심과 지도 부탁드리겠습니다."

석찬은 큰스님 앞에 머리를 조아렸다. 이참에 큰스님에게 노골적으로 많은 도움과 재정적 지원을 구하고 있었다. 오고가는 절제된 말 속에 서로의 깊은 의중이 무겁게 담겨있었다.

화상을 추억하는지 잠시 말이 없던 묵언스님이 다시 말을 이었다.

"불가의 계율 중에 인연이라든가, 연민이라든가 사로잡히면 일을 그르치고 만다는 게 있어요. 석찬!"

큰스님은 다소 생뚱한 말을 하고서 입가에 묘한 미소가 매달렸다. 그것은 어쩌면 화상에게 추상처럼 싸늘하게 대했던 것에 대한 회한인지 아니면 그랬었기에 육신을 버려서 영혼을 살찌우는 탁마수행에 들었고 직지심체요절의 어록을 집필하게 되는 계기가 되었지 않느냐는 자족의 미소인지, 석찬은 정확한 의미를 간파하지 못했지만 그것은 그리 중요하지 않았다. 석찬은 다만 스승의 직지에 대한 높은 뜻과 세세생생 무량중생의 의식 속에 전하여지기 위해서는 활자를 금속으로 만드는 대업에 큰스님의 관심과 협조가 절대적으로 요구되는 상황이었기에 큰스님의 의중에 집중할 수밖에 없었다.

"스승께서 부처님의 깨달은 말씀을 일목요연하게 이해하기 쉽게 풀어서 책으로 엮어, 책속에는 스승님의 무념무상 사상이 짙게 깃들어있습니다. 만 중생이 삶의 지표로 삼아 하루속히 미혹을 여위고 밝은 지혜를 증득하여 다음 생에는 정토에 나기를 염원하게 하는 것을 이번 생의 목표로 여겼지요. 그랬던 스승님이셨는데 끝내 뜻을 이루지 못하고 입적하셨으니 애석합니다."

석찬은 한사코 스승이 마무리 하지 못한 금속활자본을 자신이 떠맡게 된 것에 대해서 막중한 책임과 결과를 예단할 수 없는 불안한 출발선 앞에서 느껴지는 막연한 두려움 때문에 스승의 부재가 더욱 아쉬웠다.

"그래요. 하지만 애석해 할 것까지는 없다고 생각합니다. 이렇게 훌륭하신 문도들이 서로의 지혜를 모아 금속활자본을 제작하는 건 당연하지요. 이번 일을 성공적으로 마치시고 불가에 큰 족적을 남기시오. 선승이라면 후학들이 따라올 발자취가 있어야 하지 않겠소. 다만 원작을 쓰신 스승의 사상과 수행으로 체득된 내용이 조금도 훼손되지 않고 그대로 활자본에 담기게 해야 하는 게 관건이지요."

석찬은 스님의 말씀을 듣고 기뻤다. 큰스님이 고개를 수그리고 밥을 한 숟가락 떠서 입에 넣고 우물거리는 것을 보고 석찬도 공양 음식에 수저질을 시작했다. 그제야 석찬은 소반에 놓인 찬들을 눈으로 훑어보았다. 수행자의 밥상이 진수성찬인데 놀랐다. 스승과 함께 토굴 속에서 걸식공양으로 육신을 연명하면서 직지심체요절의 집필에만 매진했었던 기억이 떠올랐다.

'탐욕을 경계하며 육신의 안위와 풍요를 버려야 영혼이 청정해지고 육신이 티끌만큼 가벼워져서 허공으로 날릴 때, 신의 세계에 가까이 다가갈 수 있느니라. 수 세기 전, 이미 화엄의 세계에 든 부처님이 중생계에 머물 때, 깨우쳤던 생각을 지금에 와서 헤아리고 부처와 하나가 되는 과정이니라. 참으로 지난하고 난해하구나. 그러기에 육신을 버려서 영혼의 풍요를 갈구하는 탁마수행이야말로 구도자의 최상의 공덕으로 여겨왔다.' 화상의 음성이 잔잔하게 울렸다.

"석찬, 무슨 생각을 그리 골똘히 하시오."

큰스님이 석찬을 찬찬히 보았다.

"아~ 아무 것도 아닙니다. 잠시 딴 생각을 했나봅니다."

석찬은 움찔 놀라며 고개를 숙이고 수저를 들었다.

"너무 마음의 부담으로 여기지는 마시오. 이곳 청주고을에는 신심이 돈독한 불자들과 수승하신 스님들도 많이 거하는 곳이요. 일을 시작하면 십시일반 보시하려드는 불자들이 많이 나설 것이요. 지금 이 직지의 금속활자본이라는 것이 고려는 물론이고 이웃 원나라에서도 아직까지 시도된 적이 없는 초유의 대업인 만큼 과정이나 결과에 대해 어찌 불안하지 않겠소. 그 막중함을 간과할 수는 없지요. 후세 중생에게는 삶의 방향을 알려주는 화엄의 나침반 역할을 하게 될 테지요. 사유는 자유롭되 본령의 사상은 변질되거나 훼손되어서는 아니 된다 말이지요."

큰스님의 불교철학은 역시 무심선, 바로 백운화상과 맥이 닿아 있었다. 묵언스님도 말을 마치고 수저를 들었다. 잠시 침묵이 흘렀다.

"아까 석찬과 동행했던 자가 바로 주물사 서마동이오. 이 근동에서는 꽤나 유명하지요. 이 노승이 청하였어요."

묵언스님이 묻지도 않은 주물사 서마동 얘기를 꺼냈다. 석찬은 말없이 큰스님을 멀뚱히 바라보고 있었다.

"그자에게 따라다니는 소문을 혹시 들은 적이 있소?"

큰스님은 느닷없이 마동의 추문에 대해 석찬에게 물었다.

"소승은 그 주물사를 오늘 처음 상면한 셈입니다. 스님께서는 활자판을 주물사 주조법으로 하실 생각을 처음부터 가지고 계셨는지요?"

"그렇지요. 이 노승도 잘은 모르지만 활자판은 금속이나 밀랍으로 주조한다고 들었어요. 하지만 밀랍은 그 재료부터가 극히 제한적이지요. 생각해 보시오 석찬, 직지원본이 서책 두 권인데 그 많은 밀랍을 어디서 구한단 말이요.! 이 노승이 알기로는 밀랍으로 주조하는 건 왕족이나 귀족들의 장신구 같은 아주 소량을 제작 할 때나 해당된다고 알고 있어요."

스님의 음성은 다소 역정이 끼어들었다. 밀랍으로 서책 두 권 분량의 활자를 만들어 낸다는 것은 턱도 없이 무리한 예상이라는 듯했다.

"소승은 그런 뜻으로 묻는 게 아니었습니다. 주물사를 미리 정하여 초청까지 해놓으셨기에…"

"주물사의 기술과 재료의 강점들이 융합하여 상호관계를 일으킨다면 그 재료가 가지고 있는 고유의 성질을 뛰어넘는 상승 효과가 나타날 수도 있지요. 강철의 견고함이 다량의 증식성과 영구성을 보장한다 그 말씀이지요. 어쨌거나 서마동이 김천 청암사나 불성사에서 불상을 제작해 놓은 것을 몇 번 가보았지요. 모두 흠 잡을 데 없는 걸작들이었어요. 특히 진관사 동종은 그 규모면에서 웅장하면서도 섬세해서 새겨 넣은 용이 얼마나 사실감 있었으면, 무늬가 아니라 살아서 승천을 할 것처럼 보인다고 들 했겠어요. 그때 서마동을 처음 보았고 그 후로도 몇 번 그 자를 만났지요. 주로 작품 품평회에서였지요. 그의 타고난 기술만큼은 근동에서 소문이 나 있는데…"

스님은 말꼬리를 흐리고 무슨 생각인가 잠시 망설이는 것 같았다.

"석찬, 이것은 객담이오만 그자가 호색가라는 풍설이 자자해요. 일 맡아 가는 곳마다 부녀자를 능멸하고, 어느 고을인가에서는 양반가의 수절과부를 건드려서 수태까지… 음, 흠 입에 담기도 민망해서 원."

큰스님은 서마동의 면면을 얘기하다 속내가 시끄러워지는 것 같았다. 안면에 짙은 고뇌가 스쳤다. 석찬도 무어라 답을 정하지 못하고 난감함에 휩싸였다. 더구나 스님이 초청해 놓은 장인인데… 일과 행실은 별개의 문제일까. '무릇, 중생이란 일신일체이거늘, 직관이 먼저 일어나고 후에 이성이 합류하는 것이 정신 작용의 원리라면 어찌 이성의 힘이 미약한 자가 손에 익힌 기술만으로 명품을 만들어낼 수 있단 말인가.' 불가의 가르침이 석찬의 의식을 흔들었다. 석찬은 고개를 들고 스님을 향해 조심스럽게 건의를 했다.

"스님, 처음부터 꺼림칙한 사람은 이 중차대한 일에 배제를 시키는 게 옳지 않겠습니까?"

"석찬, 그만한 주조 기술을 가지고 있는 사람도 흔치 않아요. 그는 장인이외다. 장인들이란 손에 타고난 기술로 성과를 만들지요. 무결점 무오류 인간이 어디 있을까봐서요. 사람이란 늘 변화무쌍 하지 않던가요. 일체유심조라고 어느 순간 마음하나 바꿔 지니면 심기일전도 할 수 있는 게 사람 아니겠소."

스님은 서마동을 결코 내려놓을 생각은 아니었다. 그냥 석찬에게 동의를 구하고 있을 따름이었다.

"스님, '일엽지추'라고 하지 않습니까? 낙엽 하나로 이 땅에 가을이 왔음을 안다고 한 가지를 보면 열 가지를 유추할 수 있다는 뜻 아니겠습니까?"

석찬은 스님의 생각에 마동을 그대로 동참시키는 쪽으로 기울었음을 짐작했으면서도 좀 더 숙고해보자는 뜻으로 반론을 제기했다.

"사람의 일면만 보고 전부를 평가하는 건 옳지 않아요. 석찬!"

묵언스님의 음성이 다소 격앙되어 나왔다. 석찬은 무르춤해져서 말꼬리를 내렸다.

"이 일이 혼자 할 수 있는 일이 아니오. 문필가와 장인들, 여러 단계의 공정들 이를테면 판서, 판각, 토공, 조판공들이 마치

비익조처럼 하나가 되어서 이루어져야 하는 일이예요. 세상사 모든 일은 생각처럼 간단하지 않아요."

"판서는 제 문도였던 문필가, 자명과 혜전을 초빙할까 합니다."

석찬은 얼른 판서 얘기로 분위기를 돌렸다. 마동에 대한 불신을 지우지 못하면서도 일단 묵언스님의 의견을 고견이라 여겨 존중하기로 했다. 나룻배 타고 오는 길에 보았던 마동의 경거망동, 어린 사공에게 기생집을 물었다는 사실에 대해서는 스님에게 함구하기로 마음먹었다.

"판서라면 석찬스님이 친히 하셔도 되지 않겠어요. 석찬스님이 송나라에서 한학을 익힌 걸로 알고 있어요."

"네에 그렇기도 하고요. 그때 함께 공부했던 필체가 아주 뛰어난 학승들이 있습니다."

"그래요, 그럼 그렇게 하세요. 석찬스님이 천거를 하는 걸 보면 훌륭한 명필가인 듯합니다."

묵언스님은 석찬을 지그시 바라보았다.

"솔뫼라는 화가는 무슨 연유로 이 흥덕사에 찾아들었습니까, 스님."

석찬이 물었다. 금속활자 주조와는 별 상관이 없을 것 같은 화동 솔뫼가 어인 일로 이참에 흥덕사에 찾아왔는지 궁금했었는데, 말이 나온 김에 물었다.

"불화를 그리러 왔지요."

스님이 담백하게 대답했다.

"이 홍덕사에서 불화를 그리려고요?"

석찬은 솔뫼라는 이름이야 익히 들어서 알고 있었지만 실물을 만나 보기는 나룻배에서가 처음이었다. 생김새가 섬세해서 여인네 같았지만 어딘가 기품이 있어 보였다. 말본새며 행동거지들이 격이 높아 보인 점이 석찬의 뇌리에 깊이 각인되어있었다.

스님이 다시 입을 열었다.

"이 나라 고려는 글을 모르는 민중을 위해 보는 경전이라 일컫는 불화를 그려 민중의 의식을 불교로 집약시키고 절망에 빠진 백성들을 위로하고자 불화 그리기를 장려하고 있지요."

스님의 음성이 조금 나긋하게 나왔다.

"아 그렇군요. 얼마간 이 홍덕사에 머물겠군요."

"그 화동은 일찍이 송나라에 유학하여 불화 그리는 법을 전수받았고, 앞날이 촉망되는 손끝에 예술 혼이 깃들어있다고 할 만큼 품격 높은 불화들을 그린다지요. 나도 풍문으로 들었소만 그 화동은 궁에서도 주목하고 있다고 소문이 났어요. 이 나라 국왕께서도 그림에 조예가 깊으신 분 아닙니까. 그런 화동이 김천 청암사에 계신다기에 내가 홍덕사로 초청을 했지요."

묵언스님이 솔뫼라는 화동에 대해 칭찬을 아끼지 않았다.

"이 흥덕사에 품격을 갖춘 인재들이 모여드는 걸로 봐서 장차 이 나라 불교 예술의 꽃을 청주목에서 활짝 피워낼 것 같습니다. 스님."

"아~하 그렇다마다요. 거기에 부처님의 법어집인 직지심체요절까지 금속활자로 불서들을 다량 편찬해 놓으면 그야말로 화룡정점이지요."

석찬과 큰스님의 이야기는 끝없이 이어지고 있었다.

"백운화상께서도 선견지명이 탁월하신 분이지요. 처음에는 직지 금속활자의 주조지로 강원도 신흥사를 염두에 두고 계셨는데, 오랜 숙고 끝에 그곳은 바람이 거칠고 기온의 편차가 심한데다 동절기에 폭설이 잦은 지역이라고 배제를 시키고 청주목 흥덕사로 낙점을 하셨지요. 청주목이라면 우선 생명의 존재 요소인 흙, 물, 불, 바람이 청정하고 우주를 닮은 원과 만다라의 석탑이 이 땅을 수호하고 있어, 마치 부처님의 품안 같은 곳에서 부처님의 법어집을 엮어내면 모든 진행이 순조롭게 이루어질 거라는 믿음이 있었지요."

석찬이 백운화상의 선견지명을 빠뜨리지 않고 치켜세웠다.

"그렇지요. 온도의 변화에 민감하게 반응하는 게 금속인데 온화한 기후를 가진 청주목이 선정되는 건 당연하지요."

큰스님은 오랜만에 백운화상의 제자인 석찬을 보자 고무된 듯 평소와 달리 말씀을 많이 하였다.

"지금까지는 거의 모든 경전들이 활자의 기록 없이 귀로 듣고 입으로 전해 내려오고 있는 실정이었지요. 그렇게 되면 결국 부처님의 법이 구전법이요, 구전불교 밖에 될 수가 없지 않겠어요. 깨달은 진실한 생각들이 곧 구름처럼 흩어져 버리거나 시간이 흐를수록 그 내용 또한 와전이 되고 왜곡이 일어날 것이외다. 참으로 가공할 일이 될 거라는 것은 예측 가능한 일이지 않습니까. 활자의 기록만이 시간성과 공간성을 획득할 겁니다."

석찬의 일목요연한 직지의 금속활자본 제작의 필요성이나 꼭 실현시켜야 한다는 당위성을 한동안 경청하던 큰스님의 만면에 환희의 미소가 번져났다.

"가히 석찬은 영민한 통찰력을 갖추셨습니다. 따지고 보면 우리 모두가 잠시 머물다 가는 유한의 나그네길이요. 중생은 떠나도 이 땅에 불법만은 영원히 살아 있어야하니까요."

묵언스님의 격려에 석찬은 고개를 숙이고 몸 둘 바를 몰라 했다.

석찬이 다시 고개를 숙이고 밥상 위의 음식을 보니 차갑게 식어 있었다. 조용히 수저를 내려놓았다.

"아니 더 드시지 않고 석찬."

"아닙니다. 스님, 많이 먹었습니다."

묵언스님은 석찬을 빤히 바라보았다. 그러다 무슨 생각이 났는지 다시 말을 이었다.

"석찬은 이미 부처님께 크나큰 공양을 올린 셈이지요. 화상의 토굴 수행에 함께 동참했다니 부처님과 하나 되는 체화 과정을 이미 증득한 셈이지요. 그런 석찬이 주관해서 이 일을 성취하시오."

"스님, 공양 상 치울까요."

시봉이 상을 거두러 왔다고 방문 밖에 서서 아뢰었다.

"그래, 상을 내 가도록 해라."

공양 상이 치워지고 석찬은 밖으로 나와, 먼 길을 온 여독도 잊은 채 흥덕사 경내를 거닐었다. 흥덕사 용마루 위로 어둠이 내려앉아 있었다. 전각들의 배치와 구조적 미학이 마음을 편안하게 안정시켜주는 것 같았다. 직지 금속활자 주조의 기대감에 마음이 깃털처럼 가벼워짐을 느끼고 있었다. 얼마만인가, 스승이신 화상의 오랜 각고 끝에 태어난 직지심체요절 완성본이 이제 금속으로 주조되는 염원이 이루어지게 되었으니…, 가슴 저 밑바닥에서 가볍게 일렁이는 흥분을 감추기 어려웠다. 처소에 들어도 쉬이 잠이 올 것 같지 않았다. 석찬은 시리게 맑은 산사의 공기를 폐부 깊숙이 빨아들였다. 소슬한 바람 한 줄기가 얼굴을 스친다. 별무리 속에 쪽 달 하나가 끼어 위태롭게 걸려있다. 생각은 끝없이 이어지고 만감이 교차로 나타났다 사라지곤 했다.

이 나라 백성들의 중심사상으로 자리 매김 된 부처님의 깨달은 가르침이 활자로 제조되어 장구한 세월에 걸쳐 널리 펼치게 되었다는 감격과, 스승이 흥덕사로 찾아와 직지금속활자 주조에 관하여 의견을 내비쳤다가 그대로는 씌어 진 한문자가 너무 난해해 내용을 이해하기 어려울 거라는 소견만 들은 채 되돌아가야 했을 때의 심정이 지금 이 순간 주마등처럼 스쳐지나가며 아프게 다가왔다. 스승님, 꼭 그 염원 성취하겠나이다. 취암사에 남아 있을 달잠, 꼭 성취하겠소. 석찬은 자신도 모르게 두 주먹이 불끈 쥐어졌다. 새로운 환경에서 만난 새로운 세계를 그리며 가슴에서 무언가 결의가 솟구쳐 오르고 있었다.

홍덕사 일주문 안 오래된 아름드리나무들이 어둠에 잠겨 검은 그림자를 드리우고 별무리들이 자리를 바꾸어 가는 삼경인데, 저녁 예불을 알리는 맑은 종소리가 울린다. 석찬은 깊은 상념들을 털어내고 대웅전으로 발걸음을 옮겼다.

대법당에서는 명운스님이 불탁 앞에 서 있다. 떡 벌어진 양어깨가 가사 장삼 밖으로도 드러나 보였다. 수행자의 낯선 모습이었다. 명운스님, 구름 뒤의 빛처럼 법랍이 높고 법신처럼 고교한 모양새를 갖추었다는 뜻이라고 했다. 그는 승과시험에서 장원급제의 성적으로 불교에 입문한 스님이라고 했다. 총기가 충천하고 반듯하고 서열이 묵언스님 다음인 듯 보였다.

그 뒤로 자성스님, 그는 주로 설법에 능했다. 불교적 사유가 풍부하고 해박해서 법문을 담당하는 말하자면 법사 스님이었다.

그의 깊고 오묘한 표정에서 느껴지는 정적인 분위기가 오랜 선방 수행에서 얻어진 것 같았다. 그 옆으로 석공스님, 그는 법명이 석공이듯이 눈썰미가 좋고 손재주가 뛰어난 기술자 스님이었다. 그는 염불보다 돌을 깨서 석불이나 석등 같은 돌을 다루는 기술을 운명으로 타고난 듯 잘 다룬다고 했다. 그 뒤로 묘덕보살 그 옆으로 나란히 업둥이 앉아있었다.

묘덕은 홍덕사에서 공양간 수자보살과 함께 안 살림을 맡아 꾸려가고 있었다. 근동의 민초들을 살피고 굶주린 자가 있으면 곡물을 내어주기도 하고, 노쇠하고 병든 자가 있으면 민간요법으로 간병하려했다. 그렇게 해도 안 되는 중환자들은 고을의 의원을 절로 불러들여 치료하게 해주었다. 스님들이 법을 통해 정신세계를 계도하려 했다면, 묘덕보살은 실제로 먹을 것과 약초로써 민초들의 육신을 구제함으로써 부처의 자비사상을 몸소 실천해 보이려했다.

업둥은 주근깨가 흩뿌려진 둥글넓적한 얼굴에 가는 새끼줄 같은 빈약한 댕기머리를 닐따란 등판에 늘어뜨리고 저절로 핀 들꽃 같은 모습이었다. 맨 뒤로 큰스님의 시봉인 도환, 이마에 솜털이 채 가시지 않은 동자승이었다. 홍덕사 식솔들만 모여 새벽 예불을 올리고 있었다. 올 때 동행했던 주물사 마동이나 화가 솔뫼의 모습은 보이지 않았다.

석찬은 그 틈에 조용히 끼어 앉아 기도에 들었다. 음색은 제

각각이었지만 염원은 모두 부처님을 향하고 있었다. 석찬의 의식은 온통 직지의 성공적인 완성에 있었다. 일이 진행되는 내내 부처님의 가피력을 받아 한 치의 오차도 없이 일만 육천 여 글자가 금속활자로 탄생되어지기를 간절히 기도 올렸다. 새로운 곳에서의 기도염불 소리는 석찬에게 곁기처럼 느껴졌다.

굴러들어온 돌

주자소는 대웅전에서 서쪽으로 오 리쯤 떨어진 소나무와 전나무들이 울창하게 우거진 길이 끝나고 평원처럼 펼쳐진 넓은 분지에 설치하기로 했다. 마침 주변에 맑은 물이 흐르는 도랑까지 갖추고 있어 주자소 터로 금상첨화였다. 산 정상에서부터 시작된 수맥이 주위에 고여 있는 물들을 흡수해서 물줄기가 되고, 압력에 의해 지표면을 뚫고 솟아올라 소처럼 마르지 않고 홍덕사 경내를 휘돌아 흘렀고 그 흐르는 소리 또한 물빛만큼 맑았다. 봄이면 야생화며 산쑥들이 녹색융단처럼 깔리고 인적이 거의 없는 숨어있는 땅이었다. 택지는 풍수지리에 남다른 직관과 식견을 가진 운광스님이 했다. 운광스님의 말에 따르면 운천산맥 준령이 힘차게 뻗어 내려오다 혈이 뭉친 자리라고 했다. 큰스님을 비롯해 홍덕사 스님들 모두 만족해했다.

법신처럼 고요한 덕망을 갖추었다는 운광스님은 이 터를 잡기 위해 칠일 기도에 들었고 기도 중에 예지몽을 꾸었다고 했다. 그만큼 주자소 터를 잡는 데도 신중을 기했다.

"이제 주자소 터까지 마련되었으니 일을 순차적으로 진행해야겠는데 우선 이 대업을 진두지휘할 총책임자를 선출 할 것이오."

큰스님이 홍덕사의 식솔들을 대웅전에 집합시킨 가운데 포문을 열었다. 큰스님은 내심 석찬을 마음에 두고 있으면서도 어쨌거나 절차상 다른 의견들이 있을 수 있으니 여러 스님들의 승낙을 받아야하지 않겠느냐는 생각인 것 같았다.

그러자 큰스님의 말이 끝나기가 바쁘게 명운을 후보로 추천한 사람은 다름 아닌 자성스님이었다. 불시에 자성이 명운을 추천하자 큰스님은 의외의 후보 거론에 당황하는 기색이 역력했다. 큰스님은 마땅히 석찬이 적임자라고 만장일치로 결정될 줄 알았던 것 같았다. 그저 형식적인 절차에 지나지 않은 통보나 다름없는데… 큰스님의 안색이 곤혹스럽게 변했다. 이를 눈치 챈 명운 역시 불편하고 실망스러움을 감추지 못했다. 순식간에 대웅전 기류가 싸늘해졌다. 그렇잖아도 석찬이 온 후로 자신이 큰스님의 안중으로부터 멀어지고 있음을 명운은 온몸으로 느끼고 있던 터였다.

이 사람 저 사람 눈치를 살피고 있던 묘덕이 손을 들고 곧바로 일어서서 말했다. 묘덕은 이번 일에 자신의 전 재산을 보시하겠다는 뜻을 밝힌 바 있다.

"백운화상을 보필하면서 직지 원본을 완성하는 데 동참했던 제자로서 당연히 석찬스님이 총지휘를 해 나가는 게 합당하다고 생각합니다. 누구보다 직지에 대해 깊은 이해와 애정이 깃들여 있지 않겠어요."

말을 마친 묘덕이 흘끔 명운스님 눈치를 살핀다. 옆자리에 앉아있던 석공스님도

"석찬스님이 참으로 합당한 적임자올시다."

묘덕의 말에 전적으로 동의를 나타내어 묘덕의 의견을 더 굳건하게 강화시켜주었다.

"석찬스님이 마무리까지 끌고 가야합니다."

시봉 도환도 소년 같은 목소리로 한 마디를 거들고 나섰다.

"이 자리에 직지심체요절이 탄생하는데 산파 역할을 한 사람은 석찬스님이올시다. 두 말 할 필요없이 제작 과정들을 지휘해 나가야 할 사람도 석찬스님이지요."

주자소 터를 잡는 데에 공력을 들인 운광스님이었다. 묘덕이 운을 떼 놓으니 다른 스님들도 거침없이 자신의 소견들을 피력했다. 모두들 손뼉을 쳐서 동의를 표시했다.

"그러면 직지심체요절의 제작 과정을 총 지휘하는 사령탑 역

할은 석찬스님이 맡는 것으로 결정을 하겠습니다. 으흠, 실은 금속활자 제작 과정들이라는 것이 매우 방대하고 지금까지 동방의 이웃나라는 물론 서방세계에도 전례가 없는 대단히 모험적이면서 창의성이 발휘되지 않으면 안 되는 난해한 작업이올시다. 각 공정 별로 장인들을 섭외해 들이는 것부터 주자소에서 이루어질 공정들을 지도 감독해야할 자리입니다. 연장이나 재료들은 조정에서 하사하겠다는 약조가 있긴 하였으나 전적으로 의지할 수 없고 소소한 것들은 자체 조달하여야 할 것들도 많을 것이오. 여러분의 많은 협조와 동참 부탁드립니다."

묵언스님이 불탁 앞으로 나와 서서 정중히 고개를 숙여 승낙을 유도했다. 오늘따라 큰스님은 고무된 듯 노안이 밝았다. 좌중들은 시선을 모아 맨 뒷자리에 앉아있는 석찬을 바라보며 박수를 쳤다. 박수는 길게 이어지고 모두들 동의와 동참할 것을 약속하는 박수소리였다.

맨 앞자리에 앉은 명운스님만 불편한 얼굴로 좌불안석이었다. 이 사찰에서만큼은 모든 행사나 과업은 2인자인, 말하자면 총무원 부원장인 자신의 휘하에 두어야 위계에 맞다는 생각인 것 같았다. 딴에는 불만을 제압하느라 표정이 험악하게 일그러지고 있었다. 모두 흩어져서 각자의 처소로 돌아간 뒤에도 명운은 그대로 법당에 앉아있었다.

석찬은 처소로 돌아와 내내 고요히 생각에 잠겼다. 아까 낮에 보았던 명운의 태도가 마음에 남아 개운치가 않았다. 석찬의 의식 속으로 덮쳐오는 검은 그림자 같은 불안을 떨쳐내기가 쉽지 않다. 눈앞에 가로놓인 곤란을 수행의 원림으로 삼으라는 불경한 마디가 가슴에서 울려나왔다. '자박자박' 밖에서 들려오는 발자국 소리가 긴장감을 일으킨다. 귀를 기울이는 순간,

석찬!, 석찬!, 방문을 두드리는 소리와 명운의 흥분한 듯한 음성이 고요함 속에 날아들었다. 야심한 시각인데, 석찬은 가슴이 철렁했다.

"뉘시오."

"나, 명운!"

석찬은 일어나 방문을 열었다. 앙상한 관목들의 그림자 속에 명운이 짙고 긴 그림자를 달고 서 있었다. 어스름 초승달 빛에 명운의 몸피는 낮에 볼 때보다 훨씬 커 보였다. 그는 구도자답지 않게 살집이 좋았고 법당에서 예불을 집도할 때와 달리 일상복 배 바지에 모자를 눌러 쓰고 있었는데도 두상이 무척이나 커 보였다. 표정에서는 정화 되지 못한 경쟁심과 우월감이 번득였다.

승과에 장원급제로 승이 되었다는 말처럼 누군가에게 밀리는 일은 겪어보지도 않은 사람처럼 이상이 드세 보였다.

"어인 일이오? 명운."

태연하게 물었다. 그는 잠시 망설이듯 하더니 신발을 벗고 방

으로 들어섰다. 그리고는 앉으라는 말을 꺼내기도 전, 방바닥에
놓여 있는 좌복 위에 풀썩 주저앉았다. 석찬도 따라 마주 앉았
다.

"내 방에 찾아든 객이신데 곡차라도 한 잔 대접 하는 게…"

석찬은 화롯불 위에 올려 놓은 녹차를 잔에 따르려하자 명운
이 손을 꼭 움켜쥐고 석찬의 눈을 찌를듯이 쏘아보았다. 눈에는
열목어처럼 핏발이 서 있었다.

"차 따위 필요 없고, 거두절미하고 말하리다. 석찬이 스승이
신 백운의 직지 원본을 들고 이 흥덕사에 들어온 것을 내가 모르
는 바는 아니오. 여기까지가 석찬의 역할이고 이제부터 활자를
만드는 일은 사실 기술적인 문제지 않소. 그러니 석찬, 기술적인
과정들은 다른 사람에게, 그러니까 더 잘 해낼 수 있는 사람에게
넘기는 게 합당하지 않겠소."

그의 말은 미리 준비해 온 듯, 마치 스파르타의 전사처럼 비장
했다. 끓어오르는 질투심 뒤에 야망을 숨기고 마음에는 갑옷으
로 무장을 하고 있었다. 석찬은 온몸이 오싹 움츠려드는 것을 느
꼈다. 잠시 그에 대적 할 말을 찾지 못하고 뜨악한 얼굴로 명운
을 바라보고만 있었다. 이미 결정된 사항인데 이제 끝까지 완벽
하게 해내리라는 생각에만 몰두하고 있었지 불시에 이런 질문을
받을 줄 몰랐다. 어안이 벙벙할 따름이었다.

그 틈에 명운이 기회다 싶은지 말을 이었다.

"우선 석찬은 이 청주목의 사정에도 어둡고 일을 맡길 기능공들은 물론이고 판서를 할 문필가며 장인들을 섭외하는데도 어려움이 많을 것이외다. 세상사 일이란 혼자 나부댄다고 되는 게 아니오. 도대체 그 직지라는 게 무슨 은밀한 비밀이 들어있는지 내 알바 아니기는 하지만…"

석찬은 명운의 태도를 보고 이미 예상은 했지만 이렇게까지 막무가내로 직지를 폄훼하는 것은 관용의 범위를 넘어 섰다.

"말해봐야, 직지의 그 깊은 뜻을 알 까닭이 없겠지요."

석찬도 각을 세워 대꾸했다. 격렬한 암투가 느껴졌다.

"혼자만 현자인 척, 하지 말란 말이야!"

명운이 단숨에 석찬의 말허리를 잘랐다.

"육신만 계율에 갇혀 있을 뿐, 마음하나 청정히 닦아내지 못한다면 어찌 승이라 말하리오."

"누구를 가르치려들어! 이 굴러들어온 돌, 객승 따위가. 홍, 혼자서 현자가 다 된 줄 착각하고 있어!"

그는 두꺼운 입술이 바들거리면서 감정이 격앙되어지고 있었다.

"스승에 대한 충성이라면 여기까지 한 것만으로도 충분하다 이 말이오."

"그럴 수 없지요. 직지심체요절은 소승의 스승이신 백운화상의 탁마수행의 산물로 태어난 일체. 직지가 금속활자본으로 태어나는 모든 과정들을 소승이 총지휘 하는 데 한 발짝도 물러 설수 없지. 그따위 겁박에 흔들릴 것 같아! 좋은 말 할 때 깐죽거리지 마!"

석찬도 맞고함을 쳤다. 석찬의 눈썹이 비상하는 갈매기의 날개처럼 꿈틀거렸다.

그는 석찬의 강경해진 태도에 겁이 난 듯 주춤 말을 멈추더니

"정 그렇다면! 가만히 앉아서 굿이나 보고 주는 떡이나 받아먹던가!"

다소 힘이 빠진 목소리였다. 석찬은 명운의 그런 모습을 보니 차라리 연민이 가슴을 훑었다. 이런 사람과 다투어 무엇하리⋯.

"'태산명동서일필'이라더니."

석찬이 '태산을 흔들어 얻은 것은 고작 쥐 한 마리뿐이더라.'는 선문자 한 구절을 인용했다. 명운과 대적해봐야 얻을 게 없다는 자신의 마음을 에둘러 표현한 것이었다. 명운이 멈칫했다. 석찬의 말을 인지하는 것 같지는 않은데 기가 꺾인 건 확실해보였다. 석찬은 험난한 여정을 예감하면서 공연히 초장부터 진 빼고 싶지 않았다. 이미 명운의 말은 신뢰 할 수 없이 일관성을 잃고 있었다. 일 보 후퇴하면 이 보 전진이라잖은가, 명운의 말에는 가급적 격한 반응을 자제하면서 흔들리지 않으리라. 마장 장애를 뛰어 넘어 묵묵히 행동으로 이어가리라. 스스로 굳은 의지를 다졌다.

"내 참, 굴러온 돌이 박힌 돌 빼낸다더니, 이런 대역사에서 장차 이 흥덕사를 이끌어 갈 총무원 부원장을 배제 시킨 데는 필시 석찬의 술책이 작용한 게 아니겠소. 좀 더 진중하게 생각해 보시고 답을 주시오."

명운은 조금 누그러지긴 했지만, 여전히 총 사령탑에 대한 미련을 거두지 않은 채 일방적 타협안을 남기고 방문 밖으로 나갔다.

밖에는 눈발이 간간이 날리고, 텅 빈 뜰아래 가랑잎 몇 개 매단 나목들의 그림자만 푸른 달빛아래서 삭풍이 스칠 때마다 어지럽게 흔들리고 있었다.

명운이 나가고 방 안에 홀로 남은 석찬은 마음이 무척이나 혼란스러워지고 있었다. 일이 진행되어가는 과정이 순조롭지만은 않을 거라는 불안한 예감이 짙게 마음에 깔렸다. 그렇더라도 물러설 수는 없었다. 성취로 가는 길에 어찌 장애가 없을 손가. 지그시 눈을 감고 기억 속에서 스승의 가르침 한마디와 만난다.

'세상사 일을 도모함에 장애 없기를 바라지 마라. 장애 속에서 이루는 일이야말로 금강석보다 강하고 빛날 테니라.' 무구하고 순백한 스승의 모습을 떠올렸다. 새롭고 굳은 결의가 솟아올랐다. 스승님의 숭고한 사상이요 직지의 중심사상인 직지인심견성불, 즉 사람의 마음을 바르게 볼 때 그 마음의 실체가 곧 부처이니라. 스승님, 숭고하신 그 사상을 꼭 널리 펼치오리다. 소승이 기어이 이루어 내리다.

금속활자의 산실, 주자소

아침부터 경내가 분주하다. 주자소 새 터에서 낙성식을 올리는 날이다. 이른 아침부터 내빈들과 근동에 터를 잡고 살고 있는 민초들까지 몰려들었다. 나라의 관리들이나 토호들은 말을 타고 왔고, 민초들은 소달구지를 타고 오기도 했다. 근동에 사는 거동이 불편한 노인네들까지 빠질세라 지팡이에 몸을 의지한 채, 가쁜 숨을 몰아쉬면서 왔다.

주자소가 지어질 새 터에는 인산인해를 이루었다. 석찬이 행사의 주관이 되고 축문은 큰스님이 읽을 거라고 했다.

"업둥아, 업둥아."

공양간에서 수자보살이 아까부터 업둥 방을 향해 소리친다.

묘덕보살은 연방 헛간에 쌓아놓은 목기들을 꺼내 공양간으로 나른다. 그간 사용하지 않은 그릇들이라 먼지가 쌓여 있었다. 업둥이더러 닦으라고 시킬 참이다. 업둥이 요즘 공양간에 잘 들어오지를 않는다는 것을 알 턱이 없는 묘덕이다. 밥만 뚝딱 먹어치우고는 나 몰라라 밖으로 나가곤했다. 수자보살은 가뜩이나 절간의 식솔들이 늘어 공양간 일이 많아지고 잠시도 엉덩이 한 번 바닥에 붙이고 쉴 틈이 없자 짜증이 임계점에 이르러 있었다.

오늘도 꼭두새벽부터 발을 동동 구르며 허둥거렸지만 벌써 해가 중천에 떠올라 있다. 업둥이마저 정신을 어디다 쏟고 있는지 수자는 부하가 치민다. 수자보살은 밥을 퍼 담다 말고 주걱을 손에 든 채 업둥 방으로 달려가 방문을 거칠게 열어젖혔다. 아직 자고 있을 줄 알았던 업둥이 보이지 않고 방은 휑하니 비어있었다.

"오메, 요년이 벌써 끼데 나간 겨."

수자는 업둥이 보이지 않자 속이 더 끓어오르는지 공양간 밖으로 뛰쳐나온다. 고개를 돌려 위, 아래쪽을 살핀다. 마침 화방 쪽에서 업둥이 콧노래를 흥얼대며 나타난다.

"시방, 어디서 뭐하다 오는 겨!, 공양간에는 코빼기도 뻬끔 안 하고서 바뻐 죽갓는디."

업둥은 수자보살의 말을 듣는 둥 마는 둥 콧노래만 흥얼거리면서 걸어온다.

"얼레 손에 거, 뭣 이래."

업둥의 손에는 붉은 안료와 먼지가 범벅으로 묻은 걸레가 들려있었다.

"나 저 화방 청소하고 온 기여."

업둥이 달뜬 얼굴로 대답했다.

"화방 청소, 누가 하라고 핸 겨?"

"아니구만, 내가 하고 싶어서 했지우. 어제 저녁에 화방 도령하고 이야기를 많이 혔구만. 화방 청소는 내가 맡아서 하겠다고 했으니께."

"그러니께, 아니 암도 하라고 안했는데 무단히 하고 싶어서 하겠다고 했다 이거여. 오메, 별일이 났네. 화방에 솔뫼도령은 있었는 겨."

"계셨지라, 화방 도령님도."

"오메, 이 발칙한 것. 니가 니 맘대로 화방을 들락거린 디야."

업둥은 며칠 전부터 화방 앞을 기웃대다가 지금은 아예 들어가 청소를 하고 그 핑계로 화방 도령과 친밀한 사이로 발전해 가는데 대해 무척이나 고무되어 있었다. 수자의 지청구 따위는 상쇄하고도 남을 크나큰 기쁨이었다.

비어있던 화방이 솔뫼가 오면서 사람의 온기가 감돌더니 요즈음 들어 퍽 정갈해져있었다. 솔뫼 역시 다소 무료한 산사 생활에서 들풀처럼 때 묻지 않은 업둥의 무구한 얼굴을 보며 적적함을 잊고 조금씩 산사에 적응되어가고 있는 중이었다. 업둥이 산에 다니면서 까치밥과 개암나무 열매, 억새꽃가지들을 새로 꺾어다 꽃병에 꽂아놓아 화방엔 아직도 가을이 그대로 머물러있었다.

수자보살이 끈질기게 묻고 들자 업둥은 얼굴이 점점 붉어지고 있었다.

이제 알고 보니 업둥이 자청해 화방에 들어가 청소를 하곤 했었다는 것을 수자가 알았다. 업둥은 화방 청소를 하면서 그림 그리기에 몰두해있는 솔뫼를 바라보며 무한한 경외심을 느끼곤 했다. 솔뫼가 휘어 쥐고 있는 붓끝에서 피어오르는 부처님의 모습을 바라보고 있으면 극락세계가 눈앞에 펼쳐지는 것 같은 몽환 속으로 빨려들고, 화동의 붓끝에서 그려지는 부처님의 세계는 살아서는 다가 갈 수 없는 초월적 공간 같았다. 그런 솔뫼에 대한 업둥의 경외심은 곧 사모의 정으로 변하고 무모하게도 그 몸피를 키워 가고 있었다.

수자보살은 엄청난 일이 벌어지고 있었는데 자신만 모르고 있었다는 듯 고개를 갸웃거리다 쏜살같이 공양간으로 뛰어 들어갔다. 업둥은 속마음을 들킨 것 같아 가슴이 두근거리고 얼굴이 빨개져서 쥐구멍을 찾다가 제 방으로 기어 들어갔다.

묘덕이 어느새 시래기가 가득 담긴 옹기자배기를 들고 공양간으로 들어왔다. 점심 공양 때 시래기 국을 끓이라고 수자에게 이른다. 수자는 시래기 국에는 관심이 없고 업둥의 일이 온통 의식을 채우고, 입이 근질거려 참을 수가 없었다.

묘덕 곁으로 가까이 다가들어 귓속말로 전한다.

"보살님, 업둥이 저게 아무래도 화방 도령을 좋아 헌 것 같은디, 어쩐디우."

"무슨 가당치도 않은 소리! 수자! 그런 말을 함부로 만들어 내는 게 아니야."

"화방 청소를 한답시고 맨날 화방에 가 있어 유."

"설마, 그 어린 것이. 그냥 그림 그리는 것이 신기해서 보고 있었겠지."

"오메 너무 업둥을 아이로만 보지 마시우. 저 번 달엔가는 달거리도 지나간 것 같시유. 업둥이 남정네에게 눈 뜰 때가 됐잖어 유~"

"어허 수자! 어찌 그리도 생각이 방정치 못… 허누 쯧, 쯧."

묘덕이 또 수자를 나무란다. 수자는 무르춤해져서 입을 삐죽 내밀었다. 묘덕이 자신의 말을 귓등으로 흘려 듣고 오히려 지청구를 하니 오기가 뻗친 것 같았다. 묘덕이 수자를 흘끔 바라보며. '하필 이렇게 바쁜 날 쓰잘머리 없는 일에 신경 쓰면 어쩌누.' 수자를 달랜다. 묘덕의 얼굴은 만감이 교차하고 수자의 말을 믿을 수도 안 믿을 수도 없는 것 같았다. 만약 수자의 말이 맞다면 그 뒷수습을 어떡허누. 묘덕은 마음이 심란해진다.

팔 년 수절 과부가 하룻밤의 일탈로 물방울이 맺히듯 생겨난 아이, 산달이 되었을 때 업둥어미가 시댁 권속들로부터 내쫓김을 당해 홍덕사로 찾아 왔었다. 묘덕은 어쩌지 못하고 해우소 뒤편에 아이를 해산 할 산실을 얼기설기 만들어 주었던 것이 인연이 되었다. 그 후 어미는 몸도 채 추스르기도 전에 핏덩이만 홍덕사에 남겨 두고 온다간다 말 한 마디 없이 사라져버렸다.

수자의 말이 맞고 안 맞고 차치하고라도 묘덕은 불현듯 업둥이 벌써 남정네에 눈 뜰 나이가 되었고 그것도 다름 아닌 솔뫼도령을 대상으로 헛된 꿈을 꾸고 있다는 것이 부질없다, 부질없다 마음만 다칠 뿐이다. 업둥이 서럽도록 가엽게 느껴졌다. 하지만 그렇더라도 절간의 법도가 추상같거늘 어찌 그대로 지켜보고만 있을 수 있단 말인가. 모진 아낙, 묘덕이 업둥을 세속의 지어미의 품으로 돌려보내고 싶어질 때면 내뱉는 말이다. 묵언스님에게 얘기를 해야 할지 숨기고 있어야 옳을 지, 마음에 걷잡을 수 없이 파장이 인다.

"업둥아~ 어서 나와 수자보살 거들어야지. 아참 여기 목기그릇도 같이 말끔히 닦으려므나."

묘덕이 업둥 방문 앞에 가서 불러냈다.

"네에!"

웬일로 업둥의 목소리가 상냥해져 있었다. 묘덕은 오랜만에 듣는 업둥의 상냥한 목소리였다. 업둥이 공양간으로 들어오는데 그때까지 업둥의 얼굴이 붉어있는 것을 보았다. 그 모습을 보자 수자는 묘덕더러 '눈치가 먹치 같은 노인네'라며 혼자서 중얼거린다. '귀때기에다 대고 그렇게 알아듣게 말을 했건만 도통 자신의 말을 귓등으로 흘러 보내니.' 수자의 복잡하게 얽혀있는 속내를 알아차릴 리 없는 묘덕이었다. 흥, 업둥이 주제에 솔뫼도령을 사모해. 수자는 입을 실룩거렸다. 수자는 업둥이 얄미워 죽겠다는 듯 업둥을 향해 눈알이 돌아가게 눈을 흘긴다. 솔뫼도령이 흥덕사에 온 이후로 업둥은 까닭 없이 얼굴이 붉어졌다. 그것은 분명 춘정에 물든 얼굴이었다. 손바닥만 한 석경을 앞에다 세워놓고 시간 가는 줄 모르고 몸단장을 했다. 머리를 혼자서 길게 땋아 자주색 댕기를 머리끝에 매달아 보기도하고 머리를 풀어헤쳐 늘어뜨리기도 했다. 요 근래 업둥에게 찾아온 변화였다. 수자는 이제 확실히 그 이유를 알았다는 듯 '흥, 오르지 못할 나무 올려다 보다가 모가지가 부러지지.' 수자는 업둥이 화방도령을 흠모하는 게 몹시 못 마땅하는 것 같았다. 제 주제를 몰라도 한참 모르는 '망둥어 같은 년'이라고 구시렁댔다.

새 터에서 낙성식이 시작되었다. 큰스님을 중심으로, 석찬은 맨 앞 줄 중앙에 앉아 있었다. 그 자리는 직지 금속활자 제작추진위원장 자리였다. 그 옆에는 조정 서원부에서 오신 판서대감과 그 일행이 자리를 잡고 앉아 있었다.

직지심체요절의 금속활자본을 홍덕사에서 제작한다고 상소를 드렸을 때, 아직까지 인접 국가는 물론 멀리 서구에서도 시도된 적도 없는 초유의 창의적이고 창조적인 발명품을 기획했다며 부디 성공해서 이 나라 고려의 숨은 저력을 만방에 알려 달라고 많은 하사품과 함께 아낌없는 지원을 하겠다고 약조해 놓은 상태인데 낙성식에도 판서 대감과 수행원들이 대거 참석하고 있었다.

오른쪽으로 명운스님, 왼쪽에는 자성, 운광 스님, 도환은 묵언스님 뒷좌석에 앉아있었다. 묘덕보살 그리고 솔뫼와 마동은 단상 아래 군중 속에 마련된 자리에 앉아있었다. 그 외 홍덕사의 여러 스님들과 인근 사찰에서 초대 되어온 내빈들, 홍덕사의 사부대중들 근동의 민초들이 운집한 가운데 낙성식은 축제 분위기 속에서 경건하면서도 다소 긴장감이 흐르는 가운데 성대하게 치러지고 있었다.

"불교는 모름지기 나라 통치의 근간을 이루는 중심사상이었고 나라의 국교로 자리 매김되었다. 불교의 주련에는 국태민안, 즉 나라가 태평스러워야 민중이 안녕하다는 것과 경천애민 사상으로 국왕과 백성들은 혼연일체를 이루었다. 고려의 불교는 호국 불교이었으며 귀족불교라 일컬어질 만큼 귀족 양반들의 절대적 옹호 속에 있었다."

석찬의 개회 선언이 있고 묵언스님이 단상 앞으로 나가 축문을 읽어나갔다. '저 광대무변하고 광활한 우주 법계는 부처님의 헌신이요. 산천초목, 크 으윽… 큰스님은 매우 고무되어 목소리 톤을 한껏 높였다가 채, 한 줄도 읽지 못하고 사래가 들려 캑, 캑 마른기침을 하고 있었다. 좌중에서는 마음 졸이는 침묵이 지나가고 있었다. 운집해있는 군중들의 시선은 일제히 묵언스님을 주시하고 있었다. 동그랗게 굽은 등을 들썩거리면서 ㅋ, ㅋ, ㅋ, 캑 스님의 마른기침은 쉽게 가라앉을 것 같지 않았다. 군중들이 술렁거리기 시작했다. 중앙에 앉아 있던 석찬이 얼른 단상 앞으로 나가서 다음 구절부터 읽어나갔다.

"바람소리는 그대로가 부처님의 설법이옵니다. 부처님의 존재이신 진여의 세계를 깨닫자 혜안이 열리고 열반묘심을 몸소 체험하시고 부처의 음성을 듣고, 받아 적은 서책이 바로 이 직지심체요절이옵니다. 백운화상이 탁마수행에 든 지 꼭 6년만의 쾌거올시다. 이 직지 원본 두 권에는 우주와 중생을 하나로 연결하는 진리의 다리가 들어있습니다. 인간이 살아서는 지켜야할 도리요 계인 동시에, 실상무상이라 생멸 계를 떠나서는 우주로 건너가는 교량인 셈이지요.

이제 이곳에 부처님의 법의 소리들을, 영겁의 시간 속에서 머문바 없이 스쳐지나가는 한 티끌에 불과한 중생이기에, 그 시간의 영속성을 획득하고자 금속으로 찍어내어 만대에 이르도록 전파하고 보존하려 하오니 부디 원력을 내려주시고 성취케 하소서!"

석찬은 축원문에 이어 자신의 사유까지 피력했다. 그의 소리는 쩌렁쩌렁 병풍처럼 둘러싸고 있는 운천산을 울리고 메아리가 되어 되돌아왔다.

음, 역시 석찬이 백운화상의 수제자답게 영특하게 생겼군. 저 눈에서 뿜어져 나오는 안광을 봐요. 총기가 초롱초롱하지 않소. 그의 도반 차명, 혜전과 함께 중국 송나라로 건너가 혜훈선사를 스승으로 모시고 한학 공부도 했다잖소. 여기저기서 석찬에 대한 칭송들을 하느라 수군거리는 귓속말들로 장내가 잠시 술렁거렸다. 그 가운데 한 사람, 명운스님만 여전히 불편해 보였다. 눈을 들어 허공을 바라보다 고개를 숙이고 딴 짓을 피우기도하며 지루한 듯 보였다.

마지막으로 커다란 풀무에 장작불을 지피는 의식으로 행사는 끝이 났지만 명운의 질투와 경원하는 태도가 석찬의 마음에 가시처럼 걸려있었다. 직지 금속본 간행이 마무리될 때까지 견뎌내야 할 또 하나의 장애인 셈이었다.

석찬이 일주문 앞에 나와 서서 내빈들이 떠나는 것을 하나하나 배웅하고 처소로 돌아 왔을 때 땅거미가 지고 있었다. 각 처소마다 희미한 호롱불이 켜진 시각이었다.

석찬은 손님들을 배웅하고 돌아와 방안에서 각 공인들, 인력 배치 상황을 대충 짜 맞추어 보고 있었다.

묘덕은 큰스님의 노체가 걱정되었다. 낮에 낙성식 때 축문 한 구절도 채 읽지 못하고 사례가 들린 게 마음 아프게 다가왔다. 몸에 기운이 쇠해지니 기관지도 약해진 것 같다. 묘덕은 지금까지 그래왔던 대로 수자보살을 시키지 않고 자신이 직접 큰스님의 미음을 끓였다. 찹쌀에다 원기회복과 기관지에 좋다는 버섯과 은행, 맥문동 뿌리, 잣을 넣어 한소끔 푹 끓인 다음 말린 전복 불린 것을 곱게 다져넣고 다시 한 번 끓여냈다.

묘덕은 수저로 떠 먹기 적당하게 식은 죽을 떠서 스님의 사발에 담았다. 큰스님의 죽 사발이 올려 진 쟁반을 들고 밖으로 나와 요사채 큰스님 방으로 향했다.

"스님, 죽 공양 가져 왔습니다."

"들어 오시오."

스님은 자리에 누워 있다가 묘덕이 방문을 열고 들어오자 일어났다.

큰스님 방에서 묘덕은 죽 공양을 맛있게 먹는 큰스님을 물끄러미 바라보고 있었다. 묘덕은 한참을 망설였다. 업둥의 얘기를 꺼낼까 그냥 말까, 노체도 몹시 쇠잔해 보이는데.

"아니, 묘덕 무슨 할 말이 있나요?"

큰스님이 먼저 알아차리고 수저를 내려놓으면서 물었다. 묘덕은 별안간 속마음을 들킨 것 같아 머쓱해졌다. 한참을 주적거리고 있는데 스님이 말을 이었다.

"묘덕 이 절간에 나 모르는 무슨 일이 있나요? 그렇잖아도 새로운 식솔들이 많이 들어와 있으니 나로서는 마음이 여간 쓰여요. 묘덕, 이 절간에서 일어나는 일은 한 치의 더함도 뺌도 없이 알려 주어야 해요. 아시겠지요. 묘덕이 내 귀를 열어주지 않으면 난 소경이 되고 말거에요."

큰스님이 지레 연막을 깔았다.

"저 스님, 업둥이 화방 도령을 좋아하는 것 같대네요."

"아무렴, 누가 그런 가당치도 않은 말을 해요. 아직 어린 아이를 두고, 화방 청소하러 들락거리는 것을 보고 그런 거 아닐까요?"

"글쎄요 지도 그런 것 같기도 허구…"

"누가 그래요?"

"수자가 그러더라고요."

"거 수자 말 믿지 말아요. 사람이 덩치만 컸지 좀 실없지 않습니까, 어험."

스님은 큰기침 한 번으로 실없는 수자 말 듣지 말라며 묘덕의 말에 일침을 놨다.

"그런 얘기라면, 어서 나가 봐요."

묘덕은 자신이 수자 따라 실없는 사람으로 몰린 것 같아 무참해져서 스님 방을 나오려는데…

"스님!, 큰스님."

방문 앞에서 급히 부르는 소리가 났다. 마동 목소리였다.

"무슨 일이냐."

"스님 여쭐 게 있습네다."

묘덕은 가슴이 철렁했다. 또 무슨 일일까.

"들어 오너라."

큰스님이 마동을 단박에 들어 오너라했다. 묘덕은 자리에서 일어나 자신이 먼저 나오고 마동이 들어가는 것을 보고 요사채를 빠져 나왔다.

스님 방에 들어온 마동은 용건부터 말하기 바빴다.

"스님 한 사나흘 정도 시간을 주십시오. 함께 일 할 조수를 데려 오겠습네다."

"조수, 손 맞춰 일할 사람을 따로 생각해 둔 게 있느냐?"

"네에 있습죠, 갈마라고 늘 함께 했습죠."

마동은 청암사에서 범종을 제작할 때, 갈마와 함께 일했다는 것을 상기해 내며 이 금속활자 제작에도 동참할 수 있게 해 달라고 간청을 하고 있었다. 갈마의 숙련도는 중도쯤 될 거라며 석찬이 간택해 놓은 하수만으로는 어려울 거라고 했다.

"고놈 참, 성미 한번 급하구나. 갈마라는 놈이 지금 어디 있느냐. 몇 사람이나 필요하며 지금 가면 언제쯤 데리고 돌아올 수 있느냐, 차근차근 말해보아라."

"예전부터 함께 했습죠. 지는 갈마가 아니믄. 어렵습네다. 워낙이 오래 함께 일을 해서라무네. 손발이 척척…"

마동은 촌각을 다투듯이 조급히 스님에게 청을 넣고 있었다.

"그래 그렇담 손발이 잘 맞는 조수를 부리는 게 아무래도 수월하지 않겠냐."

스님도 누구보다 갈마가 마동과 손을 맞추어 일하기에는 적임자라는 말에 조금도 개의치 않고 흔쾌히 승낙했다.

다음날 아침 마동은 아무런 거리낌도 없이 괴나리봇짐에 짚신꾸러미를 매달고 올 때 입었던 갈매색 바지, 윗도리를 챙겨 입고 콧노래까지 흥얼거리며 흥덕사 일주문을 나선다. 불안한 시선으로 바라보고 서 있는 석찬을 향해 혀를 쑥 내밀어 야유를 했다. 경망스럽다거나 촐싹대는 건 그 사람의 성품의 문제이지, 나이나 덩치에는 하등 상관이 없는 것 같았다.

"스님 이제 일을 시작할 때인데 마동에게 출타를 허락하시다니요?"

석찬이 큰스님에게 항의 표시를 했다.

"아직 주물사가 할 일은 없어요. 우선 주형틀에 쓰일 찰흙을 해감시키는 일부터 해야 해요. 그 일만 해도 몇 날이 걸릴지 몰라요."

스님은 주물사가 맡을 공정이 되기 전에 사나흘이라 했으니 마동이 돌아오지 않겠냐며 걱정하지 말라고 석찬을 안심시킨다. 석찬은 지금처럼 웃어른과 일을 도모함에 의견이 맞지 않을 때 가장 곤혹스러웠다. 큰스님의 말에 조금도 안심이 되지 않았다.

석찬은 정돈된 의식이 흔들릴 때면 경내를 말없이 거닐었다. 전각 사이를 스쳐온 새벽 골바람이 석찬의 민머리를 훑고 지나 간다. 정신이 깨어나는 것 같다. 흥덕사 경내에도 겨울이 요란스 럽게 지나가고 있었다. 삭풍이 '휘이익, 휘이익' 빈 가지를 흔들 어 대면 나목이 된 가지들은 산짐승처럼 울부짖었다. 마동의 출 향, 명운스님의 질투와 회유, 석찬으로서는 뛰어 넘어야할 마장 장애였다. '호사다마' 좋은 일에는 늘 장애가 있다는 뜻이었다. 조용히 근심을 내려놓고 생각에 잠겼다.

과연 이 대업을 계획했던 대로 수행해낼 수 있을까, 무시무종 의 회의가 두려움과 함께 몰려들었다.

처음 석찬이 직지를 바랑에 넣어 흥덕사로 가겠다고 말했을 때 정혜와 법린이 몹시 놀라워했다. 그리고 달잠은 함께 가겠다 며 따라 나섰다. 석찬은 혼자서 가도 흥덕사의 큰스님과 이미 합 의가 되어있으니 무슨 일이 있겠냐며 '달잠은 취암사에 남아 해 야 할 일이 있지 않소. 스승님이 지켜 오신 취암사를 달잠이 맡 아서 이끌어 가야 하오,' 석찬은 한사코 달잠을 뿌리쳤다. '석찬

참으로 힘들고 지난한 일이 될 터인데, 누군가 꼭 해야 할 스승의 유업이긴 하오만 석찬 험난한 여정이외다.' 석찬을 바라보며 무모하지 않느냐는 듯 의혹에 찬 눈망울을 휘둥글렸다

'글자 한 자 한 자를 그것도 금속으로 새겨서 일만 육천여 자를 만들어 낸다는 것은 참으로 장구한 시간과 많은 인력과 그간의 비용들을 감안한다면 언감생심 이 소승으로서는 꿈도 꿀 수가 없소이다.' 석찬은 지금처럼 회의가 몰려들 때면 그들의 말이 귓가에서 되살아났다.

'초발심시 변정각이라잖소. 시작을 하면 도와 줄 귀인들이 나서는 법이외다.'

석찬은 늘 부처님의 법어를 일상 속에 접목시키고 한 치의 의혹도 흔들림도 가지지 않았다. 그러나 기대했던 귀인은 누구인가…

법린, 정혜 달잠, 문도들 어쩌면 그대들의 만류가 옳을지도 모르오. 소승은 지금 고립무원의 터널에 갇혀있는 것 같소. 사방은 그저 까닭모를 반목과 질시뿐이오. 세상일이란 의욕이나 젊은 혈기만으로 되는 게 아니라는 것을 뼈에 사무치게 깨닫고 있소. 협력자나 조력자가 톱니바퀴처럼 얽혀 돌아가야 한다는 것이오. 고립무원의 독불장군은 아무것도 이룰 수 없소이다. 더군다나 훼방꾼과 맞닥뜨리면 젊은 혈기도, 들끓었던 의욕도 한없이 움츠러들고 만용이었다는 것을…

법린, 정혜, 달잠, 문도들 이 소승에게 힘과 용기를 빌어 주시오. 그 천계에 전해지기를 기원했던 계획들이 이대로 한낱 몽상으로 그치게 할 순 없지 않소. 함께 스승 슬하에서 도를 깨우치고자 정진했던 그대들이여, 유난히 그대들이 그립소. 도반들이여 그렇다고 소승이 겁 없이 이 대업에 뛰어든 걸 후회한다거나 물리치고 싶다는 건 결코 아니외다. 잠깐 스쳐가는 마음의 어둠이려오. 두려움이요. 번뇌려니 곧 걷히고 햇살 같은 용기 한 줄기라도 내 마음에 새어들리다. 기어이 기쁜 소식 전하리다.

삭풍이 방문을 휘갈기고 지나가는 깊은 산사의 여명, 그대들을 생각하오. 멀리서라도 나에게 힘을 보태주시오. 초심을 잃지 않고 이 어둠의 터널을 꼿꼿하게 지나가리다. 도반들 내가 이 과업을 완수하고, 법계에서 지켜보고 계시는 스승님의 가피를 도반들에게도 전하리다.

흥덕사 식솔들 중에서 직지의 금속활자판 제작에 관심을 갖는 사람은 그리 많지 않았다. 묵언스님과 주자소 터를 낙점해 준 운광스님 그리고 시봉인 도환뿐이었다. 사부대중들에게 설법을 주관하시는 자성스님, 그는 높은 법랍과 법신처럼 고요하기만 할 뿐 이렇다 저렇다 말이 없었다. 그리고 전 재산을 내놓겠다고 한 묘덕 외에 오히려 재가불자들이 더 적극적으로 시주에 동참할 움직임을 보였다.

명운스님과 그와 가까운 측근들은 직지 간행 작업에 대해 자신들과는 하등 상관이 없는 태도로 일관하다니 작금에 들어 일이 점점 구체화되어가고 공정에 맞추어 장인들을 불러들이려는 계획이 가시화되자 불편한 심기를 드러내고 폄훼하기 시작했다.

직지심체요절을 백운화상과 석찬의 사사로운 치적을 쌓는 일로 여기는 것 같았다. 참으로 그들다운 생각이었다. 그의 그런 편향된 시각이나 그릇된 생각은 어디에서 기인된 것인지 알 수는 없었다. 명운스님은 법열삼매 수행 없이 승과급제를 거쳐 승려가 되었다고 했다. 그것도 장원으로, 학문으로만 익힌 불법, 그가 지향하는 화두가 무엇인지 간화선이든, 무심선 수행이든 선방에서 화두를 잡고 깊은 선정에 들어 의식 저 너머의 세계, 무여열반 득도의 경지를 체험한 적 없이 승과급제로만 불가에 입문한 학승이라는 점을 보면 그의 전투적 성향과는 맞아떨어지는 입문과정이었다.

명운은 지위의 높고 낮음을 겨루기를 좋아하고 팔팔 끓는 명예욕은 세속의 무관과 다르지 않았다. 모름지기 법열삼매의 수행과정에서 끌어올린 깊은 돈오의 경지, 수행으로 다듬어진 승과의 차이로 보면 너무 허상 같은 것이었다. 즉, 부처와 하나 되는 영적 체험 없이 이론적으로 불법을 받아들인 승들에게서 나타나는 특징들이었다. 석찬은 그가 학승이든 선승이든 그를 이해하고 수용하려했다.

자성스님 역시 그즈음 부처님의 경전을 자신이 몸소 재집필하는 일에 매달려있었다. 자성이 집필중인 경전은 백운화상이 집필해 놓은 직지와는 법통과 법맥에서 차이가 있었다. 말하자면 참회의 정화의식, 무여열반 최상승의 오묘한 진리는 찾아볼 수 없었다. 자성은 그런 일정에 매달려 직지심체요절 금속활자 주조에는 무심한 태도였다. 석찬과 맞서는 것은 힘의 대결보다 수행이나 학문의 경지로 앞서가고 싶은 듯했다.

석찬은 자신의 방에 홀로 앉아 화상이 손으로 한지에다 또박또박 새겨 쓴 직지 원본을 꺼내 점검해 보곤 했다. 종이의 질이 좋지 않아 뭉개진 글자가 여럿 보였다. 이 글을 손수 쓰실 때의 스승님을 떠올리다 석찬은 가슴이 뭉클해왔다.

먹색이 퇴색되어질까, 습기에 녹아 자연 사멸되어지는 것은 아닐까. 혹여 생쥐라도 숨어들어 쏠아 버리지나 않을지, 그는 노심초사 하고 있었다. 무슨 변고가 생기기 전에 어서 금속활자틀을 만들어서 선명하게 글자들을 살려내야 할 텐데. 금속활자는 금속 재질에다 한 자 한 자 따로 분리되어 제작되어지기 때문에 보관하기에도 편리하고 그 활용 범위도 무궁무진 할 것이었다. 이 나라 백성들의 지적 욕구에 비해 서책들이 턱도 없이 부족한 상황인데 그렇게만 된다면 승과에 응시하려는 응시생들뿐만 아니라 문과생들에게도 크나큰 보탬이 될 것이었다. 석찬은 비약적인 상상에 마음을 주고 혼자서 조급해진다.

"석찬스님."

도환의 나지막한 목소리다. 웬일로 도환이,

"무슨 일이요?"

석찬이 방문을 밀쳤다.

"큰스님이 국향실로 오시라는 분부이십니다."

도환은 말을 하고 돌아서서 국향실을 향해 성큼성큼 걸어 나갔다. 석찬도 말없이 빠른 걸음으로 도환의 뒤를 따랐다.

국향실에는 손님이 와 있었다. 조정에서 선발을 해서 내려 보내준 상수 급에 해당하는 여러 공인들이었다.

주물사들이 쇳물을 녹여 틀에 붓기 전 단계로 목판에 활자를 새긴 후 해감찰흙을 채운 주형틀을 만드는 전 과정까지 장인들이 해야 할 공정이었다. 장인들은 나라에서 연마시키는 국보급에 해당하는 장인들답게 면면이 출중해 보였다.

"이 공들은 나라에서 관리하는 국찰을 주로 맡아 단청을 깎고 고운 흙을 다루어 소조 불을 제작하는 훌륭한 장인들이요."

묵언스님이 소개를 했다. 큰스님은 조정의 배려에 감사하고 있었다. 조각수가 담당해야하는 판각 역시 어렵고 세밀하지 않으면 안 되는 공정이었다. 판각에 사용하는 끌 역시 날이 새우의 수염 같이 가는 세 끌을 쓴다. 고도의 집중력과 높은 장인의 경지가 아니고서는 불가능한 일이었다.

"여기 이 스님은, 지금은 입적하셨지만 직지심체요절을 집필하신 백운화상의 제자이신 석찬스님이시오. 서로 인사들 나누시지요."

"대목, 석술이오, 소목. 귀웅이오. 찰흙을 해감시키는 원철이
외다."

이 대업을 함께 이끌어 가야할 정예요원들이었다.

"이 장인들을 주자소로 안내하시오."

큰스님이 석찬에게 분부의 말을 했다.

석찬은 공인들을 데리고 대웅전 모퉁이를 돌아 눈을 뒤집어
쓴 채 서 있는 소나무와 잣나무 길을 헤치며 주자소로 향했다.
주자소에 오르는 가파른 오르막길에 서서 내려다 본 흥덕사는
적요에 잠겨 평화롭게만 보였다. 공양간에서 연기가 모락모락
피어오르고 점 하나로 작아진 부목처사는 장작더미를 안고 아궁
이마다 쫓아다니며 불을 지피는 게 멀리 보였다. 굴뚝마다 하얀
연기가 구름처럼 피어오른다.

석술은 아버지가 대목쟁이라고 했다. 열세 살 적부터 아버지
를 따라 다니며 어깨 너머로 목수 일을 배우기 시작했다. 기와집
상량 목과 서까래 짜 맞추는 일에서부터 절 단청 깎기 같이 어렵
고 까다로운 과정들을 익혔기 때문에 목판에 새겨진 섬세하고
세밀한 글자를 조각하는 일에는 누구보다 자신이 일인자라고 엄
지손가락을 치켜세우면서 걸어가는 내내 자랑을 늘어놨다.

그에 비해 귀웅과 원철은 석술의 말에는 관심도 없고, 시선을

들어 저 멀리 겹겹이 위계와 질서를 지켜 주봉아래 엎드린 수많은 조봉들, 마치 신과 자연을 예경하고 숭배하는 민중의 모습 같은 산맥에 정신이 팔려있었다. 산맥의 주령이 힘차게 뻗어내려오다 여기서 멈춘 이 터는 천지의 기와 혈이 뭉쳐 있어 수호신장과 수호여신들이 머무르며 옹호할 것만 같은 지세를 갖추었다며, 흥덕사 터의 풍수지리에 대해 큰 관심을 보이며 귀엣말들을 나누고 있었다.

석찬이 길을 터주며 앞장서서 걸었다. 공인들도 귓속말을 끊고 따라 걸었다. 한참을 걸어 주자소 앞에 이르러 문을 열려는 순간 잠겨있어야 할 자물통이 열린 채 걸려 있었다. 석찬은 불길한 예감이 돌개바람처럼 일었다. 가슴을 진정시키며 안으로 들어갔다. 넓은 주자소 안이 어지럽게 흐트러져있었다. 여기저기 살펴보다 공구함이 없어진 것을 발견했다. 분명 그 자리에 세 개의 함을 크기별로 포개서 쌓아놨는데 자리가 텅 비어 있었다. 공인들이 사용할 연장들이 모조리 사라져버린 것이다.

심장이 쿵쾅거리기 시작했다. 얼굴빛이 창백하게 변했던지 공인들이 놀라 물었다.

"석찬스님 왜 그러시우?"

"아, 아무것도 아니우."

'도대체 누구의 소행일까?' 공구들은 모두 조정에서 하사받은 송나라에서 들여온 최상품들이었다. 석찬은 가슴을 진정시키면서 구석구석 주자소 내부를 안내하면서 살펴보았지만 공구함은 그 자리에 없었다.

주자소를 둘러본 공인들은 무척이나 흡족해하는 표정들이었다. 우선 새로 지어진 건물인 만큼 깨끗하고 들창을 걷어 올려놓으니 볕이 잘 들것 같았다. 옆을 돌아 흐르는 개울물 소리만이 자연의 속삭임처럼 아스라이 들릴 뿐 주위가 조용했다.

목판에 새겨진 글자를 조각하고 주형틀을 만드는 일이 진행되는 동안 그들이 머무를 일터였다.

석찬은 절 마당까지 공인들을 인솔해 내려와 조만간 연락 할 때까지 대기하고 있으라고 돌려보낸 후 공양간으로 향했다. 공양간에는 아무도 없었다. 만질만 구석진 자리에서 우적우적 밥을 욱여넣고 있었다. 저녁 공양 시간이 조금 지나긴했다. 만질이 석찬을 쳐다보고 그대로 고개를 숙여 밥을 먹었다.

이럴 수가! 큰스님에게 알려야할 텐데⋯ 누구의 소행일까, 깊은 고민에 빠졌다. 명운, 아무리 생각해도 명운밖에 짚이는 인물이 없었다. 그가 직접 하지는 않았겠지만 적어도 누군가에게 교사는 했을 것이다. 그렇다면 석공을 시켰을까. 일이 커지고 복잡해지기 전에 제자리에 갖다 놓는다면 조용히 넘어갈 수도 있지만 만약 그렇지 못한다면 일이 더 지연 될 터인데, 머릿속이 복잡해지고 온통 사라진 공구들에 생각이 꽂혀 아무런 생각도 없었다.

저녁 공양을 먹는 둥 마는 둥 석찬은 밖으로 나왔다. 만질도 석찬의 뒤를 따라 나왔다. 그리고는 석찬 가까이 다가오더니 손짓으로 무언가 의사 표시를 하기 시작했다. 전에 없던 짓이었다. 손으로 북 모양의 틀을 다듬는 시늉을 하다 대패로 미는 흉내를 내기도 했다. 그리고 끝으로 명운의 모습을 어설프게나마 그려 냈다. 머리가 크고 어깨가 넓고, 정리를 해보자면 그런 사람이 다른 사람을 데리고 와서 연장들을 훔쳐내라고 시키는 것을 보았다는 말인 것 같았다. 자기가 두 눈으로 똑똑히 보았다고 자신의 눈을 찌를 듯이 가리켰다.

만질이 현장을 보고 있었지만 말 못하는 벙어리인 까닭에 발설하지 못 할 거라 여기고 명운은 거리낌 없이 그 짓을 했을 것이다. 석찬은 고개를 끄덕여 알았다는 표현을 해 주고는 곧 바로 명운을 찾아갔다. 조만간 공인들을 불러서 일을 시작하려면 조금도 지체할 수가 없었다.

명운, 명운! 석찬이 방문 앞에 서서 불렀다. 그러자 단번에 방문이 거칠게 열렸다. 석찬이 찾아 올 것을 예상이라도 한 것처럼…

"웬, 반말 짓거리야! 존칭은 네 맘대로 잘라먹고 명운이라니."

"일단 들어가서 이야기 하지요."

석찬은 문을 가로막고 서 있는 명운을 밀치고 방으로 들어갔다.

"명운, 거두절미하고 말하리다. 주자소 안에 쌓아둔 공구함들 당장 제자리에 갖다 놓으시오. 그렇지 않으면 일이 심각해 질 것이요."

석찬은 목소리가 다소 격양되어져서 나왔다.

"주자소 공구가 어쨌다고요! 굴러온 돌이 박힌 돌 빼내겠다고, 이제 중상모략까지 어디 와서 누구에게 다짜고짜 도둑 누명이야!"

명운은 움찔 놀라는 듯 하다가 과장되게 소리를 질렀다. 기선을 제압하겠다는 속셈 같았다.

"명운 왜 이러시오. 보는 사람이 있었어요. 섣부른 방해 공작일랑 이쯤에서 멈추시고 공구함 세 개 제자리에 갖다 놓으시오. 그 공구는 조정에서 하사 받은 공구인지라 저잣거리에다 내 놓고 팔지도 못할 것이로다. 아시겠지요. 공구만 당장 제자리에 갖다 놓으면 큰스님에게도 고하지 않을 것이오. 명운과 나만 알고 넘어 갈 수도 있지요."

석찬은 명운을 크게 자극하고 싶지는 않았다. 궁궐에서 하사 받은 공구라는 말에 명운은 표정이 심하게 흔들렸다.

조정에까지 알려서 국가적인 일에 훼방을 놓았다는 것도 죄가 될 뿐더러, 승이 도둑질을 했다는 것이 알려지게 되면 형틀에 매달려 참수 당할지도 모른다는 불안감에 휩싸인 듯 얼굴빛이 노랗게 변해갔다.

"명운 제자리에 빨리 갖다 놓으시오. 그러면 나도 함구하리
다."

석찬은 재차 일침을 놓았다. 그러나 훔쳐낸 공구를 제자리에
원상복귀 시켜 놓으면 없었던 일로 처리를 하겠다는 석찬의 생
각은 그나마 자비에서 나온 것이 분명했다.

석찬은 서둘러 명운의 방을 나왔다. 바람 한 줄기가 가슴을
훑고 지나가자 마음이 허허로웠다.

연정

　석찬은 허허로운 마음으로 깊은 회의에 잠겼다. 불가에 귀의
하여 부처님의 제자로 살겠다고 승이 된 자의 행실로는 도저히
이해가 되지 않았다. 뜰에 나와 마음의 산란함을 잊고 고요히 바
람의 소리를 들으려했다. 거대한 어둠은 막막한 불안을 만들어
내고 무수히 빛나는 별들만이 아득히 그리움을 부른다.

　겨울 산사의 청량함이 폐부 깊숙이 파고들었다. 법당 들문 너
머에서 조그마한 만다라 같은 둥근 빛 무리가 새어나와 빈 댓돌
위를 어슴푸레하게 비추고, 헐벗은 가지 사이를 스쳐온 삭풍이
석찬의 정수리 위에서 머뭇거린다. 석찬이 무념무상이 되어 발
길 닿는 대로 경내를 거닐다 대웅전 아래 돌계단을 따라 내려갔
다. 나란히 붙어있는 요사채와 별채가 보이고 그 앞을 지나쳐 더

내려가면 공양간에 이르는데. 그곳에 닿기 전 솔뫼의 화실이 모습을 드러냈다. 솔뫼는 낮 동안은 거의 화방에 머무르며 그림을 그렸다. 화실에서는 흐릿하게 불빛이 새어나오고 있었다. 밤이 이슥한데 솔뫼가 처소에 들지 않고 이곳에 머물다니 석찬은 조금 뜨악했다. 발걸음을 멈추고 한참 화방주위를 서성거렸다. 안에서 도란거리는 소리가 들려왔다. 내용을 알아들을 수는 없었다. 석찬은 자신도 모르게 가까이 다가갔다. 솔뫼와 업둥의 목소리 같았다. 사위가 적막에 잠겨있는 산사의 자정이 가까워진 시각, 앳된 남녀의 도란거리는 소리는 묘하게 가슴을 설레게 했다.

"으 으 음, 솔뫼!"

석찬은 문을 두드리면서 인기척을 냈다. 얘기 소리가 뚝 그쳤다. 잠시 뒤

"석찬! 석찬스님이요?"

안에서 솔뫼의 놀란 소리가 났다. 솔뫼는 단박에 석찬의 음성을 알아차렸다.

"어인, 일이시오."

말과 동시에 화실 문이 열렸다. 솔뫼의 모습이 드러났다. 손에 붓이 들려있었다. 그 너머로 머리를 길게 늘어뜨린 여자가 보였다. 머리를 땋아 끝에다 댕기로 묶은 듯 붉은 천이 어른거렸다. 아~ 업둥이, 업둥이였다. 솔뫼와 업둥, 이해되지 않은 동석자. 거기에다 어둠 속의 밀회, 웬일로 석찬의 가슴이 마구 뛰기

시작했다. 의식은 벌써 시간 저 너머의 그 밤을 불러내 맴돌고 있었다. 안개처럼 피어오르는 그 밤의 연정, 얼굴이 달아오르는 것을 느끼면서 시치미를 뚝 떼고 안으로 들어섰다. 화방은 따뜻하고 아늑했다. 부목처사 만칠이 화방에 각별히 마음을 기울여 몽글하게 장작불을 지핀다. 너무 뜨겁지도 그렇다고 차갑지도 않게 온도를 조절한다. 석찬이 냉정하게, 차갑게 목소리를 가다듬어 물었다.

"이 시간까지 그림 작업을 하오?"

석찬은 솔뫼에게 말을 하면서도 시선은 업둥에게 꽂혀있었다. 업둥의 흰 무명 적삼이 주황색 가스등 불빛을 빨아들여 불그스름하게 물들어있었다. 아! 그 흰 적삼, 석찬은 단단히 걸어 잠겼던 마음의 빗장이 속절없이 무너지고 있음을 느꼈다. 하얀 비단 속적삼을 온통 눈물로 적시면서 애달피 울던 그 밤의 금홍. 기억 속의 금홍은 지금 눈앞에 앉아 있는 업둥에 비할 바가 아니었다. 업둥의 얼굴에 흩뿌려진 주근깨는 불빛 속에서도 그대로 드러나 보였고, 낮에 태양빛 아래서 보았을 때보다 더 예쁠 것도 없었다. 둥글넓적한 얼굴에 빈약한 새끼 줄 같은 댕기머리를 널찍한 등판 위로 늘어뜨리고, 그저 세속을 비켜난 산가시내에 불과했다. 거기에 비하면 금홍은 기생학교인 권번에서 다듬어진 섬세하고 고운 예인의 자태였다. 업둥이 산야에 지천으로 널려 있는 들꽃이라면 금홍은 온실 속에서 피어난 여리고 절제된 야

화랄까. 석찬은 머리를 세차게 흔들어 들러붙는 금홍의 환영을 떨쳐내려 했다.

"석찬스님, 왜? 갑자기 체 머리를 흔드시오?"

"아, 아니, 밤 거미 한 마리가 머리에 들러붙어서 떨쳐 내고 있었어요."

"그, 그래요. 거미? 사람이 늘 상주 하고 있는 공간인데 거미가 어디 있다고?"

솔뫼가 뜨악한 얼굴로 석찬의 표정을 살핀다.

"방금, 밤 거미 한 마리가 내 정수리 위로 내려앉았어요. 손님이 왔다고 인사차 내려왔나, 허 허 헛."

석찬은 끝까지 둘러 댈 수밖에 없었다. 가슴은 아직도 진정되지 않은 채였다. 솔뫼 역시 석찬의 행동거지가 이해되지 않았지만 더 이상 캐묻지 않았다.

"저도 이제 그만 마쳐야겠어요."

솔뫼는 화구들을 주섬주섬 챙긴다. 옆에 있던 업둥도 크고 작은 여러 개의 붓들을 물통에 씻어 제자리에 걸고 안료들을 화구함에 집어넣는 등, 솔뫼보다 더 잽싸게 어질러진 화구들을 제 자리로 찾아 옮겨놓는다. 그녀의 그런 모습은 처음이 아닌 듯 익숙해 보였다. 마치 그 둘은 아귀가 잘 맞는 돌쩌귀 같았다.

석찬은 솔뫼가 그리는 중인 그림들을 찬찬히 들여다보았다. 아직 미완성이긴 했지만 내면의 깨우침의 소리들을 형상화시키

듯 정교하고 세밀하게 불교사상의 절제와 엄숙함이 묻어났다.

"이 불화는 무슨 의미인가요?"

석찬은 자신도 모르게 불화 속으로 빨려들고 벽에 걸려있는 그림을 손으로 가리키며 물었다.

"사경변상도지요. 화엄경에 나타난 장면을 형상화하는 불화인데 부처님이 중생들 앞에서 설법하는 장면을 화폭에 담으려는 것입니다. 여기 중앙이 연화대이고 앉아있는 분이 부처님이지요. 불화는 결국 신으로 돌아간 부처를 살아있는 중생이 만나게 하고 그림을 통해 민중의 의식에 하나의 구심점을 마련해주려는 데 그 목적이 있지요."

석찬은 솔뫼의 그림에서 신비로운 기운이 뿜어져 나오는 것을 느꼈다.

"이 바탕이 무엇이요?"

"비단이지요. 보통은 닥나무 종이를 쓰지만 이 불화는 특별히 조정의 지원을 받아 제작하는 중이라 비단을 사용하고 있습니다. 비단결 위에 그려지는 불화는 이 그림처럼 윤기가 흐르고 색체 또한 선명해 예술적 가치가 뛰어날 뿐만 아니라, 긴 시간이 지나도 변색이 되거나 탈색 되지 않고 그 선명함을 유지하지요."

중생들에게 깨달음과 위안을 주고 왕조와의 일체감을 고취시키려는 하나의 방편으로 호국불교를 주창했던 고려 조정은 불화 그리기나 불상 조성, 탑 석축 등에 지원을 아끼지 않았고 불교 역시 국태민안 즉 나라가 태평해야 백성이 안녕하다는 거국적인 주련을 내세웠다. 나라와 불교는 일체라는 것을 고취시키려 했고 그랬기에, 나라가 위기에 처했을 때마다 선방의 승려들이 의병을 일으켜 분연히 일어섰던 것도 어쩌면 호국불교의 실천이었을 것이다, 석찬이 이런저런 생각으로 말을 끊고 있는 사이 솔뫼가 말을 이었다.

"불화에는 주로 눈에 잘 띠는 붉은 색과 녹색, 청색으로 채색을 하는 데 색이 선명하고 오래도록 색의 보존을 위해 주로 주사, 석록, 석청이라는 광물질에서 뽑아낸 안료를 쓰지요."

솔뫼는 석찬에게 자세히 설명했다. 석찬은 고개를 끄덕였다. 늘 보아왔던 탱화의 제작 과정을 가까이에서 접하고 보니 새로운 세계를 만나는 것 같아 신기하고 경이로웠다. 앎의 지평이 넓어지는 것 같다. 말없이 그림만 바라보던 석찬이 다시 물었다.

"그리고 보니 안료를 바르는 쪽이 겉면이 아니라 안쪽 인 것 같소이다?"

석찬은 새로운 사실을 발견하고 호기심이 발동하여 눈을 키웠다. 그 사이 저만치 다소곳이 앉아있던 업둥도 귀를 쫑긋 세우고 솔뫼의 입에 시선을 꽂는 것 같았다. 화방을 무시로 드나들었던 업둥은 이제야 그런 사실에 눈을 떴다. 단순히 청소나 했지, 그리고 보니 정말 그랬다. 주황색 불빛 아래 세 사람의 그림자가 벽에 나타나 그대로 따라 움직였다.

"네에 그런 기법을 배체법이라고 합니다. 말하자면 색의 선명도를 오래도록 유지시키기 위하여 비단의 안쪽에 안료를 짙게 바르는 것이지요, 겉면이 아니기 때문에 탈색이 쉬이 되지 않고 번들거리지도 않아 불빛을 어느 쪽에 두고 바라보아도 명과 암이 흔들리지 않고 색이 은은하지요."

"아하~ 그렇군요."

석찬은 화동들의 지혜로운 발상에 의식이 깨어나는 것 같았다. 불화 한 폭에도 불교의 혼과 선각의 지혜가 깃들어 있어 많은 설법과 자연의 질서를 말해 주고 있다는 것을 느끼면서 점점 불화의 매력에 빠져들고 눈을 떼지 못했다.

솔뫼의 사실감 넘치고 입체감이 살아 움직이듯 하는 불화들을 넋을 놓고 바라보고 있었다. 솔뫼의 입을 바라보며 한 마디도 놓치지 않으려는 듯 긴장한 얼굴로 듣고 있던 업둥의 표정은 어느덧 긴장감 대신 화창한 봄날 같은 춘정으로 환치되어지고 있었다.

솔뫼를 바라보는 업둥의 눈빛에서 경배의 정이 배어나오고 있었다. 그의 그림자마저도 가리지 않으려는 듯 비켜서서 바라보고 있었다.

석찬은 솔뫼의 설명을 듣고 불화들을 바라보니 아름다운 비색 너머에서 생명감이 살아나고 신비스러움이 더했다.

"솔뫼, 송나라에 유학하여 일찍이 불화공부를 했다는 소문을 듣기는 했소만 역시 명불허전, 참으로 훌륭하십니다. 모두가 보물이외다. 소승, 눈을 뗄 수가 없어요.”

석찬의 칭송을 듣고 있던 업둥의 얼굴에서는 자신을 향한 칭찬인양 수줍지만 환한 미소가 은근하게 피어올랐다.

“과찬이십니다, 소인 이제 걸음마지요.”

오히려 솔뫼가 겸손을 부리며 고개를 조아린다.

“그런데 이 야심한 밤에 성스러운 불화 제작을 하는 화방에 웬 아녀자요?”

아까부터 업둥의 행동거지들을 옆 눈으로 훔쳐보고 있었던 석찬이 짓궂게 묻고 만다. 솔뫼에게는 일침처럼 들렸다. 석찬은 솔뫼의 그림세계에서 빠져나온 듯 목소리가 처음처럼 차갑고 냉정했다.

“화방 청소 일을 도와주는 계집아이일 뿐이지요.”

“청소라고요, 솔뫼 이 시간에 청소라니요? 솔뫼, 여기는 법도가 준엄한 절간이외다. 괜한 오해 사는 일이 없도록 몸가짐을 조심해야합니다. 솔뫼에게는 떠나면 그만인 절간일지 몰라도 만중생에게 깨우침을 불러일으키는 부처님의 법의 밭이 아니겠소. 여기는 속이 아닌 성의 영역이외다. 혹여 솔뫼의 훌륭하신 예술혼에 누가 될까봐 드리는 말씀이외다. 곡해는 하지 마시오.”

석찬의 음성은 다소 질책하는 어투에다 사뭇 준엄하기까지 했다. 솔뫼는 기분이 몹시 언짢은 듯했다. 석찬의 이것저것 묻는 말에 성실히 전문적인 영역까지 끌고 들어가 설명해 주었는데 갑자기 뒤통수 맞은 기분이 된 것 같았다. 자신은 송나라에 그림 유학까지 다녀왔고 이 고려 조정이 주목하는 화공인데 석찬의 꾸지람은 분명 과한데가 있다고 여기는 눈치였다. 그것이 하등 여자 문제라 해도 그렇지. 그런 솔뫼를 해맑게 바라보고 있던 업둥이,

"석찬스님, 다, 지 때문이요. 차라리 지를 나무라시오. 우리 도련님이 무슨 잘못을 했시우?"

업둥은 솔뫼와 석찬을 번갈아 바라보며 당황스럽게 말했다.

"우리 도련님이라! 솔뫼, 아녀자를 조심하라는 충고일 뿐이요."

석찬은 피어오르는 금홍의 환영을 밀어내고 봉합하려는 듯 더욱 강한 어투로 한마디 일갈하고 되돌아서 화실 문을 나왔다.

석찬이 화실 문을 나서서 막 몇 발짝 옮겼을 때,

"아니다. 나는 화공이지 머리 깎은 중은 아니지 않느냐! 설사 여자를 품에 안는다한들 그것이 흉허물이 되는 중이 아니란 말이다!"

안에서 들려오는 솔뫼의 화가 난 음성이 석찬의 귓가로 날아들었다. 솔뫼의 모멸감과 저항감이 묻어나는 목소리였다. 석찬은 걸음을 멈추고 뒤를 돌아보았다. 들창으로 새어나오는 불빛이 아늑해보였다. '솔뫼 미안하구려, 그것은 내 본마음이 아니었

소. 이 소승도 솔뫼처럼 가슴 속에 여인 하나 품고 산다오.' 석찬은 어둠 속을 걸으며 먼 시간 너머의 금홍을 만난다. '이 밤 업둥과 솔뫼의 잘 어우러진 한 쌍의 산비둘기 같은 모습을 보고 있노라니 몹시도 그녀와의 그 밤이 그리워지는구려.'

이름이 금홍이오, 그녀는 기녀를 어머니로 둔 동기였소. 태어나게 해준 아비는 원나라에서 사신으로 왔던 '탕하쳉'라고 들었소. 그녀의 어머니가 개경에서 알아주는 관기였던 탓이었을 것이오. 어머니의 미색에 몽골인의 갈색 눈빛이 어우러져 당시 보기 드물게 관능적인 여자였소.

거기가 성황당 툇마루였던 것으로 기억하오. 그녀가 개경권번에서 동기수업을 마치고 고을의 덕망 있는 호장어른이 머리를 얹어주기로 약조가 되어있는 전날 밤이었을 것이오. 그날도 소인이 서원에서 늦도록 사서를 암기하고, 사실 그때가 과거 서경과 시험이 얼마 남지 않은 시점이었소. 서원 문을 막 나서는데 저만치 아녀자의 모습이 내 눈앞에 어른거렸소. 바로 그녀였지요. 긴 장옷으로 얼굴을 절반이나 가렸지만 자태만으로도 이내 알아 봤지요. 뜻밖이어서 놀랐지만 싫지는 않았어요.

"이것아 택일까지 잡아 놨으면, 비록 어염집 규수 같은 혼례는 아닐지라도 동기 가채를 얹는 절차도 엄중한 행사이거늘 바깥출입을 삼가고 몸가짐에 각별히 조심해야지 이 밤에 어디를 나서느냐."

"어머니 저는 기생이 싫습니다. 술꾼들 앞에서 춤추고 노래하는 기생이 되기란 죽는 것보다 싫습니다. 어머니." 그녀의 목소리는 절박했을 것이라 여겨졌지요. "이것아 타고난 모태가 기생인데, 이제 와서 무슨 딴소리야, 이 나라 법도가 그렇지 않더냐. 뛰어봐야 독 안에 든 쥐 꼴이지. 더군다나 화대로 비단 한 필과 땅문서까지 받아 놨는데, 그 정도면 동기의 머리 얹어주는 화대로는 흔치 않은 배려니라. 네가 창과 무가 뛰어나다는 것을 그 어른도 아시고 그런 후한 화대를 보내셨을 것이야."

"돌려주면 되잖아요. 어머니." "이 철딱서니 없는 것, 그 어른이 어떤 어른이신데." 말을 하면서 서서히 어머니의 얼굴에 덮쳐오는 얽히고설킨 복잡한 감정, 그것은 난감함과 황망함, 호장 어른 측의 호된 책망이 두렵기도 하고 돌려주어야할 재물이 사실 탐나기도 했을 것이다. "너 혹여 정환주 도령을 마음에 두고 그러느냐. 어림없다. 아서라. 마음만 다칠 뿐이야. 그 댁 어른들이 너를 아니, 기생 딸을 며느리로… 들일 것 같으냐. 벌써 너희 둘 사이를 눈치 채시고 하인을 시켜 정 도령을 지킨다잖니, 휴우." 어머니 청학기생의 깊은 한숨과 날카로운 지적이 비수처럼 금홍의 가슴에 꽂힌다. 어머니, 정 도령은 소녀가 올려다보아서는 안되는 지체 높은 분이라 여기면서도… "그래, 그러면서도 마음을 쉬이 거두지 못하겠다 말이지. 어련하겠니, 이제 막 피어나는 꽃망울 같은 첫정임에야. 내 어찌 잠시 내 처지를 망각하고 너를

생산하였더냐. 휴~" 어머니 청학기생은 돌아서서 눈물을 찍어내고, 그녀는 그런 어머니의 근심어린 얼굴을 뒤로하고 이 몸을 만나러 나왔던 것 같았소.

어스름 별빛에 본 그녀는 여느 때와 다르게 유난히 외로워 보였소. 한 마리의 올무에 걸린 외로운 사슴이라고나 할까요. 우리는 천천히 마을 어귀에 있는 성황당을 향해 걸어갔지요. 어스름 별빛과 적요만이 고여 있는 성황당 툇마루에 자리를 잡고 앉았지요.

"도련님, 소녀, 기녀에게서 태어나 양반가의 자제이신 도련님과 짝이 될 수 없다는 거 잘 알고 있지요." 말을 하면서 그녀의 눈매에 촉촉이 물기가 서렸소. "차라리 이 한 몸, 불가에 귀의하여 비구니가 될까합니다. 이 소녀를 옭아매놓은 기녀의 운명 같은 건, 기필코 끊어내고 말겠습니다." 그녀의 입에서는 더운 열기가 피어오르고, 음성은 가늘게 떨리고 있었소. 난 진퇴양난에 빠져 아무런 말도 하지 못했지요.

금홍과의 사이를 눈치 챈 아버님의 호된 꾸지람에 시달리던 때였으니까요. 더구나 그녀는 관기로 길러져서 외국 사신들을 맞이해야하는 몸이었소. 내가 깊은 고민을 하고 있는 사이 그녀가 가슴으로 안겨들었고, 우리는 곧 차오르는 젊은 욕망의 불길 속으로 휩쓸려갔고 시간은 그대로 멈추어 버렸지요.

그녀는 이미 작정을 하고 나왔던 것 같았소. 그 밤은, 그렇게 서로의 몸에 화인을 새기는 밤이었소. 흐트러진 옷매무새를 바로 채우고 헝클어져버린 머리를 맨 손으로 쓸어내려 자주 빛 댕기를 고쳐 맸던 그녀. 그녀는 몹시 허전해했고 하얀 비단 적삼이 얼룩으로 채워질 때까지 주체하지 못하고 눈물을 흘렸소. 난 지금도 그 눈물의 까닭을 알지 못해요. 어쨌거나 내가 사내가 되어가면서 불길처럼 치솟던 동정을 바쳤던 여자였소. 그리고 그 밤이 마지막 밤이었소. 솔뫼, 생각해 보면 난 참 못난 사내였지. 제도나 관습 인과율, 그게 무에 그리 소중하단 말이오. 우리 앞에 가로놓인 신분의 위계라는 커다란 장애를 뛰어넘지 못했지요. 하긴 신분의 벽은 국법이었소. 그녀를 취한다함은 나라에는 불충이요 부모에게는 불효였소. 열병처럼 앓고 지나갔던 첫사랑의 기억, 난 그렇게 첫사랑 정인을 가슴에 묻어야만했지요. 시간에 쓸려간 기억들이었지만 흔적마저 지워지지는 않더이다.

석찬은 자신이 솔뫼에게 조금 과장되게 굴었던 게 솔직히 본마음이 아니라는 것을 깨달았다. 석찬은 솔뫼의 항변 같은 말을 곱씹어 보았다. 머리 깎은 중이 아니라 계집을 품에 안는다 해도 흉허물이 되지 않는다는 말인 것 같은데, 설사 머리 깎는 승이라 한들 그게 신의 계율은 아니로소이다. 솔뫼, 부디 업둥과 이제 막 싹트기 시작한 연정을 활짝 피워 내외의 연을 맺고 오래도록 함께 하시오. 정인과의 이별은 또 하나의 커다란 고통이 되더이다. 애별리고…

석찬은 자신의 처소를 향해 걸어갔다. 저만치 뜰에 신갈나무 한 그루가 검은 그림자를 드리우고 서 있었다. 여인의 풀어헤친 삼단 같은 머릿결 같았다. 방문을 열자 외로움이 훅 밀려든다. 한 번 달아오른 몸은 쉬이 가라앉지를 않고 힘겹게 밤을 지새우다 새벽을 맞았다.

석찬은 어슴새벽부터 일어나 개울가로 갔다. 밤새 시달린 육욕의 갈증으로 머리가 묵직했다. 경내를 돌아 흐르는 개울물은 석간수처럼 맑고 차가웠다. 두 손바닥으로 두어줌 담아 올려 얼굴과 민머리를 박박 문질러 씻었다.

차가운 냉기가 머리에서 온몸으로 전해지며 몸의 열기가 내리는 것 같았다. 씻은 머리를 무명천 수건으로 닦는데 먼발치에서 묵언스님의 모습이 보였다. 스님은 꼭두새벽 댓바람을 맞으며 경내를 거닐고 있었다.

"스님."

석찬이 가까이 다가가 나지막이 불렀다.

"오호, 석찬 어인 일이오? 이 어슴새벽에."

스님은 희미하게 빛을 잃고 기우려는 쪽달 아래서 잘 보이지 않은지 눈을 찌그려 뜨며 석찬을 응시했다.

"스님, 마동한테서는 무슨 기별이라도 있었습니까?"

"아하 그건 내가 물으려던 말이오. 석찬, 지금 몇 달 째요. 며칠만 시간을 달라고 떠난 사람이, 어허 이렇게 실없을 수가.”

묵언스님의 수척해진 얼굴에도 설핏 근심이 어린다. 석찬은 이런 경우 무슨 말로 응수를 해야 할지 어리둥절할 따름이었다. 스님의 저 희미한 근심 뒤에 어떤 결단이 숨어있는지 알 수가 없었다. 그래도 마동을 기다리려는지 아니면 다른 주물사로 대체 시키려는 생각을 조금이라도 하고 있는지.

“스님 언제까지 기다리고만 있을 수는 없는 일 아니겠습니까?”

석찬은 다른 주물사를 구해야겠다고 하지 않을까, 내심으로 바라면서 어렵게 말문을 열었다.

“기다리지 않으면 어쩌게요. 무슨 다른 묘책이라도 있습니까.”

아~, 스님은 아직까지도 마동을 더 기다리자는 심산이구나.

“그렇기는 하옵는데 이러다간 차질이 생길까 걱정이옵니다.”

“석찬, 다른 주물 장인를 구해보자는 말 같은데 조금만 더 기다려 보기로 하십시다. 새로운 사람을 찾는데도 시일이 걸리겠지요. 또 찾는다 해도 전국에서 서마동만 한 주물사를 구하기가 쉽지 않을 거예요. 그 자가 주철 다루는 솜씨는 뛰어나다고 알려졌지요. 이 고려 땅에서는 물론 저 원나라에까지 연금술사라고 알려졌다니까요.”

스님의 언성이 높아진다. 석찬은 묵언스님의 마동의 기술에 대한 믿음인지, 고집인지 분간하기 어려운 철옹성을 느꼈다. 석찬은 스님이 병환에 시달리는 중이라 총기가 많이 흐려진 게 아닌가하는 의구심마저 들었다.

"우선, 목공 일부터 시작하도록 하지요. 석찬, 지난번 그 각수들에게 도솔 편에 통보를 하세요."

도솔은 말을 타고 심부름을 하는 파발 스님이었다. 조정과 흥덕사를 오가며 소식을 전하고 조정에서 내리는 하사품도 실어 날랐다.

조금 전까지 공양간 굴뚝에서 피어오르던 연기가 잦아들고 도환이 밥상을 들고 요사채로 들어가는 게 보였다.

"석찬, 공양 들러 갑시다."

묵언스님이 발걸음을 요사채 쪽으로 돌리며, 눈두덩이 움푹하게 패이고 흐릿한 수정체가 우물처럼 깊어 보이는 눈을 들어 석찬을 바라보며 말했다.

깡마른 체구에 주름진 얼굴, 갈색의 저승꽃 반점이 얼굴 여기저기 흩뿌려져 유난히 도드라져 보였다. 석찬은 큰스님의 그 얼굴에서 티끌만큼의 사심도 찾을 수 없었다. 스님의 얼굴은 그 자체가 설법이었고, 바라보는 것만으로도 밤새 시달린 육욕의 번뇌를 말끔히 사라지게 했다.

큰스님과 석찬이 요사채에 있는 큰스님 방으로 향했다. 아침 안개에 싸인 전각들이 서로 이마를 마주하고, 우주의 소리로 미망에 잠든 중생을 깨우친다는 단청 아래 매달린 청동 물고기 모양의 풍경이 간혹 '쨍그렁~' 긴 여운을 남기고 청아하게 울릴 뿐 경내는 법신처럼 고요하기만 했다.

"공양 드십시오."

도환이 상을 공손히 내려놓으면서 말했다.

"도환, 도솔에게 급히 보자고 하게."

"네에 그렇게 하겠습니다."

석찬은 큰스님을 보자 목공소에 준비해둔 공구가 없어진 얘기를 해야 할까 생각하다 입을 다물었다. 명운과 했던 약조 때문이었다. 일단 며칠 더 기다리기로 마음을 먹었다. 명운이 순순히 가져다 놓지 않는다면 큰일이었다. 조정에까지 알려질지 모를 일이라고 으름장을 놓긴 했지만 마음이 놓이지는 않았다. 설상가상 마동까지 떠날 때, 돌아온다고 약속했던 날짜를 훌쩍 넘기고 한 계절이 지나가고 있었지만 마동은커녕 그의 그림자도 나타나지 않고 있었다. 누구보다 조바심을 못 견디는 사람은 석찬이었다. 한시가 급한 판에 기약없이 지체되고 있으니 불쑥불쑥 몰려드는 불안감은 어쩌면 당연한 건지도 모를 일이다. 이제는 스님도 애가 타는 모양이었다.

"도솔을 불러서 개경으로 보내야겠소. 그나저나 계사년 이 해도 이제 며칠 남지 않았어요. 마음만 초조하고 올해 안에 하지 못한 일에 대한 회한만 심중에 가득하고. 석찬, 아무래도 새해부터나 본격적으로 일이 진행되지 않겠어요."

때는 동짓달이 지나가고 섣달이 그믐을 향해 가고 있었다.

"아무래도 그리 될 것 같습니다."

스님과 석찬이 의논을 하고 있는 사이 도솔이 방 문 앞에서 아뢰었다.

"스님 부르셨습니까?"

"어서 들어오게."

"도솔, 자네가 개경을 다녀와야겠어. 마동이 돌아오겠다고 약조한 지가 언제인데 소식이 깜깜 무소식야."

"그런데 스님, 마동이 지금 어디에 머무르고 있는지 찾을 수 있을까요?"

"수소문해서 찾아오게. 개경에 도착하거든 지방 관서인 호민관에 들려 서마동의 행적을 조회해봐야 할 것이야. 호민관은 그 지방에 사람의 들고 남을 관리하는 곳이니까."

묵언스님은 도솔에게 마동을 찾아서 데려 오라고 말했다.

"네에, 그럼 곧 서둘러 다녀오겠습니다."

도솔은 큰스님의 분부를 받들어 말을 몰아 개경으로 떠났다.

마장을 넘어, 오로지 직지 금속활자로

정월달이 지나가고 잿빛으로 싸여있던 산야에 푸른빛이 감돌고 있었다. 주자소 옆 개천에도 물 흐르는 소리가 제법 근동을 울렸다.

양지바른 덤불에서는 노오란 복수초가 성급하게 고개를 내밀고 자연의 순환을 알린다. 바람도 한결 살랑거리고 뺨에 닿은 감촉이 부드러워졌다. 새해가 되자 흥덕사에는 여느 때보다 더 경건함이 흘렀다. 묘덕은 정갈하게 몸을 닦고 치성을 드리기 시작했다. 나라의 국운과 명예가 걸린 대과업을 순조롭게 성취되기를 간절히 빌고 있었다.

"석찬, 이제 새해도 되었고 우선 해감 된 찰흙으로 틀을 만드는 작업부터 서둘러야겠어요."

"네에, 그래야지요."

"공인들 명단이 짜여 졌나요?"

석찬은 판서는 자명 혜전, 판각 작업은 지난번 큰스님이 소개해준 석술, 원철, 그리고 찰흙 주형틀은 토공인 기옹에게 맡기기로 했다. 그리고 모연은 종건, 참여, 신명을 동참 시키는 것으로, 진행되어지는 과정들에 맞춰서 투입될 인력들이 거의 다 맞추어져 가고 있었다. 서한으로 통보하기도하고 도솔 편에 전언을 보내기도 하고 있는 중이었다.

주형틀에 해감찰흙을 채워 활자를 새기기 전 먼저 목판에 글씨를 써넣어야하는 과정이 판서였다. 판서는 가장 기초 작업이면서 마지막 탁본에 새겨질 때까지 그대로 필체가 유지 되어야 하기 때문에 매우 엄격하고 신중한 첫 작업이었다. 석찬은 오래전부터 자명과 혜전을 염두에 두고 있었다. 그들은 당대가 알아주는 명필가들이요, 석찬과 같은 승문 출신들이었다.

승과 급제 후 송나라로 건너가 혜훈선사를 스승으로 모시고 한학을 연마했다. 그런 관계로 그들은 까다롭고 어려운 한자의 획수하나 틀리지 않고 정확하게 서필했다. 특히 자명의 필체는 나라에서 흔하지 않은 궁체였다. 왕에게 보내는 상소문이나 이웃나라와의 교신, 즉 외교문서는 거의 자명의 육필이었다. 석찬은 이런 명필들을 학우로 삼고 있다는 것이 더 없는 자긍심이었고 크나큰 자산이었다. 이 명필이라면 자명과 혜전과 견줄만한 문필가가 없을 거라고, 여러 차례 묵언스님께 천거를 했고 큰스님도 흔쾌히 받아들였다.

"묘덕이 시주할 자들을 천거해서 올려보시오."

큰스님은 재정 문제는 묘덕에게 일임을 주었다. 조정의 지원에다 지금 현재 묘덕이 부모로부터 물러 받은, 묘덕은 양반가의 딸이었기에 꽤 많은 전답을 부모로부터 상속받은 걸로 알려져 있었다. 묘덕이 전 재산을 이번 불사에 시주하겠다고 약조를 해 놓고 있기는 하지만 막상 일을 시작하고 보니 기간이라든가 투입될 인력들의 공임이 예상 밖으로 많이 소요될 것 같아, 큰스님과 묘덕은 걱정이 이만저만 아니었다. 그것을 눈치 챈 석찬은 청주고을 가난한 불자들에게도 동참할 수 있는 기회를 주자고 건의했다. 부처님은 빈자일등, 즉 가난한 자의 작은 보시에 부처님을 향한 염원이 더 강렬하게 스며있다고 여기셨다. 청주 고을의 유력인사들 뿐만 아니라, 청주 고을에는 기름진 땅이 많은 관계로 많은 농토를 소유한 토호들이 많았다. 거기다가 빈자들의 보시도 빠뜨리지 말자고 했다. 그들은 부처님에 대한 예경의식이 투철해서 다투어 보시를 하겠다고 할 것 같은데, 그렇게만 해준다면 재정 문제도 어렵지 않게 조달이 될 것이었다.

시기상으로도 지금이 정초라 사부대중들이 한 해의 원화소복을 기원하면서 부처님 전에 재물을 바치는 것을 덕목으로 여기는 때였다. 그리고 사부대중들 중에서도 신심이 돈독한 불자로는 반야보살과 보현보살이 있었다. 그 반야는 토착지주의 마님이고 보현 부인은 청주목에서 진사를 지낸 관리의 정실부인이었다.

그러한 고을의 유력인사들의 성향이나 신심에 대해서 알고 있기로는 누구보다 묘덕을 앞설 사람이 없었다.

사실 홍덕사가 소유한 농토, 이 또한 조정에서 하사받은 토지였지만 그 전답에서 수확한 곡물만도 1년이면 수백 석에 이르는 양이었다. 그렇게 생각하면 사실 직지 금속활자본을 주조하는 동안 소비될 식량이라든가 장인들에게 지급할 공임 같은 경비를 신도들에게 시주 받지 않아도 될 터이지만, 사실 비축되어 있는 게 없었다. 지금까지 홍덕사에 기대어 살아왔던 민초들, 엄동설한에 근동에서 굶주린 백성들이 없게 해야 한다는 불교의 덕목 따라 그 식솔들까지 먹여 살려야했기에 다 나누어 주다보니 한 해 겨울을 넘기고 나면 곳간은 바닥을 드러내기 일쑤였다. 말하자면 중생구제의 실천이었다. '상구보리 하화중생'은 불교의 기본 이념이었고 이를 바탕으로 수립된 정책의 근간은 '경천애민'(하늘을 우러러 받들고 아래로는 백성을 자비로 보살핀다는 뜻) 사상으로 차용되기도 했다.

왕실에서 궁핍한 하층민까지 살피고 챙기기란 사실상 어려웠다. 몽골족을 비롯해 거란, 여진 등 외침이 잦았던 이 나라 고려에서는 왕과 대신들의 이목은 온통 나라를 그들 부족들의 침략으로부터 지켜내는 일에 몰두 할 수밖에 없었다. 병졸들을 징집하고 무술을 연마시켜 나라의 성문을 지키게 하고 거기에 맞춰 군량미를 비축하는 일에 집중했다.

민초들의 빈곤한 삶을 보살피는 일은 사찰의 몫이었다. '가난 구제는 나라님은 못한다'는 말이 생겨난 것도 우연은 아닐 것이다. 경향각지에 창건되어 있는 사찰에 그 역할을 위임하려 했고, 사찰은 그 한 축을 담당해야했다. 어렵고 궁핍한 민초들을 절에서 보살피는 일이 부처 사상의 '상구보리 하화중생' 덕목에 부합하기도 했다.

석찬의 계획서대로 도반 명필들과 장인들이 모여들었다. 그들은 자신들이 흥덕사에서 일하는 동안 사용할 일상용품과 공인들인지라 자신들의 손에 익숙하고 손때가 묻은 연장들을 가지고 오기도 했다. 괴나리봇짐들은 예상보다 부피가 크고 여러 개였다. 공양간에서 해내야하는 음식들도 평소보다 서너 배정도는 되었다. 밥 지을 쌀만해도 한 끼에 커다란 자배기로 두세 개가 되는 양이었다. 흥덕사는 더욱 번잡스러워졌고 그들이 일으키는 소리들로 여느 잔치 집을 방불케할 만큼 북적거리게 되었다.

그러자 신경이 날카로워진 사람은 다름 아닌 명운스님이었다. 묘덕은 노적가리 봉들이 하나 둘 사라지고 곳간에 얼마 남지 않은 쌀가마니를 바라보면서 앞으로 닥칠 보릿고개를 어찌 넘길지, 공인들의 공임이야 불자들의 시주로 충당한다고 해도 춘궁기에 식량이 떨어지기라도 하면 큰 낭패인데… 가뜩이나 큰스님은 병중에 게시니 묘덕은 혼자서 시름이 깊어진다.

만질은 겨우내 아궁이마다 찾아다니면서 장작불을 지피느라 언제 적부터 입었던 바지인지 솜 넣어서 누빈 핫바지가 땟물에 절어있었다. 움직일 때마다 냄새가 코를 찌른다고 수자보살의 구박이 이만저만 아니었다. 묘덕이 '쯧쯧 가엾은 중생인 지고.' 공양간 옆 헛방으로 들어가 뒤적이다 명운스님이 입던 헌 바지를 찾아내고 만질에게 건네주었다.

"자, 처사 이걸로 바꿔 입어라."

만질이 바지를 받아들고 한참을 살피더니 '어더더더' 검지를 치켜세웠다. 명운스님 것이냐는 손짓인 것 같았다.

"그려, 그려 만질 입어봐. 멋쟁이 명운스님 옷을 빨아 놓은 기야."

묘덕은 만질이 명운 옷이라면 좋아할 줄 알았다. 갑자기 만질의 눈빛이 사납게 돌변하더니 옷을 내동댕이쳐 버린다.

"아니, 왜 그래? 만질이."

묘덕이 놀라서 다가가 옷을 주워들었다. 만질은 '어더더더'하며 무슨 말인가 손짓발짓을 섞어가며 머리 크고 어깨가 떡 벌어진 명운스님을 그리면서 대패, 끌, 짜구, 사포 등 공구가 가득 들어있는 공구함을 자기에게 주자소에 갖다 놓으라고 시켰다는 표현이었다. 주자소까지 들고 가느라 무거워서 혀가 빠질뻔했었다고 혀를 쏙 빼서 아래로 늘어뜨렸다. 그래서 옷도 보기 싫다는 말인 것 같은데, 만질의 수화에 가장 익숙한 사람은 묘덕이었다. 그려, 그려 입기 싫으면 할 수 없지, 하며 넘겼다. 만질은 억울해 죽겠다는 시늉을 했다.

"뭐라고!"

이번에는 석찬의 모습을 그리며 옷을 달라고 했다.

"오라, 석찬스님 옷을 달라?"

묘덕이 다시 헛방으로 들어갔지만 석찬의 바지가 있을 리가 없다. 묘덕이 하는 수없이 큰스님의 낡은 바지를 챙겨들고 나와 만질에게 건네주었다. 큰스님은 워낙 야윈 몸이라 만질에게는 꼭 끼어 움직임이 불편해보였지만, 만질은 괜찮다는 듯 고개를 끄덕였다. 그리고는 마당을 가로질러 석찬 처소로 뛰어가서 석찬 방문을 세차게 두들겼다. 석찬은 인기척 없이 격하게 방문 두드리는 소리에 깜짝 놀랐다.

석찬이 방문을 열자 뜻밖에 만질이었다. 만질이 석찬을 보고는 공구함을 손으로 표현하면서 자기가 공구들을 주자소로 옮겨놨다고 알렸다. 석찬은 무슨 표현인지 단번에 알아차렸다. '비겁한 인간, 제 놈이 갖다 놓지 왜 만질을 시켜.' 언제 갖다놨느냐고

묻자 엊그제 손님들이 막 몰려 올 때라고 했다. 나쁜 인간, 궁지에 몰려 주자소 공인들에게까지 알려질까 봐 두렵기는 했나. 말 못하는 만질을 부려서 제 허물을 무마시켰군. 석찬은 만질에게 수고했다는 손짓을 해보였다. 만질이 무구한 눈빛으로 바라보며 헤벌쭉 웃었다.

주자소는 일사분란하게 일이 진척되어갔다. 기웅, 원철, 석술 등 공인들이 일의 공정에 맞춰 정해진 자리에 앉아 염기 없이 해감이 잘된 찰흙으로 주형틀을 만들고 황양목을 자잘하게 마름질하고 하나하나 활자의 크기만큼 아주 작고 섬세하게 자르고 끌로 다듬고 대패로 문지르고 마지막에 표면이 윤기가 나도록 겉면을 사포질 하면 되는데, 생각보다 세밀하고 집중을 요구하는 일이었다. 글자를 새길 목각의 크기가 엄지 한 마디보다 작아야 했다. 이 작업만 해도 상당한 시일이 걸릴 것이다.

석찬은 과정들이 하루하루 조금씩의 성과를 내면서 굴러가는 것에 고무되어지고 있었다. 주자소에서 들려오는 소리들은 개울물 흐르는 소리와 뒤엉켜 자연의 소리로 환원되고 있었다.

하루의 일정이 끝나는 저녁이면 별채에 마련된 승원에서 자명, 혜전과 함께 글씨 쓰는 일에 참여했다. 석찬도 그들과 함께 명필 반열이었지만 긴 시간동안 붓을 놓고 스승의 토굴 수행을 돕고 있는 사이 붓끝이 무디어져 있었다. 그래도 뿌듯했다. 문도들이 이 홍덕사로 오면서부터 석찬은 천군만마를 얻은 듯 자신감이 넘쳤다.

"자 잠시 쉬었다 하구려."

도환이 날라다 준 차를 마시면서 그날의 진행 상황들을 토론하고 다음날 새길 활자에 대해서도 서로의 의견들을 격의 없이 의논할 수 있는 문도가 곁에 있어 석찬은 더없이 환희로 마음이 충만해 있었다.

"문도들, 그대들의 필체는 여전히 녹슬지 않은 명필이구려."

"과찬에 되레 민망 하구려, 석찬의 필도 명불허전이지요."

"혜훈선사의 사문에서 학습할 때 승문들끼리는 무등(높고 낮음)을 겨루지 말라 스승님은 말씀하셨지요."

"백운 스승의 대과업에 동참하게 되어 영광이지요. 부디 흠결이나 남기지 않을까 책임이 무겁소이다."

"그대들이 내 청을 기꺼이 받아들여 동참해 주니 그저 고마울 따름이지요."

서로 칭찬과 덕담을 나누며 밤이 이슥하도록 목각에 글씨를 썼다.

"자, 이만 각자 처소로 돌아갑시다."

"그러지요 자명, 석찬."

석찬과 자명 혜전이 승원 문을 열고 나오자, 방문 앞에는 달빛이 유유히 부서져 내리고 있었다. 석찬이 문도들과 헤어져 자신

의 처소를 향해 몇 발짝 옮기려 할 때 바로 눈앞에서 검은 물체
가 바람처럼 스쳐 지나간다. 석찬은 화들짝 놀라 뒷걸음으로 주
춤 물러섰다. 물체가 사라진 곳을 한참이나 응시했지만 물체는
어둠속에 섞여들어 어둡게만 보였다.

요요한 달빛에 나뭇가지만 휘익 바람에 휘어질 듯 흔들렸다.
승원에서 벗들과 나누는 담소마저도 엿들으려는지, 석찬은 막연
한 불쾌감이 몰려들었지만 이제는 훼방이나 방해 공작에도 진력
이 나있었다. 할 테면 하라지…, 석찬은 실소를 물고 처소에 들
었다.

하루의 일정을 마친 시각, 해는 사라지고 서쪽하늘가에 빛 무
리만 남겨 놓았다. 모두들 공양간에서 저녁 공양을 들고 있었다.

"잘 다녀왔습니다."

밖이 소란스럽다. 승전의 위세를 아뢰는 장수같이 의기가 충
천한 마동의 목소리였다. 석찬이 먼저 수저를 내려놓고 공양간
밖으로 나왔다. 마동이 돌아왔다. 그런데 마동은 혼자가 아니었
다. 데리고 온다던 조수 갈마는 보이지 않고, 조랑말 한 마리가
멈춰 서 있었고 말안장 위에는 여인네가 요염하게 앉아 있었다.
마동은 떠날 때 썼던 벙거지 모자를 쓰고 있었고 갈매색 잠뱅이
차림 그대로였는데 구레나룻 수염이 말끔하게 정리되어있었다.
여인은 한눈에 보아도 여염집 아낙은 아닌 것 같았다. 크고 풍성

한 가채를 얹고 노랑저고리에 화려한 꽃문양이 수놓아진 남색치
마를 입고 있었다. 그 옆에 말고삐를 쥐고 서 있는 낯선 마부는
몽골족 소년 같아 보였는데 퍽 수줍어했다. 석찬은 예기치 않은
상황을 마주하고 할 말을 찾지 못해 마동을 바라보고만 있었다.
공양간에서 도환과 석공 그리고 묘덕과 수자가 급히 뛰어나오다
눈앞에 펼쳐진 광경을 보고 주춤 걸음을 멈추더니 이내 얼굴이
일그러졌다. 여인은 꽤 나이가 들어 보였다. 분단장을 곱게 했지
만 노련하고 원숙하게 나이테가 보였다.

"마동 이게 어찌된 일이요."

석찬이 먼저 마동에게 물었다.

"에헤, 정인을 홀로 두고 어디 발걸음이 떨어질까, 내래 데리
고 왔디. 내 곧 이 청주목에 가옥을 마련하고 함께 살거이니끼리
그리 알라. 모름지기 사내란 여인네를 통해야 뜻한 바를 이루디.
에헤."

듣고 있던 스님들의 얼굴에서 곤혹스럽고 민망함이 가득 서
려왔다.

"마동, 말을 거꾸로 하고 있소. 여자를 멀리해야 뜻한 바를 이
룬다는 것 아니겠소."

석공이 주위를 한 번 살피고 나서 미동의 말꼬리를 나꾸어챘
다.

"변명 들을 거 없소, 어서 돌려보내시오."

석찬이 소리쳤다. 석찬의 소리에 요사채 큰스님 방에서 묵언 스님이 불편해 보이는 거동으로 방문을 밀치고 밖을 내다보았 다.

"왜들 이리 소란스러운고?"

스님의 눈길이 안장 위에 앉아 있는 여인네에게로 꽂혔다. 순 간 스님의 표정에 놀라움과 당혹스러움이 교차로 일었다. 여자 는 눈을 게슴츠레하게 뜨고 추파를 던지며 조금 언짢은 얼굴이 었다. 스님은 낯선 광경에 적절한 말이 떠오르지 않은 듯 한참을 입을 다물지 못했다. 그러다가,

"아니! 마동, 이게 어찌된 일이더냐. 여기가 어디라고… 여인 네를 대동하고 왔단 말이냐. 데려온다던 조수는 어찌 되었느냐? 어찌 그리도 성과 속의 경계를 모르느냐. 망국지색이라, 일을 그 르칠까 염려로다."

큰스님의 말은 눈앞에 펼쳐진 이 상황에 비해 많이 절제하는 것 같았다.

"갈마는 며칠 후에 오기로 약조를 했습죠."

"혼자서 찾아온다는 말이겠다. 그럴 거면 애당초 갈마를 데리 고 오겠다고 출향을 요청했던 게 거짓이지 않느냐. 쯧쯧쯧…"

스님은 마동의 잔꾀에 속았다는 생각이 드는지 혀를 끌끌 찼 다.

"이 중생은 어서 돌려보내라. 우리가 비록 오탁악세에 머물러

있지만 의식을 정화하고 육욕을 여위며 영생의 이상향을 염원해
야 하거늘, 어찌 그리도 속의 쾌락을 잊지 못하는가. 이 노승이
일찍이 마동에 대해 떠도는 풍설을 들은 바 있어 이번 일만 잘
마무리되면 꼭 승가에 귀의시키려 했건만 에잇."

큰스님은 마동을 승과 급제까지 시키려는 계획을 가지고 있
었던 것 같았다. 스님들 모두 놀라 서로의 얼굴들만 멀뚱히 바라
보았다.

"머이가, 어드래요. 스님! 내래 중이 될 생각일랑 손톱 나부랭
이만치도 없습네다."

마동은 너무도 당당히 일격에 스님의 말을 내쳐버린다. 노승
의 얼굴에 격노기가 서리더니 방문을 다소 거칠게 닫아버렸다.

"마동, 어떻게 할 것이오 이 여자를…"

석찬은 우선 여자의 거취에 대해서 마동의 생각을 물었다. 그
말은 다소 마동을 취조하는 것처럼 들렸다. 마동은 자존심이 상
한 듯 얼굴을 구기더니

"찾아든 길손을 문전박대하는 거이 절간의 인지상정입네까!"

석찬을 향해 고개를 세우고 소리를 질렀다. 정인인 기녀 앞에
서 자신을 홀대하는 것 같아 체면이 말이 아니게 구겨졌다고 여
기는 것 같았다.

저녁 이슬이 촉촉이 검은 어둠 새로 젖어드는 시각, 절간 뜰
안에서 울려대는 마동의 모멸감에 찬 고함소리는 전각을 넘어

사위의 어두운 숲으로 흡수되고 있었다. 모두들 놀라 숨을 고르고 잠시 침묵이 이어졌다.

"그럼 화류 기생과 신방이라도 차려주는 게 절간의 법도 인 줄 알았더냐!"

명운스님이 대웅전 쪽에서 엉기적엉기적 걸어 나오면서 말을 받아쳤다. 명운스님은 아까부터 절 마당에서 일어난 일을 다 듣고 있었던 것 같았다. 명운의 눈길은 대뜸 석찬에게로 꽂혔다. 석찬 저 놈이 오고부터 엄숙하고 신령스럽게 수행자가 머무르는 공간에 주물사니 공인이니 하는 자들을 불러들여 소음을 일으키더니 급기에 절 마당에 기생까지 출현을 하게 하고… 석찬을 찌를듯이 쏘아보고 있었다. 그의 눈빛에는 많은 질시와 반목이 담겨있었다.

"모름지기 법통을 바르게 잇고 법신을 부르는 수행처란 엄숙하고 고요해야하거늘 날마다 일어나는 이 먼지구름 같은 소요가 웬일이오, 석찬!"

명운은 꼬리를 밟은 김에 머리부터 다시 손을 보겠다는 듯 힐난을 퍼부었다.

기회만 되면 명운은 석찬을 힐책하기에 주저 하지 않았다. 명운은 기녀를 데리고 나타난 마동보다 근원적으로 직지심체요절을 가지고 나타난 석찬에게로 화살의 촉을 겨누었다.

뜻밖에 석찬에게로 쏘아지는 명운의 질책을 보고 있던 마동이 머쓱해진 모습으로 말 등에 앉아있는 기생을 흘끔 쳐다보았다. 마동과 눈이 마주친 기녀도 불똥이 엉뚱한 사람에게로 튀는 것을 보고는 계면쩍은 듯했다. 자신이 마동을 따라 개경에서부터 청주목 흥덕사까지 달려 올 때는 융숭한 대접까지는 아니더라도 이런 문전박대는 생각지도 못했던 것 같았다.

"여러분 저는 기생 매향이오며 이 고려의 관기이옵니다. 따라서 나라의 연회에는 빠지지 않고 초청을 받았지요. 주로 외국에서 온 사신들을 접대… 다 나라를 위해서지요. 저 조랑말도 몽골 사신에게서 화대로 받았고요." 기분이 몹시 언짢아진 기녀는 자신은 애국자이며, 원나라 고위관리와의 친분이 있음을 과시하고 싶은 듯 결국 사족 같은 화대 얘기까지 하고 말았다. 그런 자신이 왜 이런 허접한 대접을 받아야 하느냐하는 항변이었다. 목소리가 야들야들했지만 말의 요점은 당찼다. "어서 데리고 나가지 못해! 뭘 꾸물거리고 있어." 명운이 마동과 석찬을 번갈아 바라보면서 눈알을 부라렸다.

"어서 일주문 밖으로 나가시오."

곁에 있던 동자승, 도환도 한마디 거들고 나섰다.

마동은 '너 따위까지' 하는 표정으로 도환을 노려보다 말에게로 다가가 기녀 뒤쪽에 올라앉았다. 기생의 허리를 붙잡고 몽골족 소년 같은 마부가 말없이 말고삐를 이끌고 일주문 쪽으로 걸어 나갔다. 마동 일행이 떠나자 모두들 흩어져 각자의 처소로 들어갔다.

절간의 저녁 공기는 몹시 눅눅하고 스님들과 공인들은 각자
의 처소에 머무르고 소요는 일단 진정되는 듯했다. 절 경내에 불
안한 정적이 찾아들었다.

석찬은 지휘봉을 상실한 패잔병 장수가 된 듯한 침통한 심경
이 되고 아무리 '호사다마'를 되뇌어 봐도 참담함은 쉽게 사라지
지 않았다. 처소로 돌아와 말없이 자리에 누웠다. 많은 생각이
몰려들고 질풍노도의 소용돌이에 떠밀려가는 것 같았다.

중생을 정토로 인도하려 스스로를 버리고 선각자의 길을 택
했던 스승님, 그런 스승님과의 만남에서 토굴 수행의 동참까지
그리고 화상을 사부로 모시고 밝은 지혜를 구하고자 도반들과
함께 정진했던 시간들이 주마등처럼 스쳐 지나간다.

걸식 공양으로 김이 모락모락 나는 발우를 끼고 토굴로 다시
돌아왔을 때 해골처럼 피골이 상접한 채 자신을 바라보던 스승
의 안광, 도반들, 많은 이야기들이 떠올랐다

'마음이 혼란스러울 때면 이 소승은 그대들을 생각하며 마음
을 다잡지요. 달잠, 일을 도모함에 쉬이 되기를 바라지 말라 하
시던 스승의 가르침이 마음에서 일어나는구려. 생각하면 참으로
'일모도원'이구려. 갈 길은 아직 먼데 해는 서산마루에 걸려있다
는 말이지요. 달잠의 수행처 취암사에도 지금쯤 봄이 왔겠지요.

사사불공이면 처처불상이라 하지 않던가요. 승이 앉은자리가 곧 법당이요, 물소리, 바람소리, 새소리가 곧 부처님의 설법이란 말이지. 자연은 인간의 스승이요. 자연 속에는 우주의 진리가 들어 있다는 말일세. '소오, 쩌~ 소오, 쩌ㄱ~쩍' 저 멀리에서 소쩍새 울음소리가 들려온다. 석찬은 자리를 박차고 일어나 밖으로 나왔다. 칠흑 같은 어둠이 대기를 채우고 스치는 바람결에도 풀내음이 옅게 스며들어있었다. 아득히 두견새 소리도 섞여든다. 달잠, '이 소리가 들리는지요. 날짐승들의 짝을 부르는 소리 말이오. 귀승의 수행처에도 만홍의 산들을 넘나들며 새들은 저들만의 소리로 짝을 부르겠지요. 삼라만상의 미물들까지도 짝을 그리워하는 게 자연의 섭리인가요. 수행처에 여인을 데리고 들어온 공인이 있다면 어디까지 수용해야할까요. 그들은 불법을 모르는 공인이외다. 소승, 나약해지려는 순간이요. 그립소. 달잠.

주자소의 일에 투입되기 며칠 전, 마동은 홍덕사의 법당 앞마당에 설명회장을 마련해 놓고 인접한 사찰의 스님들과 청주관아의 관리들 그리고 고을의 유력인사들을 도솔을 시켜서 초대했다. 위계와 질서가 무시된 월권적 처사였지만…, 이상하리만치 모두 함구했다. 누구보다 금속활자 제작의 진행위원장인 석찬의 심기를 긁어놓겠다는 심사인지 알 수 없었다. 석찬도 문제 삼기에는 일의 진행이 또 지연될까, 그간 헛되이 지나가버린 시간이 많았던 터라 두고 지켜보기로 했다.

마동은 초청되어 온 내빈들이 운집한 자리에서 금속활자의 강점과 금속이 장구한 시간을 관통해낼 수 있게 하는 주조의 비법, 자신만이 알고 있는 전문 영역에 대해 장황하게 설명을 했다.

"금속 제품에는 대부분 합금을 쏩죠. 그거는 그 사용 목적에 맞는 새로운 성질의 철을 만들어내기 위해서디오. 활자판 역시 합금으로 할 겁네다. 재료는 동, 철 알루미늄 주석 안티몬 등 여러 가지 광석이 있디만, 그 중에서도 동과 주석을 배합해서 얻어 낸 합금으로 할 겁네다. 청동에 주석을 일정량 배합하는 이유는 원동보다 더 단단한 금속을 만들기 위해서디오. 석찬 중이 들고 온 직지의 원본은 불안한 종이책에 불과 한 것 아닙네까. 종이라는 재질은 시간의 마모를 견디지 못하디오. 바꿔 말하자면 먹물로 써진 글자들은 습기에도 약해 시간이 지나면서 글자가 뭉개지기도 하고 곰팡이가 피거나 생쥐가 쏠거나, 종국에는 없어져 버리는 거 아닙네까."

마동은 말을 하면서 곁눈질로 석찬을 흘끔 보았다.

"기리서라무네 두 가지 이상의 원철을 불에 녹여 강점만을 추출한 가장 단단한 금속인 합금으로 말입네다. 기거이 청동과 주석의 합금이디오. 이 주물장이는 동과 주석의 합금으로 할겁네다. 여게서 더욱 중요한 핵심은, 청동과 주석의 배합 비율이디요. 자고로 철을 잘 다루느냐 기리지 못하느냐 주물장이의 숙련도는 바로 이 지점에서 판가름 납니다요. 하수인지 상수인지, 아니면 명장인지, 마동은 이 부분을 힘주어 말하면서 입 꼬리를 길게 늘려 웃음을 머금고 엄지손가락을 치켜세워 자신의 가슴에 댔다. 자신이 곧 이 분야에서는 엄지손가락이라는 뜻인듯했다.

"이 주물장이가 불성사에서 범종을 제작할 때의 얘기입네다마는 사실 좋은 활자 판과는 다르디오. 종은 당목으로 치는 것 아니깝죠. 그래서 동의 비율을 높게 잡습네다. 네에, 내리쳐도 깨어지지 않게 말이죠. 점성에 연성이 더해지면 쇠붙이가 부드러워진다 이 말씀입네다."

마동은 마치 연금술사가 다 된 것처럼 자신의 금속에 대한 자신감과 경륜을 과장되게 치켜세워 주위 사람들을 자신의 편으로 끌어들이고 있었다. 좌중들은 숨을 참으며 한참을 그의 말에 정신이 팔려 듣고 있었다. 그의 표정 역시 매우 확신에 차 있었고 자신감이 넘쳤다.

그것은 누구도 이의를 달지 못할 자신만의 영역이었다. 주석과 동의 배합 비율은 중요했다. 이 과정에서 오류가 발생하면 지금까지 해온 모든 과정들이 물거품이 되는 것이었다. 마동은 자신감이 충천해 있었다. 청중들은 마동에 대한 철썩 같은 믿음으로 압도되기 시작했다. 마동은 말을 하면서도 옆자리에 서 있는 석찬을 곁눈질로 흘끔흘끔 쳐다보기도 하다 어깨를 으쓱거리기도 했다. 좌중들이 자신의 말을 경청하고, 장내 분위기가 숙연해 있는 것을 석찬에게 과시하는 몸짓 같았다.

마동의 달변에는 누군들 녹아들지 않을 자가 없었다. 글은 몰라도 말이 청산유수처럼 막힘 없이 흘러 나왔다. 어떠한 아류도 저런 달변으로 표현되어지면 진실로 받아들여질 수밖에 없을 것이었다. 청중을 호도하고 자신의 편으로 끌어들이는 걸쭉한 입담이나 설득력은 압도당하지 않을 자가 없을 것 같았다.

듣고 있던 좌중들은 머리를 끄덕이다 우~ 와, 박수를 쳤다. 신뢰의 표시였다. 가히 명불허전이지 이 나라에서 마동만 한 주철 장인이 있었던가, 마동의 주조술에 대해 저마다 칭찬을 아끼지 않았다. 마동의 달변은 자신을 연금술사로 포장하는 마술적 요소로 작용했다.

좌중들 사이에서는 어느덧 시주불사에 동참할 것을 다투어 약조하고 있었다. 성공하면 세계 최초의 발명품이 될 금속활자인데 이런 보시할 기회는 쉽게 만나기도 어렵거늘, 이 기회를 외면하면 왠지 나라에 불충할 것만 같은 충성심에 사로잡힌 좌중들은 흥분하기까지 했다.

내, 가진 것 다 내놓아도 아깝지 않겠소. 불심 깊은 반야 부인을 대동하고 참석하신 토착 향리의 최고위직에 있는 호장어른께서 논 세 마지기를 내놓겠다고 흔쾌히 약조했고, 전직 판서였다 지금은 낙향한 박 판서어른께서 닥나무 한지를 무제한 필요한대로 제공을 하겠다고 말했다. 과수원을 가지고 있던 율시 영감이 밭 세 마지기 반, 최만술이 머슴살이로 받은 새경에서 나락 한 가마니, 뒷산에서 염소를 방목하는 서출 출신 덕칠이 염소 세 마리, 고을 앞 무심강에서 사공질하는 무길이가 은전 열 닷 냥, 지는 가진 게 워낙 읇으니 께 유, 달걀 한 꾸러미라도 보태겠시 유, 절에서 허드렛일 도와주는 삼봉네였다. 이렇듯 이 자리에 모인 좌중의 마음을 흔들어 다투어 불사 시주금을 내놓게 하는 데 마동의 걸쭉한 달변이 절대적 영향력을 주었던 게 사실이었다.

석찬은 그런 민초들의 모습을 보면서 왠지 마음 한 구석이 텅 빈 듯 허허했다. 그들은 피지배계급으로 살아오면서 나라의 정책에서나 심지어 나라에서 실시하는 부역에서마저 소외되어왔던 빈자들인지라, 자신들을 빼지 않고 이 자리에 참석 시킨 것에 대해 감동을 받은 것 같았다. 직지가 뭔 줄은 몰라도 어쨌거나 부처님 전에 복 짓는 일이라는 것은 확실한데 동참할 기회를 준다는 것에 고무되어 보였다. 거기에 마동이라는 듬직한 장인이 꼭 성공적으로 해낼 것 같다는 믿음까지 더해지니 이 순간 그 무엇도 아깝지 않을 것 같은 민초들이었다.

부처님 법은 평등법이었고 삼생법이었다. 현생에서 비루하게 태어났어도 열심히 부처님 법을 따르고 예경 공경하고 공덕을 쌓는다면 내생에서는 높고 귀한 존재로 태어난다. 그 점이 빈자들의 응어리진 마음에 스며들었던 것이 아닐까. 혹시라도 천지가 개벽하여 천민이 나라의 주인이 되는 세상을 그들은 꿈꾸었을까. 다음 생에 대한 기대와 희망으로 어렵고 팍팍한 삶 속에서도 가진 것들을 아낌없이 내놓은 것을 보면서 꼭 그들 앞에 직지의 탁본(주자본)을 드러내 보일 날이 오게 해야지 석찬은 두 주먹을 힘껏 쥐었다.

이렇듯 직지의 금속활자판을 만드는 거룩한 대업에 높게는 조정에서부터 아래로는 이 나라의 민초(하층민)에 이르기까지 십시일반의 동참이 이루어지고 있었다.

마동은 주자소의 분위기를 장악하는 데 그리 오래 걸리지 않았다. 지켜보는 사람을 불과 쇠붙이의 세계에 몰입 시킬 만큼 그의 철을 다루는 기술은 신기에 가까웠다. 청동으로 불상이나 불탑, 범종 같은 선이 굵고 규모가 큰 것에서부터 정교하고 세련된 청동 공예품까지 마동은 장인의 경계를 뛰어넘어 철의 명장이었다. 그의 거칠고 다혈질적인 성품 속에서 어떻게 저리도 섬세하고 유연한 형상들이 탄생되어지는지, 그는 가끔 쇳물이 어중간히 남으면 걸쇠 장석이나 도량의 풍경을 만들기도 했다.

땅딸막한 키에 구리 징판처럼 넓적한 얼굴, 힘이 축적 되어 보이는 우람한 두 어깨, 강철처럼 단단하게 굳은살이 박인 손은, 여러 번 쇳물에 덴 상처들이 아물면서 굳은살이 생겨난 걸까 퍽 딱딱해 보였다.

마동의 손에 쥐어 준 그런 기술은 신의 은전이었을까, 아니면 실수였을까. 길가에 구르는 돌멩이 하나에도 그 쓰임새는 분명 있을 것이라고 경전에도 있었다.

어쨌거나 이제 명필가의 글씨가 선명하게 음각으로 새겨진 목각 글자들이 해감찰흙 주형틀로 옮겨지고 있었다. 그 양 역시 엄청났다. 글자들은 보는 것만으로도 품격이 느껴지고, 혜전과 자명 거기다 석찬까지 세 명필의 손으로 쓰여 졌는데도 불구하고 하나같이 균일했다.

석찬은 모처럼 안도감을 느꼈다. 이제 능선 하나를 넘은 것 같았다. 마동의 주물 기술을 보고 나니 그의 생뚱맞고 파행적인 행동거지에도 불구하고 조금은 신뢰할 수 있을 것 같았다.

그가 믿음을 주는 요인이라면 아마도 천이백 도 이상 발갛게 달구어진 풀무 앞에서 조금도 몸을 사리지 않는 저돌성 때문이었을 것이다. 분명 마동은 불에서 태어난 불의 사내인 것 같았다. 불 앞에만 서면 자신감이 솟구치는 것 같았다.

그를 지켜본 사람들은 재물도 많이 모았을 거라고 했지만 그가 가진 건 벙거지 모자에 갈매색 잠뱅이 두세 벌이 전 재산이었다. 재물을 모은다거나 더구나 쌓는다거나 하는 것은 그의 관심 밖이었다. 그런 면면으로 보아서는 그는 영락없이 탐욕심을 여읜 수행자 같았다. 그러나 재물은 쌓기 위해 취하는 게 아니요, 정분 맺은 여자에게 아낌없이 내어 주어야한다는 그의 우직하면서 궤변 같은 지론에 대면하면 생각은 달라졌다. 석찬은 마동을 어떻게 이해해서 옳을지 가끔은 정의가 안 되는 중생, 냉철한 이성적 판단을 거부하는 예측 불가의 모순적인 인간일까, 마동은 석찬에게 무한한 화두거리를 제공해주는 존재였다.

석찬은 먹이 활동을 마치고 둥지를 찾아가는 밤 짐승들의 발자국 소리를 들으며 잠에서 깨어나 봉창을 열고 별자리를 올려다보았다. 축시가 기울었음을 짐작했다. 자리를 털고 일어났다.

경내에서 명운스님의 도량을 깨우는 도량송 염불 소리가 멀리 멀어졌다가 가까이 다가들었다 하면서 고요가 깃든 산사의 여명을 알린다. 도량송이 끝나면 새벽기도가 시작될 것이었다. 석찬도 법복을 차려입고 법당으로 나가려고 방을 나왔다.

별채 뒤 소나무와 잡목들이 우거져있는 좁다란 샛길로 이어진 숲길에서 검은 물체가 부스럭 거렸다. 나뭇가지들이 부딪치며 흔들거렸다. 석찬은 온몸이 오싹했다. 그 야만스럽고 기운만 센 멧돼지를 이곳에서 맞닥뜨리다니, 순간 몸을 낮추고 조용히 숨을 죽였다.

한참을 소리 나는 쪽에다 눈길을 두고 주시하고 있었다. 검은 물체는 경내로 들어서고 가까이 다가들었다. 눈앞에서 정체를 드러낸 건, 네 발 달린 짐승이 아니라 두 발로 서서 걷는 마동 같았다. 벙거지 모자를 이마까지 푹 눌러썼지만 큰 전구 알 같은 눈알이 어둠 속에서 반짝거렸다.

석찬은 가슴이 철렁했다. '아니 저 인간이 이 밤중에 잠을 안 자고, 무슨 일로 숲속에서 나오는 걸까. 언제 일주문 밖으로 나갔지.' 생각하는 사이 마동도 석찬을 보았는지 잽싸게 해우소 뒤편 잡풀더미 속으로 몸을 숨기는 게 보였다. 석찬은 심기가 불편해지는 것을 참으며 본 둥 만 둥 태연하게 법당으로 향했다. 마당을 가로질러 해우소로 들어가는 길머리에 이르렀을 때 마동이 해우소 뒤에서 바스락 거리면서 걸어 나왔다.

"이봐 석찬 중." 마동이 잠긴 목소리로 석찬을 불러 세웠다. 석찬이 이미 해우소 입구 앞을 두세 발짝 지나친 지점이었다. 석찬이 걸음을 멈추고 돌아다보았다.

이슬에 흠뻑 젖은 마동의 몰골이라니 흡사 생쥐꼴이었다. 마동의 땀과 이슬로 젖은 얼굴은 상기되어 양 볼이 복사꽃처럼 붉어있었다. 눈빛은 아직도 주색에서 깨어나지 못한 듯, 희미한 여명 빛 속에서도 느글거려보였다. "이봐 중." 마동이 두세 걸음 다가오며 재차 석찬을 불렀다. "왜 그래 마동." 석찬은 마동의 모양새며 말투가 몹시 거슬렸지만 애써 참으며 마동을 바라보았다.

'석찬, 웬수는 거저래 외나무다리에서 만난다케도 난 또 일케 만나키는 인간은 첨이래디. 지금 이 순간 본 것은 없던 일로 해두면 일없다 이거디, 알겠디. 입은 멸문 지 아… 뭣이 라드라, 에

헤 그러니까 함부로 발설을 한다거나, 미주알고주알 주둥아리를 싸게 놀렸다가는 화를 부를 것이로다이거디. 거저 고 주둥아리만 탁! 닫고 있으면 일 없다 그말이외다 알간. 고놈의 직지활자인지 지랄인지 잘 만들어 놓기만 허면 되디. 내가 밤 마실, 그게 그러니께, 기생 품고 사랑 놀음을 좀 했기로서니 무에 그리 고까울 게 있간. 헤, 헤, 헷."

석찬은 마동의 막말 부스러기가 몹시 거슬려 어디에고 한 대 갈겨 주고 싶어 주먹을 불끈 쥐었다. 석찬으로서는 웬수도 이런 웬수가 없었다. 믿을라치면 말썽이고, 마음으로 내려놓아버리면 장인으로서의 재능이 돋보이니 무시로 부하를 돋우는 철천지 웬수 같은 중생이었다.

'구시화문' 입은 화를 부르는 문이라, 잘 알지도 못하는 문자를 어디다 갖다 붙여. 네놈이 이러려고 청주목에 발을 들여놓으면서 기생집부터 물었지. 그때 기억을 잊을 수가 없어, 너 같은 중생이 어떻게 절간의 일을 맡아 해 왔는지 알다가도 모를 일이다."

석찬은 마음속에서 구름처럼 일어나는 분노를 느끼는 순간 뇌리에서 스승이신 화상의 무념무상의 얼굴이 번개처럼 스쳐지나갔다. 그대로 쥐었던 주먹을 풀었다.

"내 알다시피 주물 명장이다 이 말이디. 이 나라 절간에서 땡땡 치는 종치고 이 손을 거치지 않은 게 없다 이거야."

마동은 또 엄지손가락을 치켜세워 자신의 가슴에 댔다.

"어찌 너 같은 망나니에게 엄중한 직지의 일을 맡겨야하니, 참."

석찬 말투도 어느덧 마동을 닮아있었다. 꼭두새벽 법의 도량에서 말싸움하고 있는 자신이 한심하게 느껴졌다. 먼 기억 속에서 커다란 울림이 들려왔다. 타자의 마음 바탕을 보지 못하는 것은 먼저 자성이 밝혀지지 않았음이랴, 흔들리지 않은 지견을 내보일 때 깨이지 않은 미망의 중생이라 할지라도 스스로 따르고자하는 마음을 내게 하는 게 곧 법력이고 도력이니라. 승화된 인격은 보여주는 것만으로도 설법이요, 인향만리는 끝없는 자기연마의 결과이니라. 더 높은 이상을 향해 더 넓은 광야에 이르는 길에는 어떠한 마장도 내 마음에서 무시로 일어나는 회의도 뛰어넘어야 할 장애려니. 석찬은 움찔 놀랐다.

마동을 뒤로하고 석찬은 그대로 법당으로 향했다. 몇 발짝 가다 뒤를 돌아보니 마동도 별채 자신의 방쪽으로 가고 있었다. 법당에서는 명운스님의 새벽기도가 진행되고 있었다.

대웅전 한 귀퉁이에는 갖가지 공양물들이 가득 쌓여있었다. 곡물에서부터 비단 몇 필, 닥나무 한지 두루마리 더미가 쌓여있고 먹과 벼루, 그리고 결코 적지 않은 은전 꾸러미와 심지어 논과 밭의 문서까지 아낌없이 내 주는 청주고을의 유력인사들의 마음을 보고 마동의 모습에서 느꼈던 분노가 봄눈 녹듯 사그라 졌다.

이렇게 불심이 수승하신 재가불자들이 많이 동참해 주신다면 이 정화된 땅, 정토에서 필시 만다라의 꽃은 피어나 그 향기가 진여의 세계에 까지 미칠 것이로다.

밤이슬 맞으며 저잣거리를 들개마냥 쏘다녔을 마동, 안 보고 도 선명하게 그려지는 마동의 행적들, 모름지기 사내다운 사내 가 되려면 계집을 품에 안아 봐야 완성이 되고 일에서도 힘이 솟 는다는 마동의 궤변 같은 주설들이, 행동거지나 내뱉는 언어들 이, 석찬의 의식을 어지럽히고 기도삼매를 방해하고 있었다. 석 찬은 모든 걸 놓아버리자 생각하면서도 자꾸만 잡다한 생각들이 어지럽게 몰려든다. 어쩌면 저 모습이 마동에게는 도저히 포기 할 수 없는, 추구하는 삶의 원형일지 모른다.

법대에서 들려오는 미망에 젖은 중생을 깨우치는 새벽 목어 소리와 법당 안의 포뢰의 모양을 한 쇠북을 당목으로 서른여섯 번 두들기며 내는 소리들이 화음을 이루며 우렁차게 운천산 근 동을 깨우고 천지로 퍼져나간다. 새벽예불은 미망에 싸인 중생 의 영혼에 촛불을 밝히고 우주의 청정한 기운을 불러들이는 의 식이었다. 석천은 명운스님의 예불소리가 귀에 들리기 시작하자 근심을 묻어버리고 연화대 위를 나르는 극락조의 날개에 마음을 실어 염송에 임하기로 했다.

며칠 후면 또 솔뫼가 조정의 부름을 받고 흥덕사를 떠난다고 했다. 솔뫼 개인으로는 왕의 은전을 입은 것이다. 이 나라 국왕은 그림에 조예가 깊을 뿐만 아니라, 실제 화가라 일컬어질 만큼 그림을 잘 그린다고 했다. 대궐 안에다 도화원이라는 화실을 설치해놓고 왕실과 귀족들이 모여 그림을 그리게 했는데 이번에 솔뫼가 입궁하게 되면 그곳에서 왕과 귀족들에게 불화는 물론 솔뫼가 그리고 싶어 했던 궁정누각도, 인물화, 세속화, 관념화 등의 기법을 지도하게 될 것이다. 솔뫼는 정밀한 표현기법과 짙은 색감으로 종교적 분위기와 격조 높은 예술적 품격을 그대로 화폭에 담아내곤 했는데, 그런 솔뫼로서는 국왕에게 인정받는 기회요 자신의 기량을 맘껏 발휘할 수가 있게 될 터였다.

'솔뫼 잘 가시오. 그리고 종종 소식 전하구려, 흥덕사로 찾아오던 날 나룻배에서의 솔뫼의 모습은 오래도록 잊히지 않을 것이요, 회자정리요 거자필반이라, 만나면 헤어지고 헤어지고나면 또 새로운 만남이 기다린다고 하지 않더이까. 수행자가 어찌 가고 옴에 연연하리요.' 석찬은 석별의 정을 혼자서 삭이며 솔뫼를 마음에서 내려놓았다.

간밤에 눈이 소복이 내렸다. 오늘은 솔뫼가 대궐의 부름을 받고 흥덕사를 떠나는 날이다. 부목처사 만질은 새벽 댓바람 속에서 눈을 쓸고 있다. 홍덕사 경내가 부처를 모셔놓은 전각들이나 깨닫지 못한 중생들이 거처하는 요사채, 행랑채, 공인들이 묵고 있는 별채, 모두 아직은 적막에 싸여있다.

드넓은 절 마당이라 쓸어도 쓸어도 줄어들지가 않는다. 묘덕도 구부정한 허리에 잿빛 배 바지를 질끈 졸라 입고 싸리 빗자루를 들고 나섰다. 밟지 않은 생눈일 때 쓸어야 힘들이지 않고 잘 쓸리지, 이미 발에 밟힌 자리는 딱딱하게 굳어 쓸어내려면 여간 힘이 드는 게 아니었다. '눈이 쌓인 채 밟히면 미끄러워져서 찾아오는 불자들이니 길손들이 엉덩방아라도 찧으면 어쩌누, 묘덕은 생각하며 만질과 함께 묵묵히 눈을 치운다. 초봄에 겨울의 끝자락을 붙잡고 가는 겨울이 아쉬워서 내리는 춘설치고는 폭설이었다. 묘덕은 불현듯 가슴 한켠이 텅 빈 것 같은 허전함을 느낀다. 옷매무새를 단단히 조인다. 오슬오슬 한기가 폐부로 스며드는 것 같다. 마음이 시리니 몸은 따라서 시리구나. 식솔들이 들고 남을 이제는 무심히 넘길 때도 됐건만 매번 오고감을 마음에 새기니 아직도 근이 익지 못했구나. 오면 반갑고 떠나면 허전함을 어쩌랴. 조금 더 머무르다 춘 사월 해 길고 꽃바람 불 때 떠나면 좋으련만 조정에서 전하가 부르신다는 엄명이니 어쩌랴, 한시도 지체할 수가 없지 않느냐.

솔뫼의 그림 솜씨는 조정에까지 알려져서 이번에 입궁하면 송나라에서 들어온 질 좋은 화구들이 갖추어진 도화원에서 왕과 왕족들에게 그림을 사사할 텐데. 솔뫼에게는 참으로 영광스러운 일일 진데, 섭섭해 하는 건 묘덕 자신일 뿐일지도 모르는 일. 묘덕은 생각 속에서 잠시의 상실감을 털어냈다.

솔뫼가 이 홍덕사에 들어와 머무르는 동안 세 편의 —지장보살 삼전도, 사경변상도 제석천왕 지옥견문도(세계미술품 용어사전 참조) 불화를 완성했고, 아직 다 그리지 못한 미완성 그림도 있었다. 불화는 보는 경전으로서 글을 깨우치지 못한 백성들에게 혼란과 분열된 마음을 하나로 모으고 위로와 깨달음을 주려는 뜻으로 이 나라 왕실에서 적극 권장하고 있었다. 불화는 비록 사찰뿐만 아니라 왕족이나 귀족들이 자신의 집에 설치해 놓고 있는 개인 원당에도 안치해야 했기에 그 수요 또한 무한적이었다.

그나저나 솔뫼도령이 떠나면 홍덕사 화방은 누가 지키려나, 한동안은 주인 없이 비어있겠구나. 묘덕은 상념들이 끝없이 일어나 번뇌를 일으킨다.

업둥은 수자보살로부터 솔뫼도령이 입궁하게 되어서 홍덕사를 떠나게 될 것이여, 말을 전해 듣고는 하늘이 무너지는 절망감에 눈물을 펑펑 쏟으며 한없이 울었다.

"얼레 언제 그렇게 정이 담뿍 들었디야, 솔뫼도령 허고. 아 오르지 못할 나무 쳐다보지도 말랬잖아, 젊은 남녀사이란 도시 모르겠시유. 허기사 업둥이 네년은 정이 고플만도 허것제. 낳아준 어미의 정도 모르고, 허구한 날 묘덕보살의 서릿발 같은 지청구 소리만 귓구멍이 닳도록 듣고 자랐으니께. 그런데 인자 어쩐디야, 쯧쯧."

"지도 따라 가겠어요."

"얼레, 갈수록 태산이구면. 어디를 따라 가, 입궁허신다더구만. 아, 대궐에서 나랏님이 부르셨다든디."

"몸이 있어 못 따라가면 넋이 되어서라도 따라가겠어요, 도련님을."

"얼레, 뭔 소리래여. 참말로 가관이구면. 절간에서 컸다고 듣는 풍월은 있어야, 몸을 버리고 넋이 된다는 말은 시방 죽을 것이다 그 말이여, 오메 가심 뛴 거."

수자보살은 자신의 가슴을 움켜쥐었다.

업둥의 그런 모습을 보니 어처구니가 없기도 하고 또 한 편으로는 막 물들기 시작한 산딸기 같은 연정은 저런 것인가, 가슴이 짠해 오기도 했다.

"얼른 눈물 훔쳐야, 묘덕할매 보면 어쩔라고. 또 지청구소리가 내려칠 텡께."

업둥은 그길로 수자의 말을 귓등으로 날리며 화방으로 달려갔다. 떠나기 전에 얼굴이라도 눈동자에 새겨둬야겠다는 심사였을 것이다. 솔뫼는 화방에서 자신의 화구나 붓 안료들만 챙기고 있었다. 솔뫼는 일상용품과 옷가지들을 그대로 놓아두고 갈 거라고 했다.

"도련님, 화방 도련님. 이제 가시면 언제 다시 뵈올 수나 있을런지 유."

업둥은 말을 하다말고 솔뫼의 품으로 쓰러질듯 안겨든다.

"업둥아, 내가 너에게 못할 짓을 한 것 같구나. 이 몸은 본래가 한 곳에 머무를 수가 없는 처지란 걸 잠시 망각하고 너와의 분별없는 인연을 만들고 말았구나. 그래도 너무 낙심 말아라. 예측할 수 없는 게 인간사거늘 훗날 만날 거라는 기약도, 꼭 만나지 못하리라는 막말도 할 수가 없구나. 저 하늘의 구름처럼 무심히 흘러가다 우연히 만날 수도 있겠거니 여기라."

솔뫼가 업둥을 다시 바라보자 업둥은 옷고름 끝자락으로 하염없이 흐르는 눈물만 닦고 서 있었다. 그 모습을 보자 솔뫼도 연민이 돌개바람처럼 일어나 가슴을 휘젓는다.

"어허, 업둥낭자. 어찌 그리도 이 소인에게 깊은 정을 주었소. 아녀자의 아둔한 정이 가끔 사내의 발길을 막아놓기도 한다지요."

솔뫼가 목소리를 높여 업둥에게 회유하듯 타이른다. 그리고는 마지막이 될지 모르는 포옹을 한다.

"솔뫼, 솔뫼."

밖에서 도솔이 부른다. 떠날 채비를 마쳤다는 독촉인 듯했다.

도솔이 문을 열고 들어서려다 솔뫼와 업둥이 껴안고 있는 모습을 보고 화들짝 놀라 뒷걸음질 친다.

"아니오. 어서 들어오시오 도솔."

솔뫼가 안았던 업둥을 밀쳐낸다. 도솔이 다시 화방 안으로 들어선다. 업둥은 도솔을 흘깃 한 번 쳐다보고는 눈물을 훔치면서 마지못해 화방을 나온다.

"솔뫼, 어찌된 일이오. 저 계집아이와는 언제부터 그렇게 정분이 난거요."

"아무 일도 아니외다. 그간 잔심부름께나 해 주었는데 떠난다니 섭섭해 하길래 달래 주었을 뿐이오. 괘념치 마시오. 도솔."

도솔은 솔뫼의 말을 믿는지 안 믿는지 더는 묻지 않았다. 솔뫼는 말을 하고 얼굴이 발그레 붉어졌다. 그리고는 길 떠날 채비를 서두른다. 짐이래야 화구와 안료 몇 가지만 챙겼는데도 바랑이 제법 묵직해 보였다.

"솔뫼 입궐하면 전하께서 더 좋은 화구와 안료를 하사하실 텐데 짐은 가급적 이곳에 두고 가시오. 더군다나 왕께서도 그림 그리기를 좋아하고 실력 또한 수준급이라고 하지 않습디까. 도화원에는 주로 왕과 그의 권속들이 상주하며 그림을 그린다고 들었어요. 그런 좋은 곳에 초대를 받았으니 이제 솔뫼는 앞길이 훤히 열린 셈이네요. 아, 하 하."

도솔은 부러움을 그렇게 표현했다. 그리고 솔뫼에게 한사코

짐을 간추리라고 당부한다. 자신의 애마에게 무게를 줄여 주려 하는 것 같기도 했다. 여기 홍덕사에서 개경까지는 말도 쉬지 않고는 넘을 수 없는 산세가 험하기로 악명이 높은 마식령 고개가 가로놓여 있었기 때문이었다.

"그렇긴 하오만 내 손때가 묻고 내 손버릇에 익숙해진 연장들인지라 빠뜨리고 싶지 않소이다."

"이 그리다 만 그림들은 어떡할 거요?"

도솔이 화판 위에 펼쳐져있는 완성시키지 못한 솔뫼의 그림을 보면서 물었다.

"그러게요. 아마 미완성인 채로 둘 수밖에요."

도솔은 솔뫼의 화구가 담긴 봇짐을 들고 밖으로 나가고 솔뫼가 그 뒤를 따라나섰다.

홍덕사의 여러 식솔들, 명운, 도환, 석공스님, 선방에서 참선 중인 운광스님도 나와서 길 떠나는 솔뫼를 배웅했다. 주자소의 마동, 그의 조수인 갈마도 나와서 작별의 아쉬움을 표현했다.

마동은 솔뫼를 향해 '누군 좋겠디. 전하가 미술품에 관심이 많으신 분이니 화우로 삼으며 천군만마를 얻은 것이나 진배 없겠디요. 지원도 아낌없이 팍팍 밀어 주겠디요. 나 같으면 거저래도 말고 덜도 말고 미색이 아주 출중한 계집하나 하사해 달라고 하겠디오만. 하 핫, 이놈은 절간마다 떠돌아다니다 보니 아예

절간 귀신이 다 된 것 같디오. 하 핫.' 마동은 아무도 공감해 주
는 사람도 없는 말을 혼자 하고 혼자 호탕하게 너털웃음을 웃었
다.

얼마 전 큰스님이 마동에게 직지 금속활자판이 완성될 때까
지는 일주문 밖 출타를 삼가시오, 금계를 주었다. 그것을 빗대어
절간 귀신이 다 된 것 같다고 말하는 것 같다. 업둥은 누가 볼세
라, 주자소 뒤 높은 바위에 혼자 올라 도솔과 솔뫼가 탄 말이 산
모퉁이를 돌아 가지마다 흰 눈이 소복이 쌓인 나목들 사이로 사
라질 때까지 눈물을 흘리면서 바라보고 있었다.

솔뫼가 떠나고 난 후, 업둥은 깊은 상실감에서 헤어나지를 못
하고 있었다. 누구도 말해 주지 않은 자신의 출생, 자신의 존재
가치에 대해 뿌리가 없이 흔들릴 때마다 솔뫼를 붙잡곤 마음의
의지 처로 삼았는데, 솔뫼도령이 없는 흥덕사는 업둥에게는 텅
비어버린 헛간일 뿐이었다. 이제 어디에다 정 붙이고 살아갈까,
자신을 길러준 수자나 어머니처럼 생각했던 묘덕도 지금은 아무
런 위안이 되지 못했다. 추상처럼 엄하기만 했던 묘덕의 지청구
소리가 환청처럼 되살아나고 있었다.

솔뫼가 떠나고 화실은 문이 잠기고 적막감이 감돌고 있었다.
그런가하면 주자소에서는 공정이 순조롭게 진행이 되고 더욱 활
기를 띠고 있었다. 쇳물을 배합해야하는 과정에 이르자 주자소

는 긴장감에 휩싸였다. 묵언스님은 금속활자틀이 완성될 때까지 마동에게 새벽 기도에 동참하고 일체의 일주문밖 출입을 금하라고 주의를 주었다. 밖에서 무슨 일이 일어나고 있든 세속 사에 마음을 두어서는 아니 될 것이야, 마음과 대상이 혼연일체를 이루어서 최상의 경지에 머물러야 원한 바를 얻을 수 있다. 지켜야 할 계와 금기사항들을 일렀다.

각수의 기술과 끌을 거쳐 넘어온 음각으로 조각된 낱 활자들을 갯벌의 해감찰흙으로 만든 주형틀에 찍어 놓고, 흐트러지지 않게 가지쇠를 꽂아 고정시킨다. 쇳물이 흘러내리지 않게 곁가지를 꽂는 것도 잊어서는 안 되는 일이었다. 주형틀 안을 해감된 찰흙으로 채워놓고 음각으로 조각된 낱 활자들을 찍어서 홈을 만들고 그 홈을 따라 녹인 쇳물을 부어 서로 흡착이 되게 해놓고 기다리면 천이백 도에 이르는 쇳물이 서서히 식으면서 응고되어 갈 것이다. 쇳물을 부을 때도 음각 활자 홈이 움직이지 않게 가지쇠를 꽂는 것도 빠뜨릴 수 없는 중요한 일이었다. 어느 것 하나 소홀히 다룰 수 없이 긴장의 연속이었다. 만육천여 자에 이르는 낱 활자들이 균일하게 유지해야 하는데 모두들 피를 말리는 시간이었다.

석찬은 한 공정, 한 공정이 끝나고 시작 될 때마다 심한 긴장감에 시달렸다. 밥맛을 잃고 숨을 쉴 수 없을 만큼 가슴에서 느껴지는 통증을 견뎌야했다.

그 긴장감에서 벗어나려 스스로 마음을 추스르다 기도에 매달렸다. 법당에 들어가기 전 찬물로 멱을 감고 몸을 청결히 닦는 일에도 게을리 할 수 없었다. 기도에 들어서도 이 대업을 무사히 이뤄낼 수 있게 원력을 주십사 간절한 염원의 기도였다. 수행자에게 무시무종, 회의감이 들 때는 몸을 청결히 하는 일과 마음을 정화하는 기도밖에 다른 방도는 없었다.

묘덕도 조석으로 정갈하게 몸을 닦고 동참했다. 공양주 수자나 공양간 일손으로 새로 들어온 삼봉네도 채식으로 여러 공인들을 비롯해 마동, 갈마 그 외 여러 공인과 절 식솔들에게 된장을 발라 채소를 싸 먹는 쌈을 주로 소반에 올렸다. 지난 가을, 뒷마당에 구덩이를 파고 지푸라기를 엮어 움집을 짓고 무와 배추를 저장해 놓았던 게 지금은 노랗고 싱싱해 쌈을 싸먹기에 그만이었다. 겨울을 넘긴 채소류를 사찰에서는 천금채라 부르고 귀히 여겼다.

이 무렵, 마동의 얼굴에서도 진지함이 묻어났다. 저녁 공양을 마치면 별채 자신의 처소에 머무르며 자신만이 알아 볼 수 있게 끼적거려 놓은 잡기장을 펼쳐놓고 생각에 잠기곤 했다. 마동에게도 저런 면모가 있었나, 내 마음의 편견이 진면목을 알아차리지 못 했을 뿐이었구나, 일상을 절제하며 근신하는 마동의 모습을 보고 석찬은 모처럼 마동에 대해 대견하기도 하고 그간 불신으로 대했던 게 미안해지기도 했다.

그러나 마동의 절제된 모습은 그리 오래가지를 못했다. 큰스님의 주의를 듣고 근신을 시작한지 채 며칠도 지나지 않아 사위가 어둠에 잠겨들 시각.

마동은 쥐도 새도 모르게, 그 만이 알고 있는 잡목들 사이를 헤치고 경내를 뛰쳐나오고 말았다. 그간의 근신생활이 임계에 이르렀다. 한기품은 바람이 달려들어 볼을 할퀴지만 오히려 상쾌하다. 어스름 잿빛 하늘가에 쪽 달이 하나 걸려 있다. 그림자가 나타나 앞서 나간다. 수염이 잡풀처럼 자라 나풀거린다. 우리에 갇혀 지내다 탈출한 수사자의 모습이었다. 검은 눈썹 아래 두 눈은 피로에 젖어 충혈 되어 있었지만 매향을 만날 기대에 부풀어 걸음걸이에서는 힘이 넘쳐났다.

절 경내에 있는 주자소를 뛰쳐나온 해방감이 해탈이라도 한 것처럼 자유로움으로 다가들었다. 큰스님의 호통이 귓가에 날아들어도 이 자유로움에 비할 바는 아니었다. 매향의 집을 향해 걸어가고 있었다. 매향을 안아보고 온 지 얼마가 지났는지 헤아리기도 어렵다. 매향 요것이 줄행랑 안 치고 기다리고 있기나 할지. 마동은 매향을 떠올리자 풋풋한 살 내음이 코끝에 와서 매달린다. 절에서 자고새면 주자소까지 날아오던 명운스님의 염불소리가 환청처럼 되살아난다.

다향, 계향, 혜탈향, 해탈지견향… 불경에서의 향과 빛은 깨달음으로 가는 길이었다. 모두가 깨달음의 갈증을 달래주는 감로수였다. 거기에 매화향은 없었다. 그래 깨달은 신들이야 고매한 향을 흠향하시면서 갈증을 달래겠지만 깨닫지 못한 이눔은 여인네의 살 향을 흠향해야 갈증이 풀리니까, 매화향을 흠향하러간다. 우~ 이, 헤헤헤. 마동은 혼자서 고래 같은 소리를 지르다 홀짝 뒤를 돌아보았다. 혹시 따라오는 사람이 있어 들었을까봐, 아무도 없고 저잣거리가 텅 비어있었다. 그때부터 마동은 어린아이 같이 흥에 겨워 저잣거리를 갈 지 자로 휘저으며 걷기 시작했다.

매향이 기생환갑이라는 이십 고개를 훌쩍 넘었고, 비록 퇴기이기는 하나 청옥 같은 살결마다 이슬 같은 물기와 향을 머금고 있었다. 뿐만 아니라 자태에서 뿜어져 나오는 매향의 향기는 짧은 순간 사내를 아찔하게 했다.

낙향해서 풍류에 취해 사는 늙수그레한 선비들에게는 매향과 하룻밤 보내는 것은 몽유도원을 꿈꾸는 화접춘몽이었다. 게다가 춤과 노래에 빼어난 절창이었기에 동백기름 좌르르 바른 머리 뒤로 옥비녀 가로 꽂고 나비를 부르듯 팔을 휘젓다, 다시 버선코를 세워 허공을 향해 날아오르면서 이어지는 매향의 춤사위는 가히 고려 조정을 찾아온 사신들을 매료시키기에 충분했다.

개경 명기 매향이 청주목에 내려와 있다는 소문은 파다하게 저잣거리 한량들 사이에 퍼져있었다. 마동이 청주목 어딘가에 처소를 마련해 주고 자신의 첩실이라고 깃을 세우고 있지만 소문은 아랑곳하지 않고 들불처럼 퍼져나갔다. 몰락한 세도가들이며 마을의 전답깨나 가지고 있는 토호들이 엽전 꾸러미를 들고 매향 집 담장을 기웃거렸다. 그것이 무척이나 신경이 쓰이는 마동이었다.

이날 이후 마동은 사흘이 멀다 하고 밤 행차를 재개했다. 큰스님의 금계 같은 건 처음부터 지킬 수 없는 추상적인 관념에 불과했다. 수행자가 지녀야할 계란 이런 것이다. 정도의 추상같은 것. 한동안 근신하며 주자소 일에 집중하는가 싶었는데, 석찬도 마동의 그런 사실을 언제부턴가 알고 있었다. 매향 집을 무시로 드나든다는 것도 이미 목격했던 사실이었다.

낮에는 주자소에서 쇳물을 다루는 주물 장인이요 연금술사 같은 명장이었지만, 해만 저물면 다른 모습으로 변신하고 끓어오르는 욕정에 취해 기생집 행차였으니.

불교사에 길이 족적을 남길 대업을 수행하는 대행자로서의 정갈한 몸과 정화된 마음으로 임하기를 바랐건만 마동은 그런 것과는 거리가 멀어보였다. 이 일을 어쩐 담, 큰스님은 거동이 불편해지자 두문불출하고 요사채 자신의 처소에만 머물렀다.

"이 보우, 마동."

석찬이 참다못해 마동을 불렀다. 석찬은 그대로 더는 마동의 행동거지를 지켜 볼 수만 없다는 결론을 내렸다. 작정하고 불러 세웠다.

"요즘 마동의 밤마실이 너무 잦다는 생각이오. 어젯밤에도 삼경이 훨씬 지나 숲 덤불을 타고 넘어 들어왔지요."

잡목들이 겹겹이 싸인 숲길이 지름길인지, 남의 눈에 띄지 않게 하기위해서인지는 몰라도 그 길은 마동만이 알고 있는 길이었다.

"소승이 진즉부터 알고 있었소. 이런 중대한 대업에 동참한 자로써 어찌 이런 불미스러운 행동이 가당키나 한단 말이요!"

그간 참고 참느라 억눌린 감정이 폭발하듯 석찬의 목소리에 격한 근엄함이 배어있었다.

"뉘기요? 밤마실이 불미스럽다고 말한 작자가, 또 그놈의 부처님 말씀이오이까. 낮에는 이룰 수 없는 밤의 역사도 있지 안 칸. 헤, 헤 기래서 하는 말이디, 남이사 밤의 역사를 만들러 다니든 말든 참견 마시고 거저래 석찬 중은 냉수 마시고 염불이나 외시구래. 건방지게 시리, 어허, 참 나."

마동은 뜻밖에 저잣거리 우 마꾼 말투를 흉내 내고 눈을 부라렸다.

"밤엔 풍류를 즐기러 가디. 당신 같은, 중이 풍류가 뭔 줄 알기나 할까? 여보시오 중, 밤의 역사까지 간섭하지 맙세다. 우

힝."

마동은 말을 마치면서 후렴으로 혀를 쑥 내밀어 보였다. 석찬
으로서는 말문이 막혔다. 충고의 말 한마디 건넸다가 그쪽에서
돌아오는 말은 너절했다. 되로 주고 말로 받는 격이 되었다. 그
래도 마동이 다행스러운 건 주자소의 일은 지금까지 별 차질 없
이 진행되어지고 있다는 것이었다. 그것으로 위안을 삼아야했
다.

석찬은 마동과의 더 이상의 설전은 하고 싶지 않았다. 아무런
접점을 찾아내지 못할 게 뻔했다. 석찬의 입에서 나오는 절제된
말은 수행자의 말이라면, 마동의 달변적이고 단련된 세속어는
듣기에도 민망할 뿐더러 당해내기에는 언감생심이었다.

"그만 합시다."

석찬이 먼저 뒤로 물러섰다.

"퉤, 퉤."

마동은 침을 뱉고 눈을 두어 번 희번덕거리더니

"여보시오 석찬. 알디, 보았다고 다 말하디 말라는 거 있디.
입을 무겁게 허고, 혓바닥을 주둥이 속에 깊이 감추라는 그 중들
이 잘하는 불경이디, 뭐디, 있잖소. 구시 화… 문, 이가 뭐이 어
드랬고 세티 혀를 잘못 굴렀다가는 목을 베인다 거 있잖소."

마동은 불경 한 줄도 끝까지 외지 못하는 자신이 쑥스러운지
히죽거리며 자리를 피했다. 저런, 선근종자라고는 눈을 닦고 보

아도 찾을 수 없는 잇찬티카(영원히 성불할 수 없는 중생) 같은 중생을 어떻게 제도하며 언감생심 승과 급제까지 시킬 계획을 할 수 있단 말인가, 석찬의 입에서는 가벼운 탄식이 새어나왔다.

말하자면 큰스님에게 일러바쳤다가는 큰 화를 입게 될 것이라는 마동의 겁박이었다. 석찬은 몹시 불쾌했지만 더는 마동을 닦달할 수가 없었다. 마동의 다혈질적인 성격으로 보아 이 일에서 손을 떼겠다고 한다면 다른 주물사를 구하기가 여의치 않을 거고 큰스님의 책망이 두렵기도 했다. 석찬으로서는 이러지도 저러지도 못하고 진퇴양난에 갇힌 격이었다. 큰스님의 심기를 자꾸 불편하게 했다간 석찬으로서는 고립무원의 상황에 갇히게 될 것이 뻔했다. 모든 허물을 가슴에 묻고 금속활자판이 완성될 때까지는 저 심령이 가난한 자의 행동을 보고도 눈감을 수밖에, 건드렸다가는 일을 더 어렵게 만들지도 모른다.

"석찬스님, 큰스님이 찾으십니다."

도환의 전갈이었다.

"무슨 일로…"

"글쎄요."

석찬이 도환을 따라 요사채 큰스님 방으로 갔다.

"석찬스님, 주자소의 일은 어느 정도 진척이 되어가나요."

스님의 목소리는 가라앉아 있었다. 안색도 어두웠다. 큰스님은 나날이 노환의 병색이 검은 그림자를 드리우고 있는 것 같아 석찬은 조마조마했다. 이 대업의 마무리를 짓기도 전에 백운 스승님이 그랬던 것처럼 큰스님마저 입적에 드신다면 이런 낭패스런 일이 또 있겠는가.

"요즈음 마동은 잘 하고 있나요? 그 자가 늘 걱정이긴 해요."

스님이 마동의 행적을 물었다. 무슨 낌새라도 눈치 채고 하는 말일까, 스님의 물음에 석찬은 조금 놀랐다. 무슨 말로 대답해야 할지 한참을 망설였다. 스님의 금계를 충실히 받들고 있다고 할까… 아니면 밤만 되면 저잣거리로 나가 기생집을 드나드는 것 같다, 라고 이실직고 해 버릴까. 한참을 대답을 보류하고 스님과의 시선을 피하려 앞 벽만 멀뚱히 바라보고 있었다.

"그때 개경에서 데리고 온 기년가 하는 중생은 돌려보냈겠지요."

"…"

"요즘 내가 토옹 별채에서 마동을 보지를 못해요. 그래 묻는 겁니다."

스님은 석찬의 침묵이 답답한 듯 거푸 물었다.

" 아~ 네 그, 그랬을 겁니다."

석찬은 말끝을 흐렸다. 이번만은 그냥 숨겨 주리라. 좀 더 지켜보고 난 후 말하리라, 스님은 석찬을 흘끔 바라보았다.

"으, 음."

큰스님은 석찬의 대답이 믿기는지, 안 믿기는지 헛기침으로 마무리를 지었다. 더는 아무 말도 하지 않았다.

중대한 과업을 시작해놓고 누구보다 애가 타는 사람은 석찬이었다. 모든 것은 각 분야의 장인 명장들이 비익조처럼 한 몸이 되어 움직여야 하는 공정들이었다. 석찬은 속이 날이 갈수록 알 수 없는 불안감으로 조여 오는 것을 느끼고 있었다.

"마동이 이번 일, 직지심체요절이라는 커다란 불교사에 족적이 될 대업에 동참한 장인으로서 특출하게 공적을 드러내고 선근의 싹이 보인다면 불법을 깨우쳐 승과 급제를 시키는 게 어떨까합니다."

한참을 침묵을 지키던 스님이 하기 어려운 말을 꺼내놓듯 조심스럽게 석찬의 의중을 물었다.

석찬은 참으로 난감했다. 스님은 숫제 마동을 승가공동체에 입문시키려는 생각까지 하고 있었다니, 석찬이 볼 때 마동은 태생적으로 잇찬티카 임에 틀림없었다.

언젠가 새벽녘에 별채 뒤 잡목들 사이에서 마주했던 마동의 모습, 이슬에 흠씬 젖어 생쥐 꼴에 눈빛은 주색에서 깨어나지 못하고 어스름 새벽빛 속에서도 느글거려보였던 모습, 신과 동물 사이 인간계에서도 가장 저급한 축생계 쪽에 치우쳐 있을 것처럼 생각되었다. 그러나 자신의 소견을 큰스님 앞에서 명징하게 드러낼 수 없어 갈등하고 있었다.

"글쎄올시다. 스님, 지난번에 스님께서 승과 급제 얘기를 꺼냈을 때 마동의 반응을 잊으셨습니까."

"그래요, 그렇긴 하나 그런 자에게 부처님의 경이 더 약이 될 수가 있지요. 마동은 꼭 제도해야 할 중생이라 생각됩니다."

스님은 말을 해놓고 고개를 돌려 석찬을 외면했다. 스님은 왜 그토록 마동에 대해 집착 같은 관심을 가질까. 석찬은 갑자기 앉았던 자리가 불편해지기 시작했다. 잠시 뒤 스님이 고개를 돌려 석찬을 지그시 바라보았다. 스님의 눈빛은 안온해 보였으나 석찬에 대한 섭섭함이 묻어있었다.

"석찬, 계곡의 물이 너무 맑으면 고기가 살 수 없듯이 사람의 옳다 그르다 흑백논리가 지나치면 결국 따르는 자가 모두 떠나가고, 지나친 분별심은 자신을 고립의 경지로 몰아넣지요."

스님의 질책 앞에 석찬은 몹시 혼란스러웠다. 자신이 지나치게 마동을 경계했었는가, 자기 성찰의 죽비가 뇌리를 쳤다. 덕이 따르지 않는 지성이나 이성은 날카롭게 빛나지만 타인에게 오히려 해를 보일 뿐이다. 석찬은 혜훈선사의 말을 떠올리며 스님과 자신이 마동을 사이에 두고 뛰어넘을 수 없는 견해차를 보이고 있으니 마음만 답답했다. 큰스님의 마동에 대한 기대나 저런 믿음이 어디에서 기인된 것인지는 몰라도 철옹성처럼 변하지도 깨어지지도 않을 것 같았다. 어쩌면 마동의 달변에서 기인된 것인지. 궤변도 자주 듣다보면 진실로 여겨지고 착각을 불러일으키는가. 혹시, 석찬 자신이 질시와 반목에 갇혀 마동의 진면목을 바로보지 못하는 게 아닌가하는 자기반성과 자신을 성찰해 보는 계기로 삼으려 했다.

"이제 그만 나가 보시오."

큰스님은 한참을 생각에 잠겨 있다가 석찬에게 말했다.

"네에, 스님."

석찬은 일어나 밖으로 나왔다. 흘러가는 바람이 혼란으로 뜨거워진 머리를 훑고 지나면서 식혀주는 것 같았다. 스님은 마동을 두고 승과 급제시키겠다는 기대를 아직도 버리지 못하고 있었다. 스님의 관용인지, 중생에게는 누구나 다 부처가 될 선의 종자가 있고 다만 갈고 닦지 못해 드러나지 않을 뿐, 평소의 스님의 지론에 변함이 없는 듯 보였다.

애별리고

"업둥아, 업둥아. 큰스님이 일로향실로 오래야."

수자보살이 거칠게 업둥의 방문을 열어젖히면서 큰스님의 분부를 전했다.

"얼래~, 시방 이 꼴이 뭐여~"

수자는 눈만 떼꾼해진 업둥의 몰골을 보자 마음이 짠했다.

"상사병이 확실한 기여."

"큰스님이 왜요?"

업둥이 부스스 일어나며 물었다.

"클시 가보면 알것지. 그렇게 배 껍질이 등에 붙게 굶고 병을 자초하고 있어본들 벨 수 있간디. 떠나간 도련님이 다시 올 것도 아니 틴게 어여 일어나서 큰스님한테 가 봐."

업둥은 비척비척 자리에서 일어났다.

탈진이 되다시피 한 채 일로향실로 걸어갔다. 돌계단 섶에 와 있는 봄의 기운이 느껴졌다. 도량을 휘감고 하얗게 말라버렸던 실개천에도 가느다란 물줄기가 은빛으로 누워있다. 솔뫼도령이 떠나간 지도 몇 날이 지났는지, 개울가 버들가지는 잎망울이 봉긋 부풀어있었다. 업둥은 잃어버린 계절 속을 걸어가는 기분이었다. 쌀쌀한 바람이 앞가슴으로 몰려들었다. 일로향실 문을 두드렸다.

"업둥이냐, 들어오너라."

큰스님의 음성이 여전히 차갑게 들렸다.

묘덕도 함께 있었다. 업둥은 큰스님 앞에 무릎을 꿇고 다소곳이 앉았다. 큰스님은 업둥의 얼굴을 찬찬히 들여다보았다. 움푹 들어간 눈두덩이 하며 창백한 얼굴빛이 몰라보게 수척해지까지 하니 연민이 느껴지는 것 같았지만, 큰스님은 곧 역정으로 말문을 열었다.

"어허, 제행이 무상하거늘 허망을 잡고 마음을 놓지 못하는구나. 어찌 그리도 어리석은고. 솔뫼는 어느 한 곳에 머무를 수 없는 처지라는 것을 몰랐더냐, 네가 가슴에 품고 있어본들 모두가 허상이요 그림자일 뿐이다. 기실 솔뫼는 너에게 마음 준 일도 없을 텐데. 지분자족이라, 제 분수를 알고 스스로 만족할 줄 알아야지. 큰스님의 음성은 바깥공기만큼이나 냉기를 품고 있었다.

스님 역시 병중이라고 믿기지 않을 정도로 격한 노기가 배어나
왔다.

업둥의 얼굴은 발갛게 달아올라 있었다. 목덜미에서 식은땀
이 배어나와 흐르고 있었다. 큰스님이 잠시 말을 멈추고 업둥을
찬찬히 바라보았다. 스님도 야단을 친다고 되돌려질 업둥의 마
음이 아니라는 것을 알아차린 것 같았다.

솔뫼와의 이별은 업둥에게 세상을 다 잃은 것, 다시는 솔뫼를
볼 수 없다는 애틋함에 자기연민까지 더해져서 업둥의 상실감은
헤어나기 어렵게 깊고 넓다는 것을 큰스님이 알아차릴 리가 없
었다. 막 피어나는 꽃봉오리처럼 애틋하기만 한 세속 청춘들의
연정을 어찌 승방의 스님이 헤아릴 건가. 스님이 먼저 마음을 돌
려 옆에 있는 묘덕에게 이른다.

"어서 데리고 나가시오."

"네에."

묘덕은 업둥을 부축해서 일로향실을 나왔다. 묘덕은 업둥을
제 방으로 밀어 넣으면서 수자에게 미음이라도 한 보시기 끓이
라고 말했다. 수자는 '미음은 무신 미음, 상사병에는 돼지똥물이
약이지.' 입을 실룩거리며 만질이! 화덕에 불 피워라, 미음 끓이
게. 애꿎은 만질에게 화풀이를 했다. 만질은 숯 화덕을 안고 공
양간으로 들어왔다.

업둥은 큰스님이나 묘덕보살의 훈계도 설득도 가슴에 와 닿지를 않았다. 날이 갈수록 솔뫼에 대한 업둥의 안타까운 정은 더 짙어만 갔다. 스치듯 잠깐 맛보았던 사람의 정. 어디 그 뿐이랴, 막 이성에 눈뜨기 시작한 풋내기 첫 연정인데다 잘 생긴 사내의 봄날 같은 보드라운 정이었으니 업둥은 미치도록 솔뫼가 그리웠다. 다시는 만나지 못할 것 같은 막막함까지 더해져서 업둥이 차라리 넋이 되어 솔뫼 있는 곳으로 날아가고 싶었다. 업둥은 하루하루 몰라보게 야위어가고 먹지 못하니 기력마저 소진되어지고 있었다.

곁에서 며칠을 더 지켜보던 묘덕이 이대로 두었다가는 큰일이 나겠구나 싶어 큰스님과 상의해 무슨 묘책이라도 강구할 요량으로 부랴부랴 큰스님의 처소를 다시 찾았다.

"스님, 스님."

"무슨 일이오. 들어오시오."

"스님, 업둥을 그만 세속으로 내려 보내는 게 어떨까 해서요?"

묘덕의 제안은 뜻밖이었다. 업둥이 남정네에 눈을 뜰 시기라는 것을 묘덕은 가슴 시리게 간파했기 때문이었다. 사실 업둥은 본인의 의사와는 상관없이 절간에 맡겨졌지 스스로 수행자의 길을 선택한 건 아니지 않은가, 묘덕이 뇌성벽력처럼 떠오른 생각이었다. 차라리 세속으로 보내서 속인들처럼 좋은 배필 만나 혼례도 치르고 살게 하는 게 인간사 도리가 아닐까하는 생각에 이르렀다.

"묘덕, 지금 업둥은 이미 병이 들었어요. 솔뫼에 대한 사모의 병 말이에요. 이 애착을 끊어내지 못하면 번뇌가 되고 망상이 되어요. 어쩌면 업둥이 끝내 본마음을 되찾지 못할 지도 몰라요. 지금 업둥의 마음은 솔뫼의 그림자를 찾아서 저 허공을 헤매고 있을 거예요. 저러다 실성이라도 하면 영영 사람 구실을 못 할지도 모르는 일인데, 묘덕보살이 잘 보살피고 마음의 안정을 되찾도록 살펴주세요. 핏덩이 적부터 절간에서만 자란 아이가 세속에 나간다고 세파에 부대끼며 잘 살아갈 것 같아요. 어쨌거나 지금은 업둥이 제 정신을 찾는 것이 우선된 일이지요. 상실로 마음을 다친 아이를 무턱대고 세상 속으로 보내는 것은 업둥을 버리는 거예요."

큰스님의 생각은 깊은 성찰 끝에 나온 고견 같았다.

"오늘부터 법당에 나가 하루에 백팔 배를 하고 마음의 번뇌 망상을 여위는 기도 정진에 들도록 하라고 이르세요. 육신의 고통만이 마음의 고통을 여위게 할 테니까요."

큰스님이 참회기도를 권하였다. 그렇게 해서 '마음 가운데 신심이 깃들고 마음이 단단해졌을 때 떠나도 늦지 않을 테니까.'

묘덕보살로부터 큰스님의 분부를 전해들은 업둥은 세속으로 들어간다는 게 꼭 싫지만은 않은 듯 했으나 낯선 세상이었기에 조금 두렵기도 한 것 같았다.

우물가로 걸어가 아직은 냉기가 서려있는 샘물을 길어 머리를 감고 곱게 땋은 머리끝에 댕기를 매고 법당으로 들어갔다. 어쩌면 곧 떠나게 될지도 모르는 홍덕사 법당이었다. 비스듬히 새어든 노을빛이 정수리에서 고물거리고 업둥은 넙죽넙죽 절을 올린다. 한 배 두 배… 육신의 고통만이 다친 마음을 치유하게 할 것이니라. 큰스님의 말씀 한 마디를 가슴에 새기고…

날이 풀리자 불자들의 홍덕사 출입이 빈번해지고 민초들은 또 그들대로 식량을 구하기 위해 홍덕사 뒤로 난 쪽문을 문턱이 닳게 드나들었다. 하층민들은 주로 이 쪽문을 이용했다.

업둥이 백팔참회기도를 시작한지 거의 백일이 다 되어가고 있었다. 그간 업둥도 기력을 차츰 회복하고 조금씩 본래의 모습을 찾아갔다.

보현보살이 대웅전에 들어갔다가 업둥이 수척해진 모습으로 기도삼매에 들어있는 것을 보고 뜨악했다. 아직은 아이인데 저렇게 절실하게 기도하는 걸 보니 그 모습이 조금 생경했다. 그간에 무슨 일이 있었을까. 보현은 대웅전을 나와 공양간으로 내려가 수자보살에게 업둥의 달라진 모습에 대해 물었다. 수자는 그렇지 않아도 업둥의 솔뫼에 대한 분수 모르는 연정 사건 때문에 절간이 한바탕 회오리바람이 쓸고 지나갔다고, 말이 하고 싶어 입이 근질거리던 참에 보현보살 같은 마을의 유력인사가 물어오

니 목울대를 세워서 줄줄 실타래 풀 듯 입가에 게거품까지 물고
풀어냈다.

　그런 업둥의 저간의 사정을 한참동안 말없이 듣고만 있던 보
현보살은 가슴에서 애잔함이 잔물결처럼 일렁였다. 업둥은 사랑
이 고픈 아이, 어미로부터 당연히 받아야할 사랑을 어느 누구에
게도 받아본 적 없이, 묘덕의 늦가을 찬 서리 같은 깨우침의 죽
비 소리만 뼈에 사무치도록 듣고 자란 아이가 아니던가. 정작 업
둥에게 필요한 것이 무엇일지 누구도 헤아리지 못했다. 업둥은
솔뫼와의 사랑을 키우려 온갖 정성을 기울였건만 돌아온 건 짙
은 상실이었으니. 큰스님은 어리석다고 호통을 쳤지만 이성에
막 눈뜬 풋내기의 연정을 누구라서 탓할 손가. 보현보살은 서럽
도록 업둥이 가엾게 느껴졌다.

　보현은 이 청주목에서 조정의 벼슬을 지낸 이 대감의 정실부
인이었다. 그녀는 이미 아들 딸들을 다 출가시켰고 지금은 큰아
들 식구와 식솔들 몇몇과 단출하게 살고 있었다.

　솔뫼 화가가 떠난 뒤로 상실의 병을 앓고 난 아이─ 지분자족
을 모르면 마음만 다칠 뿐이다 ─큰스님의 죽비소리를 업둥은
이해했을까.

　솔뫼 화가가 휘어 쥐고 있는 붓끝에서 고결하게 피어오르는
부처의 모습을 물끄러미 바라보고 있으면 극락세계가 눈앞에 펼
쳐지는 몽환을 느낀다고 말했을 만큼 업둥은 그림에 대한 안목

이 열려있었다. 그랬던 업둥이, 그렇게 위태롭고 아프게 첫사랑을 겪으며 조금 성숙해진 모습으로 거듭 태어나고 있었다.

"업둥아, 나 따라 세속으로 나갈래?"

보현보살은 먼저 업둥 방으로 가서 넌지시 물었다.

"네에~ 보살님."

업둥은 눈을 동그랗게 뜨고 보현을 쳐다보았다. 너무 뜻밖이어서 무슨 말인지 정확히 모르지만 '세속으로 나갈래?' 그 말만은 무척이나 반갑고 기다렸던 말이었다.

"쯧, 쯧 이 어린 것이 그간, 이 산사에 갇혀 얼마나 갑갑했으면."

자식을 길러본 보현은 아이들이 커 가는 과정이라는 게 또래와의 교류, 소통에서 취할 것들이 많은 법인데. 더군다나 업둥은 지금 내면의 의혹과 두려움으로 작은 바람 한 줄기에도 크게 흔들리는 시기인데… 보현은 단박에 업둥의 마음에 동화되어 눈시울이 붉어졌다.

"하지만 큰스님이나 묘덕보살님이 어찌 여기실지."

업둥은 곧 큰스님이나 묘덕의 승낙이 있어야 한다는 것을 염려하는 것 같았다.

"큰스님이나 묘덕할머니, 두 어른들께서 허락을 해 주신다면…"

업둥으로서는 솔뫼와의 풋풋한 연정의 흔적이 서리서리 서려

있는 이곳, 추억이 곳곳에 묻어있는 이곳이 더 마음 시리게 다가왔을지도, 그래서 무척이나 떠나고 싶었던 듯했다.

"그래 내가 이제 네 마음을 알았으니 묘덕보살에게 간청을 드려 보마."

보현보살은 곧 묘덕을 찾았다. 묘덕은 뒤뜰에서 큰스님 미음을 끓이고 있었다.

"묘덕보살님, 다른 게 아니고 업둥을 제가 데리고 나가겠습니다. 허락해 주십시오."

보현보살이 조심스럽게 묘덕에게 간청을 하고 있었다. 묘덕의 얼굴에 밝은 감격의 빛이 떠올랐다.

"그렇지 않아도 세속에 의지할 부모가 나타나면 보내고 싶었어요. 허락이고 뭐고 있겠습니까. 보현이 그런 자비로운 마음을 내셨다면 큰스님께서도 무척 기뻐하실 겁니다. 그러잖아도 얼마 전에 제가 업둥을 속세로 보내자고 말씀을 드렸지요. 그랬더니 큰스님도 고개를 끄덕끄덕 하셨어요. 업둥이 기력을 회복하고 마음의 상실감도 치유가 되거든 그렇게 하자고 하셨지요. 그러면서 업둥에게 백팔참회기도를 하라고 하셨는데, 아마도 부처님이 보현 같은 자비로운 수양부모를 보내셨나보군요. 사실 우리 같은 부처님 법만 공부하는 수행자들은 세속의 삶은 몰라요. 더군다나 업둥의 가슴으로 피어오르는 이성에 대한 정이라든가, 떠난 자리에 남겨진 식음을 전폐할 만큼의 처절히 사모하는 감정 같은 것을 이해하기란 공부한다고 되는 것도 아니고. 진사 부인께서 그러시겠다면 저는 두 손 합장하고 환영입니다."

묘덕은 보현이야말로 업둥을 제대로 보살펴 줄 적임자라 여기는지 무척이나 흐뭇해하면서도 한편 그간 정들었던 업둥을 떠나 보내야한다니. 한편으로는 가슴이 횅하니 비어오는 것을 어쩌지 못하는 것 같았다.

"업둥아, 네 생각이 그렇다면 보현보살님 따라서 세속으로 가려므나."

묘덕의 말이 떨어지기가 바쁘게 업둥은 자신의 방으로 들어가 소지품들을 챙겼다. 소지품이래야 얼레빗 한 자루와 아끼느라 특별한 날에만 매달던 자주색 댕기, 귀퉁이가 떨어져 나간 석경을 정성스럽게 보자기에 싸서 손에 들고 큰스님과 묘덕에게 마지막 인사를 하러 요사채 큰스님 방으로 갔다.

큰스님 방에는 묘덕과 보현보살도 있었다.

"그래 이제는 네 생각대로 네가 가고 싶은 길을 가야지."

업둥이 넙죽 절을 올리자, 큰스님의 마지막 응낙이었다. 말을 마치고 스님은 시선을 벽 쪽으로 돌렸다. 스님도 무척이나 섭섭한 것 같았다. 정 드는 것을 못 느껴도 떠나는 정은 뼈에 사무치는 법이니, 사사로운 한 인연에만 연연하지 않고 대중을 바라보며 살아온 스님이라지만 석별의 정은 어쩔 수 없는 것 같았다. 곁에 있던 묘덕도 눈시울이 붉어지면서 눈물을 훔쳤다. '업둥의 장래를 위해 이제는 업둥을 세속으로 떠나보내야지.' 묘덕은 들릴락 말락 낮은 소리로 읊조렸다.

업둥의 세상 출현은 특별했고, 아이가 있을 리 없는 절에서 태어난 것 자체가, 또 성장해가면서 어린 업둥이 주위 분들에게 많은 깨우침을 보여주었다.

'일미진중 함시방'이라는 법성게의 한 구절처럼 한 알의 씨앗 속에 큰 나무가 들어있다는 것을 커가는 과정에서 여실히 보여 주었다.

그 길로 업둥은 진사 부인을 따라 홍덕사 일주문을 나선다. 수자보살은 공양 간 문설주에 기대어 서서 망연히 바라보고 있었다. 자신과 업둥 사이에는 헤어짐이라는 것이 없을 줄로만 알았는데, 지금 홍덕사를 떠나가는 업둥을 바라보면서 가슴에서 만감정이 교차로 나타났다.

보현의 손을 잡고 새로운 세계로 나아가는 업둥의 발걸음은 기대에 부풀어 철부지 아이처럼 가볍고 흥분되는 것 같아 보였다. 성급하게도 업둥은 '솔뫼도령의 화방에서 어깨 너머로 보았던 그림 공부를 자신도 하고 싶다'고 그동안 가장 하고 싶고 가장 부러웠던 소원을 보현에게 말했다. 그래, 그래 네가 하기를 원한다면 하도록 해 주마. 보현은 업둥의 잡았던 손을 꽉 쥐어 주었다. 가엾고 기특한 아이, 잘 보살피고 이끌어준다면 자신의 묻혀버린 재능을 충분히 살릴 수도 있을 것이었다. 깡충거리며 좋아하던 업둥도 홍덕사가 저만치 멀어져 가자 시무룩해지더니 눈가에 눈물이 고였다. 언제부터인지, 왜인지도 모르는 채, 살아왔던 홍덕사. 봄이면 꽃을 따러 이 산 저 산 골짜기를 헤매고 다녔던 기억. 요사채 뒤편에 마련된 화방으로 가기 위해 공양간 뒤뜰을 분주히 오갔던 기억. 솔뫼도령을 향한 흠모와 남모르게 피어났던 수줍은 연정. 시간 너머 홍덕사 뒤란에 묻어두고 떠나는 길, 업둥은 발걸음이 자꾸만 무거워진다.

자, 어서 가자, 업둥아. 진사 부인이 재촉했다.

'거자필반'이라 하지 않더냐, 떠난 자는 반드시 돌아온다는 말이니라. 네가 그토록 흠모했던 솔뫼도령처럼 꼭 화가가 되어 다시 이 홍덕사로 돌아와도 되느니라. 너무 섭섭해 하지도 말고 앞으로 네가 가야할 길만 바라보아라. 진사 부인이 그런 업둥의 마음을 헤아렸는지 업둥에게 나지막이 일렀다. 진사 부인의 말소리는 오랜 가뭄 속에서도 마르지 않는 시냇물 소리처럼 잔잔하게 귓전으로 흘러들었다.

"네에~ 보현마님, 제가 감히 솔뫼도령 같은 화가가 될 수 있다 하셨습니까? 솔뫼도령이 붓끝에 구도의 염원을 담아 그려내는 그림에는 섬세함과 화려함이 묻어나오고 보고 있으면 아득히 먼 무릉도원으로 떠밀려 가는 것 같았어요. 그런데 지가 감히 그 경지까지 이를 수 있을지…"

업둥은 솔뫼도령 같은 화가가 될 수 있다는 보현 부인의 말에 겸손해 하면서도 가슴이 뛰기 시작하고 환희의 벅찬 감동이 솟아오르고 있었다.

"그렇지, 업둥아. 솔뫼의 불화를 보고 네가 그런 감상을 느꼈다면 너에게도 그런 화가의 근이 있다는 증거일 게야."

진사 부인과 업둥이 길을 따라 잰걸음으로 내려오고 흥덕사 처마 끝이 서서히 어둠에 묻혀들고 있었다. 또 하나의 흥덕사 인연이 떠나갔다. 공양간 옆 업둥의 방이 한동안 비어 있게 되었다.

법린의 서한

"석찬스님!"

말안장에서 내리자마자 도솔이 석찬 처소로 급히 찾아왔다.

"무슨 일이요? 도솔."

"궁에서 석찬스님에게 보낸 서한이오."

도솔이 건네준 봉함편지 겉면에 '법린으로부터'라고 씌어있었다. '오, 오 법린.' 석찬은 가슴이 뭉클해졌다. 겉봉을 뜯어 한지에 적힌 글자들을 단숨에 읽어 내려갔다.

'석찬 문도 그립소, 직지의 금속활자 제작은 어찌 되어 가는지요? 이 소승은 왕궁으로 입궐하여 〈전민변정도감〉이라는 개혁기구에서 일하고 있소이다. 이곳에서 하는 일은 지방의 탐관오리들이나 토착향리들이 불법적으로 착취한 토지와 강제로 노비가 된 백성을 가려내어 되돌려 주는 등 힘없는 백성들을 보호하기 위해 설치한 인권보호기관이지요. 지방 곳곳에서 억울한 일을 당한 백성들의 상소문이 올라오면 바로 말을 달려 내려가 해결해주는, 궁궐에 설치되었지만 옮겨 다니는 인권기구인 셈이지요.

석찬 문도께서도 입궁하실 생각이 없으신지요. 궁궐에서 왕사를 영입한다기에 드리는 청이올시다. 지금 이 나라 고려의 조정에는 문화융성의 기운이 아지랑이처럼 피어오르고 있소. 나라가 태평하니 장수들도 활을 놓고 서책을 들었지요. 과거 응시생들이 부지기수로 늘어난 것만 봐도 알 수 있지요. 낙향 선비들이 곳곳에 서원을 세워 서생들을 길러내고는 있지만 불어난 숫자를 모두 수용하기에는 어려움이 많다고 합니다. 왜 아니겠어요. 특히 서책의 부족으로 서생들이 직접 책을 베끼는 사경으로 시간을 많이 소비 한다는군요.

경천애민 사상이 결실을 보는 건지도 모르죠. 나라 안에서는 연년 풍년이 들어 개경이고 지방이고 굶주린 백성들이 없어졌다고 하더군요. 나라밖 사정이야 말할 것도 없어요. 그토록 호시탐탐 침략의 기회만 노리면서 괴롭히던 원나라가 화해 분위기로 돌아섰지요. 이게 다 위로는 호국불교, 나라에 어려움이 있을 때는 결연히 일어나 근심을 함께 해결했던, 불교의 기운이 융성한 까닭이요. 국태민안, 나라가 태평하니 백성들이 편안하다 말씀이지요.

나라 밖에서는 원나라의 황제인 순제의 정후가 된 기황후 덕분이 아니겠소. 기황후는 성품이 지혜롭고 영민해서 원나라 순제의 총애를 받고 있답니다. 고려 출신 환관들과 함께 친정 나라인 고려와 원나라와의 외교에 크나큰 영향력을 행사하고 있으니어찌 이 나라 고려에 화살을 겨눌 수가 있겠소.

그간 원나라의 침략은 무척이나 고려를 괴롭게 했잖소이까.그 중에서도 가장 큰 두 나라의 전쟁은, 1254년에 쳐들어왔던 몽골의 병난이지요.

역사상 유래가 찾아보기 어렵게 최대의 인명 피해를 냈어요.몽골군에 살육당한 고려인의 숫자가 헤아릴 수조차 없었다고 기록되어 있어요. 그런 전쟁을 겪을 때마다 원나라로 끌려간 포로들이 지금은 심양과 요양에서 고을을 이룰 정도로 그 숫자가 엄청 났지요.

그들을 통치하기 위해 안무고려군민총관부를 설치하기까지 했지요. 끌려간 포로들이 모두 평민으로만 살아간 건 아니었을 것이요. 대부분이 원나라의 노비나 하층민으로 참혹한 생을 살았다고 합니다. 지금도 만주의 심양지역에는 두 나라 사이의 전쟁으로 끌려온 수많은 고려인의 후손들이 많이 거주하고 있답니다. 그런 원나라가 이 나라 고려를 우호적인 태도로 대하기 시작한데는 순제의 비인 기황후의 혼인 외교의 덕택이요. 그녀 역시 공녀로 원나라에 바쳐진 처녀였잖습니까. 그런 그녀가 황제의 정비에 책봉되기까지 얼마나 많은 고초가 따랐겠어요. 그녀는 매우 영리하고 지혜롭다고 해요.

어쨌거나 지금은 두 나라의 관계는 참으로 화해분위기요 밀월관계지요. 태평성대올시다. 석찬 문도, 부디 입궁하시어 우리 함께 일합시다. 여기 석찬스님이 할 일은 많습니다. 왕에게 지혜로운 의견을 개진하는 왕사자리에 있으면서, 우방들과 친서, 말하자면 국가 간의 교서와 각종 문서를 작성하는 예문춘추관에 소속되어있는 유학파들 송나라, 명나라에서 학문을 닦은 현자들과 함께 하시죠. 석찬 문도, 우리가 승과 급제 후 함께 송나라로 건너가 혜훈 선사의 사사를 받으면서 정말 열심히 한학을 읽혔잖습니까. 이제는 그 학문을 이 나라 민중을 위해서 펼쳐야지요. 석찬 문도라면 충분히 해낼 재목이라 여겨서 천거하는 바이니 직지 금속활자 제작이 마무리 되는 대로 부디 사양하지 마시고 입궁하시기 바라오. 석찬. −1376년 4월. 법린으로부터 −

법린의 왕사 제청은 분에 넘치는 자리라고 석찬은 스스로를 낮추었다. 지금은 어느 것도 받아들일 수가 없었다. 법린의 서한을 읽어 내려가면서 석찬은 오히려 마음 저변에서 조급함이 일었다. 과거를 준비하는 서생들이 서원마다 넘쳐 나고 있지만 서

171

책이 부족하다는 내용이 마음을 조급하게 움직였다. 다양한 삶을 살아가는 사람들, 관료, 승려, 역관, 상인, 노비 등이 공존하는 이 나라에서 문벌귀족이 되는 길은 과거시험밖에 없었다. 작고 섬세한 금속활자는 조합하기에 따라서 어떠한 기록에도 활용하기에 용이할 것이다. 과거시험 수험서, 과거급제, 승과급제 등 활자를 주조해 서책을 만들고 전국의 과거 응시를 꿈꾸는 서생들에게 도움을 주어야 할 텐데 하는 생각이 강하게 의식을 자극했다. 활자의 주조는 인쇄술을 발전시키는 데까지 확장이 되고 다량으로 출간된 책들은 전국으로 보급되어 학문 발전에 크게 기여할 것이었다.

석찬은 지금으로서는 다른 일은 생각할 수 없는 상황이었다. 오로지 금속활자 제작에만 몰두하리라. 이 보다 더 후생들에 기여하고 스승님께 보은하는 길은 없을 터였다.

흉몽

한밤중 석찬은 허둥지둥 방문을 열고 밖으로 나왔다. 옷이 땀에 흠뻑 젖어있었다.

아~ 이 무슨 상서롭지 못한 꿈인가. 흉몽, 분명 흉몽이었다. 석찬은 머리를 흔들어 꿈의 잔상을 털어내려 했다. 생각만으로도 몸서리가 쳐졌다. 이런 꿈은 수행자로 살아오면서 처음 꾸는 흉측하고 망측한 꿈이었다. 성스러운 예지몽은 몇 번 꾼 적도 있지만, 예로부터 꿈은 장차 일어날 일을 예시한다고 했는데, 흩어진 꿈의 파편들이 다시금 모여들고 불길한 예감이 의식으로 고인다. 꿈의 조각들은 너무도 선명했다.

뱀이었다. 그 사악하다는 뱀이, 그것도 한 마리가 아니고 두 마리가, 머리 두 개가 엉켜 붙어있었던 걸로 보아 두 마리가 분명했다. 그것도 어미를 잡아먹는다는 불온한 살모사 암수 자웅인 듯 서로를 휘감고 꿈틀거리면서 교미에 열중인 장면이 생시인 듯 선명했다. 부처님 도량에서 이런 꿈을 꾸다니… 흉몽, 장차 닥칠 일이 틀어지거나 어렵게 될 거라는 것을 암시하는 꿈일까, 석찬은 마음이 납덩이처럼 무겁게 가라앉고 있었다.

절 경내를 서성였다. 검은 공기가 싸~ 하게 몰려들었다. 경내 마당에 어리는 달빛이 교교했다. 하늘을 올려다보았다. 꽉 차게 여문 보름달이 서쪽으로 조금 비켜나 있는 걸로 봐서 사월 보름, 시각은 아직 한식경이었다.

석찬은 도량을 휘돌아 흐르는 개울 가로 걸어갔다. 물속에 잠긴 달은 하늘에 떠 있는 달보다 더 크고 더 탐스러웠다.

석찬은 달을 품고 출렁거리는 개울물을 두 손을 모아 한 움큼 떠서 얼굴을 씻었다. 개울물은 아직 한기가 가시지 않은 듯 차가웠다. 먼저 눈을 씻었다. 아까의 기억을 씻어내고 싶었다. 민머리에까지 물을 퍼 올려 끼얹었다.

어둠속에서 머리를 조아리듯 앉아있는 전각들이 그림자처럼 희미하게 보였다. 추녀아래 매달린 풍경이 가볍게 스치는 바람결에도 '쩽그랑 쟁, 쩽' 청아한 소리를 냈다. 법당 뒤 대숲에서 대 잎 부딪치는 소리들이 사각사각 세속의 번뇌를 씻어 주는 것 같다.

삼라만상의 모든 미물들마저도 자연의 일부로 환원되어버린 시각, 석찬은 별채 마동의 처소로 가 보았다. 방문은 어둠에 잠겨 있을 뿐 댓돌 위에 마동의 신발이 보이지 않았다. 아~ 아 이 밤도 마동은 매향을 찾아 갔구나. 석찬의 입에서 낙망한 탄식이 새어나왔다.

마동은 한동안 밤 나들이를 자제하고 처소에 많이 머무르는 것 같아 보이더니 그러면 그렇지 그 작자가 제 버릇 개 못 주고 또 매향을 찾아 갔구려 이일을 어쩐다. 방금 꾸었던 꿈의 장면들이 무엇을 예고하는 건지, 석찬은 머리가 혼란스러웠다. 옆에 붙어있는 갈마의 방문을 열어보았다. 갈마는 깊은 잠에 빠져 있었다. 아침이 되면 깰 텐데, 자신의 꿈 핑계로 선잠을 깨게 하고 싶지 않았다. 가만히 방문을 닫아주었다.

초저녁 마동이 매향의 집에 당도하자 매향이 기다렸다는 듯이 외씨버선 발로 뛰어나오며 "서방님, 오랜만이옵니다~" 콧소리를 내고 교태를 부린다.

이 매향을 잊으셨나 섭섭했답니다. 서방님 하나 믿고 따라 나선 청주목 행차가 아니옵니까. 저 소홀히 대하시면 소첩도 서방님을 버리고 개경으로 돌아갈지 모르옵니다. 매향은 아양 속에 은근한 협박을 감추고 마동의 품에 안겨들었다. 윤기가 좌르르 흐르는 머리에서 동백기름 냄새가 날아와 마동에게 배여 있는 불 냄새와 쇳내음을 상쇄시킨다. 마동의 코끝으로 날아온 동백의 향기는 퍽 익숙하면서 강렬하게 오감을 자극한다. "내가 너를 잊다니, 어림없는 소리디."

마동으로서는 매향에게 자신이라는 존재가 잊히는 것은 자신이 죽어 없어지는 거나 다름 아니라고 생각되었다. 8도 어느 곳, 어느 사찰 일하러 가도 매향을 홀로 남겨 두지 않을 것이다. 말에 태워 함께 다닐 작정이었다. "지금 주자소의 일이 중대한 고비를 넘겼디. 큰 영감스님이 일주문 밖 출입을 못하게 명을 내렸거들랑. 내래 매향이 얼매나 보고 싶었는디." 마동은 덩치에 맞지 않게 콧소리를 섞어가며 매향에게서 환심을 되돌리려 달랬다.

여자 앞에서 마동은 한낱 어릿광대에 불과했다. 매향이 조종하는 대로, 주무르는 대로, 덩치 큰 불곰 마냥 재주를 부렸다. 매향은 예와 기에 재능이 뛰어났을 뿐만 아니라 남정네를 다루는 요령도 일가견이 있었다. 그녀의 손에 쥐어지는 전대에 맞게 남정네를 밀쳤다 강하게 당겼다. 여자 좋은 줄만 알았지, 세상 물정 모르는 마동쯤이야 매향의 손바닥 위에서 노니는 저팔계였다.

서방님한테서 불 냄새가 나네요, 어머, 서방님 품에서는 쇳내가 납니다요, 가슴에 불을 품고 사시나봐 호 호 홋 매향의 교태에 으 허 헛, 나는 불같은 사내다. 마동이 구레나룻이 흔들거리며 너털웃음을 웃었다. 오야. 기럴 끼디 아암, 기렇구 말고, 내래 이눔은 불과 쇠, 그리고 매향 밖에 모르디. 마동은 매향이 무슨 말을 해도 마냥 사랑스럽다는 듯 함박웃음으로 넘겼다.

고을 원님에게 화대로 받았다는 옥비녀를 꽂아 단단하게 고정시킨 매향의 쪽머리에서 은은히 윤기가 흐른다. 남색 치마에 매화꽃이 만발하게 수놓아진 겨자색 저고리를 입은 매향 앞에 마동은 벌써 사내의 불같은 욕망으로 온 몸이 뜨겁게 달구어지고 매향은 봄비마냥 마동의 육신을 촉촉이 적셔주었다.

풍류를 즐길 줄 아는 호색가들이라면 매향을 하룻밤이라도 품어보는 것을 원으로 여기지 않은 자가 없었으나, 문제는 화대였다. 몸값이 비싼 매향은 꽤 많은 재물을 모은 것으로 소문이 나 있었다. 지금은 마동을 따라 청주목에 내려와서 마동이 마련해준 초옥 삼 칸에서 기거하고 있지만 개경에는 고래 등 같은 기와집이 있고 정지 어멈을(기생집에서 식모살이하는 여자) 두서넛씩이나 거느리고 산다고 했다. 그만큼 찾아오는 사내들이 많으니 치다꺼리 할 일도 많은 탓이었다.

마동은 주물 장인급이었으니 절에서 받는 공임이 적지 않은 액수였건만 몽땅 매향에게 갖다 바치느라 그는 정작 빈털터리였다. 재물에는 별 욕심이 없는 마동이었다. 그가 수행자가 될 유일한 성품이 있다면 바로 그런 재물에 탐욕심이 없다는 점이었고, 죽어도 수행의 길을 갈 수 없는 점이라면 호색가의 싹이었다.

매향과의 사랑 놀음은 이미 마동의 의식 속에 새겨져서 끊기 어려운 중독이었다. 긴 밤을 사랑 놀음에 취해 지내느라, 주자소 의 일은 그의 의식에서 저만치 멀어진 밤이었다.

이게 무슨 변고를 예고하는 꿈일까, 석찬은 불길한 예감이 온 몸으로 엄습했다. 오슬오슬 털바늘이 솟는 것 같았다. 맑은 개울 물로 얼굴을 씻고 머리를 감았어도 자신의 머릿속은 여전히 혼 탁하고 어지럽기만 했다.

그 길로 경내에서 주자소로 이어진 소나무 잣나무 숲 사이 길 을 헤치고 걸었다. 하늘을 올려다보았다. 시각은 사경을 지나 새 벽으로 가고 있었다. 박꽃처럼 환하게 빛나던 보름달이 그 빛을 잃고 서쪽으로 기울어져있었다. 별무리들이 서쪽으로 스러져가 고 동편 하늘이 열리려는 듯 회색빛 하늘에 붉은 기운이 감돌고 있었다.

석찬은 정신없이 이슬에 젖은 숲길 사이를 걸어 나갔다. 저만 치 엷은 어둠 속에서 희미하게 불을 밝히고 있는 주자소가 나타 났다. 짙은 쇳내가 새벽공기에 섞여 석찬에게로 날아왔다. 새물 내처럼 신선했다.

넓은 주자소 안에는 일만육천여 자에 이르는 금속활자본들이 가득 펼쳐진 채, 배합된 쇳물을 부어 가지쇠 홈을 따라 쇳물이 흘러 들어가게 해놓은 해감찰흙 주형틀 안에서 응고되어지고 있었다. 석찬에게는 긴장되고 초조한 긴 어둠의 시간들이 흘러가고 있었다.

쇳물이 응고되어지는 상태에 따라 일의 성패가 결정되는 것이다. 지금까지의 공정들은 바로 이 순간을 위해서였다고 해도 과언이 아닐 것이었다. 석찬은 한 자 한 자 살펴보다 자꾸만 불안이 먹구름처럼 몰려들었다.

녹인 쇳물이 응고되어지면서 활자의 선에 미세한 균열이 보였기 때문이었다. 다 마른 다음 주형틀 안에서 꺼내어 이물질을 털어내 봐야 확실히 알 수 있겠지만 그렇더라도 일단 글자의 획들이 단단해 보이고 선이 부드러운 바람에 씻기듯 매끄러워야 할 텐데 균열이 보인다는 것은 조짐이 좋지 않았다.

석찬은 불구덩이에 묻힌 풀무에서 액체가 되어 모형 틀 안으로 스며들던 쇳물을 떠올렸다. 음각으로 파인 틀 안으로 흘러들어갔던 쇳물들, 지금은 주형틀에 새겨진 활자의 모습 그대로 해감찰흙 안에서 응고가 되어 지고 있을 것이다.

잠시의 불길했던 꿈의 기억들을 날려버리려 했다. 좀 더 시간을 두고 지켜봐야 할 일이었다. 천이백 도에 이르렀던 쇳물이 서서히 식어가면서 응고되고 사람이 직접 손으로 만질 수 있게 되기까지는 계절에 따라 다르겠지만 지금처럼 쌀쌀한 기온에서도 사나흘이 걸린다고 했다. 그래도 불안은 가시지 않았다. 석찬은 참으로 가슴이 무겁게 가라앉는 것을 느꼈다.

석찬은 주자소를 나와 숲길을 걸어 경내로 돌아왔다. 무사히 이 순간이 지나간다면 마동과도 화해할 수 있을 것 같았다. 모든 것이 순조롭게 이루어진다면 그간의 마동의 파행도 한때의 스쳐 가는 바람이었노라고 잊을 수가 있을 것이다. 그가 입버릇처럼 '그깟 금속활자만 잘 만들어놓으면 될기 아닌 깝쇼.' 자신 있게 말해왔던 대로… 일만육천여 자에 이르는 활자들이 각자 하나씩 혹은 몇 자씩 모양새을 갖추어 가면서 주형틀 안에 알처럼 들어 있는 모습은 경이롭기까지 했다.

마동의 자신감 넘치는 말이 자꾸만 떠오른다. 그 말은 궁핍한 민초들에게까지 설득력을 얻어 목숨만큼 귀중하게 여겼던 쌈짓 돈을 털어 내게 하지 않았던가. 만에 하나라도 이번 일이 실패로 돌아간다면… 위로는 조정에서 문책이 뒤따를 것이오, 아래로는 그 민중들이 봉기라도 일으킬 게 불을 보듯 뻔했다.

석찬은 많은 생각들이 머리로 모여들었다. 마음은 천근만근 무겁게 옥죄어왔다.

자신의 처소 앞에 이르렀을 때 뇌리를 강하게 내리치는 죽비 소리가 들렸다. '불경의 과보니라.' 몰아일체라 대상과 하나 되 어 깊은 경지에 이르지 못한 결과니라. 석찬은 참담한 기분에 휩 싸였다. 신의 뜻이 함께해 주지 않는다면 무엇도 이룰 수 없다 는 것을 망각했었구나. 신 앞에 인간의 기술이니 장인이니 명장이네 하는 게 얼마나 하찮은 것에 불과한지, 무엇이 그토록 신의 가호지묘력을 막았는지, 무엇이 신의 노여움을 일으켰는지.

석찬은 그길로 바로 법당으로 들어갔다. 촛대 위의 촛불만이 홀로 법당의 적막을 비추고 있었다. 석찬은 향을 사르고 참으로 두렵고 경건한 마음으로 부처님 아래 엎드려 빌었다. '부처님의 존재이신 진여의 세계를 깨닫지 못하였나이다. 우치한 중생이 오욕칠정을 여위지 못하고 욕망의 번뇌 망상에 젖어 불경죄를 지었나이다. 깨달음을 향해 정진하겠나이다. 어려움을 스승으로 여기겠나이다.

백팔참회의 법구경을 외우면서 절을 하고 있었다. 한 배 두 배….

마동은 건조되는 기간 내내 돌아오지 않을지도 모른다. 매향의 집에 머물 생각으로 간다온다 말도 없이 절을 떠났는지 알 수 없었다. 청개구리처럼 어느 방향으로 튈지 예측 할 수 없는 중생, 참으로 조복 받기 어려운 중생을 가엾이 여기시어 불 존재의 자비를 깨닫게 하소서. 혼신의 힘을 다해 참회의 기도를 했지만, 상상으로 그려지는 마동의 행동거지들이 주마등처럼 석찬의 의식을 휘저으며 지나가기도했다. 새벽 봉창이 희부연 했다.

석찬은 기도를 마치고 법당을 나왔다. 마동은 경내 어디에도 보이지 않았다. 새벽녘 그가 이슬을 맞고 돌아왔던 숲길로 자꾸만 시선이 간다. 그 자가 기어이 불충을 저지르고 말다니 그토록 큰스님의 추상같은 금계가 있었거늘.

석찬은 다시 주자소를 찾아갔다. 갈마가 와 있었다. 갈마는 주자소에 바람이 잘 통하도록 들창을 들어 올려 받침대로 받쳐 놓았고 바닥에는 낱 활자 하나하나 따로 떼어서 가득 펼쳐놓고 있는 중이었다. 응고의 시간을 줄이고 어서 활자들의 상태를 보려고 그랬었던 것 같았다. 갈마의 얼굴빛은 어두워보였다. 갈마도 뭔가 일이 잘못되어있다는 것을 간파한 것 같았다. 고뇌에 찬 얼굴로 머리를 갸웃거리다 석찬을 보고는 몹시 당황해했다.

"석찬스님, 아무래도 건조되어가는 과정이 심상치 않습니다."

갈마의 목소리는 새벽 공기 속에 경쾌한듯 했지만 긴장감이 느껴졌다.

"합금 활자들이 건조되면서 밀도가 강해지기 때문에 찰흙과는 조금 틈이 생기고 활자의 선은 매끄러워야하는데…"

그는 머리를 자꾸만 갸웃거렸다.

"마동 장인을 불러 와야 하지 않겠어요? 큰스님이 아시기 전에."

갈마는 마동을 그렇게 장인이라 불렀고 지금 마동이 어디 있을 거라는 것쯤은 그도 알고 있는 것 같았다. 석찬은 마동을 불러 온다고 한들 이미 엎질러진 물, 이미 실패의 강을 건너버렸다는 쪽으로 생각이 굳어지고 있었기 때문에 불러온다는 것에는 관심이 없었다. 그토록 믿음이 안 가고 이 대업에 동참시키고 싶지 않은 인물이었기에, 그 자에게 책임을 묻고 안 묻고는 큰스님의 처분이었다.

석찬은 이미 마동을 제외시키고 새로운 주물사를 구해야 할 일이라는 데까지 생각이 나아갔다. 더는 그 자에게 이 일을 맡길 수 없었다.

"일단 큰스님에게 알리는 게 순서일 것 같습니다."

갈마가 석찬을 바라보며 말했다.

"그렇지요, 시간을 두고 지켜본다는 게 별 의미가 없겠지요."

그 길로 석찬은 잰걸음으로 나뭇가지 숲을 헤치고 내려가 요사채 큰스님 방을 찾았다.

"아침 일찍 무슨 일이요 석찬."

스님은 법당으로 나가려던 참이었는지, 가사 장삼을 챙겨 입고 있었다.

"스님, 큰일 났습니다."

"무슨 큰일이요. 석찬 말씀을 해 보시오."

"주자소에 활자들이 응고가 되긴 한 것 같은데, 모두 미세한 균열이 보입니다. 균열이 보인단 말씀이외다, 스님."

"거 무슨 소리요 석찬, 마동은 어디 있습니까?"

"마동은 지금 절 안에 없습니다."

"아, 마동이 없다고요! 녹인 쇳물이 굳어가는 과정을 면밀히 살피면서 온도, 습도와 통풍 조절을 해 주어야야 하거늘 어디 가고 없단 말이요!"

스님이 기가 막힌 듯 말을 잇지 못했다. 마동이 주자소에 없다면 갈 곳은 말하지 않아도 짐작이 되었다. 또 틀림없이 매향의 집 행차일 것이다.

큰스님도 짚이는 데가 있는지 창백해진 입술이 달달거렸다.

"스님, 진정하십시오."

석찬이 오히려 스님을 안심시켰다.

"마동을 찾아오시오."

석찬은 밖으로 나와 갈마를 불렀다.

"갈마, 매향의 집에 가서 마동을 찾아오시오. 큰스님이 진노하고 계십니다."

"매향이라는 기생의 집을 소인이 어찌 알겠소이까."

갈마는 매우 난처한 얼굴로 석찬을 바라보고 있었다.

"저잣거리 삼거리 집 앞에서 뒤로 난 길을 따라 오리쯤 가면 매향의 초옥이 있을 것이오만, 정 찾지 못 하겠으면 삼거리 주막에서 물으면 알 수가 있소이다. 그 주막에는 나서기 좋아하는 곱사 노파가 살고 있어서 말만 붙이면 줄줄 말들이 흘러나올 것이오."

갈마는 알아들었는지 못 알아들었는지 어두운 얼굴로 더 이상 묻지도 않고 일주문을 내려갔다. 큰스님과 운광스님, 석찬, 묘덕 모두 주자소로 몰려들었다.

매향은 꼭두새벽부터 일어나 거울 앞에서 몸단장이 한창이었다. 지난밤에 마동과 동침했던 흔적들을 말끔히 치웠다. 거울에 비친 매향의 얼굴에 간밤의 사랑놀이의 여흥이 발그레하니 볼 위에서 묻어나오고 있었다. 까맣고 윤이 나는 삼단 같은 머리채를 가지런히 모아 희고 가느다란 손가락에 끼워 그녀의 습관대로 오른쪽으로 세 번 돌려 감은 다음 옥비녀를 꽂아 단단히 고정시켰다. 마동은 아직까지 잠에 취해 뒤척거리고 있다. 매향은 그런 마동을 넌지시 바라본다.

자신도 이제는 정인을 두고 살림을 차리고 싶었다. 기녀가 살림을 차린다면 첩실로 들어가는 경우가 대부분이었지 마동처럼 아직 가정이 없는 사내는 드물었다. 더 늙기 전에 자식도 낳아보고 싶었다. 기녀로 살아온 지난 10여 년, 관기로서 이웃 나라 사신들이 오면 조정에서 베푸는 연회에 빠지지 않고 초청되어 나갔다. 창과 무에 능하다는 평도 들었고 특히 그녀의 춤사위는 구름 위에서 흐느적대는 것 같이 몽환적이기까지 하다며 외국 사신들로부터 많은 찬사도 받았다. 그런 연유로 재물도 많이 모았다. 더 보태지 않아도 그렁저렁 기생 노년에 먹고 살 걱정 안 해도 될 만큼 모아 놨다.

매향은 마동이 일어나기만을 기다리고 있었다. 정지에서는 복녀의 도마질 소리가 간간이 들린다. 얼굴이 빡빡 얽은 곰보인

복녀는 기생의 미색과는 대조를 이루고, 기생의 미색을 한층 돋보이게 해 기생집 식모로는 제격이었다. 게다가 복녀는 몹시 거칠고 억세기까지 해서 경비견 역할도 톡톡히 해냈다. 삽짝 문 옆에는 매향의 조랑말이 매어져있었다. 매향은 청주목 저잣거리에 볼일이 있을 때는 이 말을 타고 나갔다.

"이 꼭두새벽에 웬 남정네여, 지금 아씨 방에 손님 있는디!"

복녀가 인기척을 느꼈는지 갈마를 흘끔 보고는 소스라치게 놀란다. 복녀의 놀라는 소리가 쨍 하게 사기주발 깨지듯 새벽 공기를 흔들었다.

그 소리를 듣고 매향이 방문을 열고 마루로 나왔다. 삽짝 문 위로 키가 껑충하게 큰 사내가 마당으로 들어서고 있었다.

"뉘신지요?"

"저 여기 서마동 주물사가 와 있지요."

갈마의 물음에 매향은 관아에서 잡으러 온 줄 알고 몹시 놀라는 눈치였다. 매향이 대답을 못하고 주저하고 있는 사이

"그런디 뉘시라요."

복녀가 앞으로 나서며 반문했다.

"저 홍덕사 큰스님이 빨리 데려오라는 분부가 있어서요."

"홍덕사?"

매향은 큰스님이 데려 오라고 했다니 더 듣지 않아도 이야기의 갈피를 잡았다. 처음 청주목에 왔을 때 맨 먼저 들렀던 곳이

홍덕사였고 문전박대 당하다시피 했던 일이 생각났다. 그리고 어젯밤 마동의 입에서 큰 영감스님이 일주문 밖으로 나가지도 못하게 출입금지를 시켰다는 말도 들었던 터라 올 것이 왔다, 터질 것이 터졌다 싶었다. 이제 마동과의 인연도 여기까지가 아닐까, 기녀로 살아온 시간이 얼마며 특히 관기로 관리들과 교류해온 매향은 척하면 삼천리라고 눈치로 넘겨짚는 데는 단수가 높았다. 내심 가슴이 무너져 내렸지만 태연한 척 행동한다.

"그래요, 아직 자리에 계시는데 좀 기다리시오."

방안으로 들어온 매향은 마동을 깨운다.

"나으리, 나으리. 홍덕사에서 심부름꾼이 나으리를 데리러 왔습니다. 일어나 보시오."

마동은 이미 잠이 깨서 밖에서 주고받는 말을 다 듣고 있었던 터라 더 망설일 것도 없이 자리를 털고 일어났다.

그리고 밖으로 나와 갈마에게 물었다.

"머디? 이 꼭두새벽에."

갈마는 마동을 무사히 데리고 홍덕사까지 가려면 무슨 술수를 써야했다. 중간에 줄행랑이라도 놓아 버리면 낭패도 이런 낭패가 없을 것이었다.

"아니오. 큰스님이 찾으셔서."

"뭐이 어드레, 그 영감탱이가."

"그냥 가 보면 알 일이지요."

갈마는 마동을 앞에 세우고 걸음을 옮기고 있었다.

한나절이 지나서야 갈마가 마동을 데리고 주자소에 도착했다. 마동은 주자소의 일이 잘못되었을 거라는 것은 눈곱만큼 짐작도 못하는 것 같았다.

잠이 덜 깬 건지 숙취 때문인지 눈에는 핏발이 서 있었다. 머리는 벙거지 모자를 눈 위까지 눌러써서 보이지 않았으나, 어딘지 모르게 탁기가 서려있었다.

우선 갈마가 일이 아무래도 심상치 않은 것 같다고 대강 설명을 했다. 마동은 그제야 정신이 드는 모양이었다. 그럴 리가 없다.

주자소 문 앞에는 홍덕사의 여러 스님들과 불사 시주금을 크게 내놓았던 고을의 유력인사들 몇 명만이 와 있었다. 마동과 갈마가 도착하자 모두들 숨을 죽이고 눈앞에 펼쳐진 상황을 주시하고 있었다.

"이 중차대한 시점에 정신 나간 놈, 어서 활자들을 꺼내어 보아라."

큰스님이 마동을 향해 소리를 쳤다. 소리가 운천산 골짜기를 흔들고 다시 메아리가 되어 되돌아왔다. 자세히 살펴보니 주형틀 안에서 활자들이 차갑게 식어서 응고가 다 된 것 같긴 한데 활자들의 상태가 견고해 보이지가 않았다. 모두들 처음 보았을 때보다 피막에서 균열들이 더 크게 보였다. 작은 균열부터 혹은 큰 균열까지. 어떤 것은 거미줄 같은 형태를 이루고 있었다··· 아뿔사! 만육천여 개에 이르는 활자들이.

석찬은 다시금 가슴이 뛰기 시작하고 온몸에서 힘이 빠져나가고 있었다.

마동이 활자 하나를 주형틀에서 집어 들었다. 균열이 깊게 나 있었다. 마동의 손도 떨리기 시작했다. 마동은 이제야 일이 틀어졌다는 것을 인지하는 것 같았다.

주형틀 안에서 응고된 활자들을 떼어내려 했다. 찰흙과 합금은 엉겨 붙지 않고 굳어질수록 서로 밀어내는 성질이 있어 잘 떼어졌다. 문제는 활자가 찰흙과 분리되면서 힘없이 부서져 내렸다는 것. 마동도 당황하기 시작했다.

마동의 얼굴에서 자만심이 빠지고 초조해하는 빛이 가득했다. 사실 이번 일은, 지금까지 여러 사찰들의 청을 받고 청동 불상을 비롯해 범종이며 청동 공예품인 풍경, 물고기 자물통, 등 많은 청동 제품을 제작해 왔던 다른 사찰들 일과는 사뭇 달랐다. 조정에서 지원을 해주는 국사급 대업이었다. 거기다 이런 일은 처음 겪는 실패였다.

갈마가 앞으로 나아가 다른 활자를 떼어냈다. 마찬가지였다. 또 다른 것을 들고 나와 떼어내도 활자들은 하얀 부스러기가 되어 떨어졌다. 원형대로 유지되어 나오는 것은 불과 몇 개였다. 모조리 부서지거나 깨어져 찰흙 위에서 떨어져 나갔다. 부서진 자명, 혜전 명필의 활자조각들은 전장에 흩어진 장수의 주검조각처럼 처절했다. 그 모습은 차마 바라볼 수조차 없이 참담해 보였다.

"이런 머리 기른 중생아, 정신을 어디다 두고 사느냐. 이런 중차대한 일을 이 꼴로 망쳐놓고 네가 장차 이 나라 백성으로 목숨을 부지하고 살아갈 것 같으냐."

스님의 노여움도 노여움이지만 만에 하나라도 조정에서 알게 된다면 어떤 처벌이 따를지 모를 일이었다. 주물사는 관아에 끌려가 처벌을 당하고 사찰에는 지원을 끊을 것이었다.

"원인이 무엇이라고 생각하느냐?"

주석의 비율이 넘친 듯 합네다. 기리고 쇳물에서 불순물 제거가 완전히 되지 않은 것도 있는 것 같디오."

마동도 스님 앞에 머리를 조아리며 무릎을 꿇었다. 그 모습은 마지못해 하는 것처럼 보이기도했지만, 마동이 자신의 잘못을 크게 인정하는 셈이었다.

"이번 한 번만 너그러이 넘어가 준다면 내 기필코 잘해 보갔디오."

마동은 한 번만 더 기회를 달라고 빌었다.

"듣기 싫다, 기녀를 돌려보내라고 하지 않더냐. 네놈이 어찌 명을 어기고 성과 속의 경계를 무시로 넘나들어. 몰아일체라, 대상과 정신이 하나가 되어 한 치의 틈도 있어서는 아니 되거늘,

그동안 네놈은 육신은 주자소에 있어도 마음은 기방에 두고 있었구나. 어허 마음이 대상을 떠나면 보아도 보이는 게 없고, 만져도 감각이 없다고 했다!"

스님의 노기는 하늘에 닿을 듯 충천했다.

"관아에 알리면 형벌을 면치 못하리라!"

직지를 금속으로 낱 활자로 주조해내는 이번 일은 궁궐의 전폭적인 지원이 있었기에 가능했다. 국보급에 해당하는 거사임에 다름 아니었다.

"관아에 알리는 일만은 말아주십시오. 아이쿠, 스님!"

마동은 그때서야 사태의 심각성과 자신이 맡았던 일이 지금까지 해 왔던 다른 일들과는 한 차원 높은 일이었다는 것을 깨달은 것 같았다.

큰스님은 흥덕사 스님들과 고을의 유력인사들, 토착향리 호장 어른, 박 진사 어른들만 동참을 시켜 마동에 대한 거취를 논의하자고 했다. 만약 민초들이 알았다가는 민중봉기가 일어날지도 모를 일이었기에.

그러나 어떻게 알았는지 날이 밝자 시주금을 현물로 낸 민초들, 밭 한 마지기 반을 낸 과수원 율시 영감을 비롯해서 염소 세 마리를 보시한 서출 출신 덕칠이나, 나락 한 가마니를 내놓은 머슴살이로 잔뼈가 굳은 최만술, 은화 닷 냥을 보탠 무심강 뱃사공 무길이, 달걀 한 꾸러미를 보시한 삼봉 댁 등 인근의 민초들과

구경하러 몰려든 절 노비들까지 구름떼처럼 모여들어 각자의 목소리로 거칠게 항의하기 시작했다.

그들은 올 때부터 씩씩거리며 몹시 비분강개 해있었다. 자신들을 긴급회의에 제외시키려하는 홍덕사의 처사에 대해서 항의했고, 주물사를 잘못 간택해 들인 것에 대해 책임도 강하게 추궁했다.

석찬은 물론 큰스님을 비롯해 묘덕에다 여기까지 공을 들인 판서, 판각, 토공 등 그렇잖아도 식음을 전폐할 만큼 마음의 고초를 겪고 있는데, 민초들까지 가세해 예상치 못한 상황을 만들고 있으니 당황스러워서 어찌할 바를 몰랐다.

조정에 알려질 것만 염려했지 민초들이 이렇게 몰려올 줄은 전혀 생각지 못했기 때문에, 초기에 수습하지 못 하다가는 민중봉기로 발화될까 전전긍긍 할 수밖에 없는 상황이었다.

그들의 사고는 논리적이지도 않았고 말과 생각이 중구난방이었다. 민초들은 뒤죽박죽 제멋대로인데다 거칠고 저돌적이고 이해시키기 어려운 존재들이었다. 그저 다혈질적으로 자기주장만 내세웠고 연대의식만 투철했다. 뿐만 아니라 그들 하층민들의 이분법적인 사고는 선과 악으로 구분 짓기를 좋아하고 부처와 중생이라는 단순하면서도 위계적인 질서 앞에는 그나마 머리를 조아릴 줄 알았지만, 실제 무지렁이인데다 자신들보다 높은 위치에 있는 사람의 일탈이나 실수에 대해서는 강박했고 툭

하면 불붙는 저항의식이 유달리 강했다. 또한 그들의 특징은 신에 대한 믿음만은 맹종적이었다. 자신들 같은 비루한 존재들도 부처님께 예경하고 시주하면서 따른다면 다음 생에서는 크게 복을 받아 정토에 날 것이라는 믿음 때문이었다. 실로 그들의 그런 믿음은 목숨마저도 초계처럼 버릴 준비가 언제든지 되어있었다. 부처 아니면 중생이라는 대의적 구분에서 자신들을 중생이라는 큰 의미의 범주에 포함시켜주는 것에 그들은 충직으로 보답하려 했다.

한 번 실수는 병가상사라고 새로운 주물사 구하기도 녹록치 않을 텐데, 이번 한 번은 그냥 넘어가 주고 다시 더 일을 맡겨보자는 선심성 의견을 개진한 사람은 뜻밖에 명운이었다. 명운의 그런 처세는 언뜻 이해가 되지 않았고 의심스럽기 짝이 없었다. 지금까지 석찬이 마동을 몹시 마뜩찮아 여긴다는 것을 모를 리 없을 것이고 그리고 자신도 마동과 데면데면해왔던 태도와는 앞뒤가 맞지 않은 주장이었다.

석찬은 분명 무슨 계략이 숨어 있을 것만 같아 심한 굴욕감마저 들었다. 한 치의 여유도 가릴 수 없이 마동을 내쫓아 버리자고 강경하게 나오는 쪽은 예상대로 하층민들이었다.

그리고 홍덕사의 유력 인사들, 보현이나 반야 등 대다수 불자들도 더 이상 부정한 인간을 홍덕사에 두어서는 안 된다는 의견이 우세했다. 관아에 알려서 처벌을 받게 해야 한다는 초강경파도 있었다. 그들 중에는 시주불사를 현물로 내놓은 인근의 민초들이거나, 흥덕사 소유의 전답에서 농사짓는 절노비들이었다. 그들의 생각에는 자신들이 크게 발심하여 보시한 현물이 허공으로 날아가 버린 것을 목도하니 격한 분노가 일어나는 것 같았다. 민초들의 분노에는 그들 나름의 이유가 있었다.

"마동이 망쳐놓은 금속활자, 만육천여 자를 주조하는데 들어간 주석과 동값이며 또 주형틀을 만드는데 쓰인 찰흙 값이랑은 어떡헌디우."

"마동에게 지급한 품삯을 몽땅 도로 받아 내야 된디께유~."

밭 세 마지기를 내놓은 율시 영감의 노기어린 호통이며,

"우리 염소새끼 내가 십년이나 산으로 끌고 댕기면서 키웠시우, 얼레."

염소 세 마리를 시주한 덕칠이, 나락 한 가마니를 시주한 머슴 출신 만술이, 모두 흥덕사에 기대어 살아가는 민초들이었기에 그들로서는 부처님의 법어집을 묶는 일에 자긍심을 갖고 동참한다며 가진 것을 몽땅 털어 내놓은 자들이었다.

관아에 알려서 마동을 처벌을 받게 해야 한다고 입에 거품을 물었다. 마동을 향해 욕설을 퍼붓기도 하며 목청을 높여 성토했다. 부처님 덕에 목구멍에 풀칠하는 주제에 그런 복 받을 일을 하면서 불경죄를 저질렀으면 처벌을 받는 게 마땅하지 않느냐며 흥분했다. 그리고 끼친 손해액에 대해 배상을 물려야한다고 거

칠게 항의했다.

그것은 어쩌면 그들의 평소의 소신이었을지도 모른다. 그들은 오로지 부처님법 앞에서만 높고 낮음이 없이 평등한 중생의 지위를 누렸으니 그도 그럴 것이었다.

묵언스님이 최종 담판을 내렸다.

"관아에 알릴게 뭐 있어 내쫓아야지. 관아에 알리면 주물사만 처벌 받겠느냐."

절이라고 무사하지 않을 것을 스님도 알고 있었을 것이다.

"부정한 자를 이대로 둘 수 없다. 잠시도 지체 말고 어서 떠나라."

큰스님은 최종 결판을 내렸다.

"아, 스님. 손해 배상을 받아야지 그냥 내쫓기만 허면 어쩐디오."

덕칠이 스님을 정면으로 쏘아보며 말했다. 여느 때 같으면 상상도 못할 일이었다.

"가진 거라고는 잠뱅이 두 벌밖에 없는 천둥벌거숭이에게 무엇을 받아낸단 말이야. 이 모두가 전생에서의 수행과 덕행을 외면하고 파행과 일탈행위를 일삼은 과보이니라."

스님은 죄의 중함에 따라 마동을 내치면서도 그의 다음 행적들이 인간사에 해악이나 되지 않을까, 민중 사이를 어지럽히고 다니지나 않을까, 진심으로 염려하는 것 같았다. 마동은 그 길로 홍덕사를 떠날 수밖에 없었다. 들어올 때와 와는 달리, 누구하나 배웅하는 자가 없는 가운데 목숨을 부지한 것만도 다행이라며 도망치듯 홍덕사를 떠나갔다.

홍덕사, 경내가 조용했다. 요 며칠 사이 인근의 민초들과 노비들이 벌떼처럼 몰려들어 한바탕 소동을 벌이고 물러간 뒤라 한결 더 고요하게 느껴졌다.

태어나서 평생 얻어만 먹고 살았지 처음으로 시주라는 걸 해 봤는데 무위로 돌아가자, 가뜩이나 저돌적이고 흥분하기를 잘하는 그들의 책망하는 소리들이 뒤엉켜 정적 속에서 석찬의 귓전에서 웅성웅성 환청처럼 되살아났다.

석찬과 갈마는 한동안 주자소에 머무르며 뒤 갈무리를 하느라 몇 날 몇 밤을 뜬 눈으로 보내다시피 했다. 보다 못해 석공스님이 팔을 걷어붙이고 힘을 보태주었다.

묵언스님은 심한 마음의 고통을 이기지 못해 몸져누웠다. 옴니암니 따져보니 손실 액수가 이만저만이 아니었다. 그 민초들, 가난한 자들의 불사 시주금이 모두 허공으로 날아가 버렸으면서도 가진 거라고는 벙거지모자와 잠뱅이 두 벌이 전 재산인 마동에게 손해 배상을 물릴 수도 없는 일이었다.

스님은 노구인데다 큰 충격으로 지병인 천식이 더욱 악화되고 있었다.

묘덕은 큰스님의 식사나 탕재 달이는 일, 가사장삼 마름질 등은 직접 했다. 누구에게 맡기는 일이 없었다. 묘덕은 도라지와 대추, 배를 넣은 민간요법에 의존해 미음을 끓여 내며 스님을 보살피고 있었다. 다른 음식은 일체 거부한 채 묘덕이 챙겨주는 미음으로 하루하루 연명하고 있었다.

보현은 업둥을 데려간 후로 더 자주 흥덕사를 찾아왔다. 그리고 그때그때 업둥의 근황에 대해서도 알려주었다. 우선 업둥에게 이가희라는 세속 이름을 지어, 이 진사의 수양딸로 정식 입적을 올렸다고 했다. 보현은 업둥을 보면 절에서 자란 절 아이인지라 거친 세파에 물들지 않고 순진무구해 일러주는 대로 잘 따른다며 새로운 인연에 감사한다고도 덧붙였다.

그런 가희는 요즈음 그림공부에 빠져 지낸다고 했다. 그 아이가 그렇게 그림에 소질이 있는지 정말 몰랐었다며, 그래서 솔뫼를 그토록 좋아한 게 어쩌면 그림 때문이었을 거라고 했다. 나중에 화가로 입문하게 되면 그때 예명은 능솔, 즉 솔뫼를 능가하라는 뜻으로 그렇게 지을 거고, 업둥은 그림공부를 열심히 해서 화가가 되면 다시 흥덕사로 들어오고 싶어 한다고도 전했다.

보현은 절에 오면 주로 법당에 들어가 상단 청소를 하고 다기에 청수를 갈아 주는 일, 그리고 과일 공양이나 꽃 공양을 올리고, 그녀가 맡은 일은 이처럼 주로 재가 불자로서 공덕 높은 일들이었다. 그러고 나면 다실에 머물고 시주불사를 하러 간간이 찾아오는 신도들을 맞아 환담하곤 했다. 이미 시주에 동참을 했던 신도나 미처 하지 못했던 신도들 가릴 것 없이 모두 새롭게 시주를 하겠다고 나섰다. 이미 사용해버린 비용을 벌충하려면 신도들의 보시에 의지할 수밖에 없었다. 보현보살은 시주불사 명단을 꾸리고 큰스님 병구완에 매달려있는 묘덕을 대신해서 시주를 받고 있었다.

석찬도 깊은 충격에서 벗어나기가 쉽지 않았지만 그래도 털고 일어서야 했다. 주자소로 매일 나갔다. 홍덕사는 살얼음판처럼 하루하루가 긴장감 속에 지나갔다. 이런 가운데 명운과 자성만 아무 일도 없었다는 듯 지냈다. 그들에게 이번 활자판 제작 실패는 어쩌면 강 건너 불인가, 남의 일처럼 무관심했다.

급하게 물색해서 홍덕사로 데려온 주물사는 유기장인 출신 옹구였다. 조정에 알려질까봐 쉬쉬하며 근동에서 빠른 시일 안에 구해야했다. 석찬과 묘덕, 보현 등이 모여 깊은 숙의 끝에 조정에까지 알려서 문제를 침소봉대 할 필요는 없다고 의견을 모았다. 더 이상 지원도 요청하지 않기로 했다.

실패한 경험도 활용하기에 따라서는 자산이 되었다. 마동과 함께 일했던 갈마가 그런 모든 과정들을, 글을 몰라 주조 과정들을 기록으로 남겨놓지는 못했지만 눈썰미로, 총기로, 체험으로 익힌 과정을 재현해낼 수 있을 것 같다고 했다.

이번에는 갈마가 주동적인 역할을 할 거고 거기에 보조를 해주는 사람이면 되지 않을까 생각해서 구해들인 장인이 유기장이 옹구였다.

옹구는 나이에 맞지 않게 콧수염을 덥수룩하게 기르고 있었다. 무념무상의 얼굴 표정은 흥분하기 쉬운 마동에 비하면 바보스러울 정도로 편안해 보였다.

태산을 보고는 탐욕심을 내려놓고, 유유히 흐르는 강물에게서는 유유자적을 배웠다는 옛 선인을 떠올리게 하는 그런 여유로운 모습이었다. 작은 체구에 비해 과묵해보였다. 머리숱이 빠진 것 같지 않은데, 귀마개가 달린 모자를 쓰고 있었다.

일에 몰입하려 세상의 소리들은 차단시키려는 것처럼 보였다. 왼쪽 장지가 절반 정도만 남겨진데다 끝이 몽땅하기까지 했다. 유기장인으로 살아온 그의 삶의 화인이라 생각하니 석찬은 코끝이 찡했다. 그렇다고 내색하지는 않았다. 자칫 연민에 사로잡혀, 이성적 시각이나 객관성을 잃을까 스스로를 경계했다.

청주목 장터에서만 유기 공방을 30년 넘게 해왔다고 했다. 사람들은 흔히 유기 공방과 대장간을 구분하지 못하는데, 유기 공방 일이란 녹이 슨 쇠를 달구어 두들겨서 휘고 구부리고 재생해내는 대장간 일과는 많이 다르다고 거리 두기를 하였다.

금속 공예품을 제작하는 일이고 주로 합금을 많이 사용한다고 했다. 드물게는 순금으로 금제품을 만들기도 하지만 값이 비싸기 때문에 주로 왕족이나 귀족의 여인네들의 장신구나 가끔 재물을 많이 가진 토호들이 동기의 첫머리 얹어줄 때, 화대로 금 비녀를 제작해 가는 경우도 있기는 하지만 어쨌거나 쓰임새가 제한적일 뿐, 일반적으로는 합금을 주로 사용한다고 했다.

공예품도 종류에 따라 재료로 쓰는 합금이나 형태의 다양성과 미적 감각을 살려야하는 것들도 많다고 했다. 어느 것이나 금속 공예는 매우 섬세하고 정교해서 손에 붙은 재능이 아니라면 하기 어려운 일이라고 설명했다. 그저 어깨 너머로 배운다거나 눈썰미로 익히는 게 아니라고 했다. 그는 금속에 대해서 이론적으로 퍽 해박했다. 특히 금과 철의 합금을 그 비율에 따라 십팔금, 혹은 십사 금으로 그 비율을 표시 한다고도 덧붙였다. 정교하고 섬세해야하는 활자판을 제작해야하는 일에 적임자 일지 모르긴 했지만 모두들 한 번의 실패를 겪을 후라 큰스님, 석찬, 묘덕 모두 말을 아끼고 신중했다.

옹구는 갈마와 함께 주자소에서 부서진 금속활자의 잔해들을 치우는 일부터 시작했다. 옹구는 말이 없는 가운데 무척 성실하게 맡겨진 일을 했다. 체구가 작았지만 단단해 보였다. 옹구는 안성 지방에서 유기장 생활 30년이라고는 했지만 실제 그가 만들어 왔다는 금속 공예품들을 한 번 보고 싶었다.

하루의 일을 마치고 한가한 틈을 타 석찬이 옹구와 갈마를 승원으로 불렀다.

석찬이 옹구에게 물었다.

"장인께서 주로 다루는 금속 재질의 공예품에는 어떤 것이 있소이까?"

석찬은 자신의 능력이나 재주에 대해 입도 뻥긋 않고 침묵으로 일관하는 그가 궁금했다.

"예, 여러 금속 재질이 있지요. 유기로 된 장석에서부터… 놋쇠요강, 징 같은 악기, 바라춤이나 승무를 출 때 손에 들고 강한 음을 표현하는 원나라 악기인 심벌즈, 마두금 같은 거 말이요. 드물게는 사대부 가문의 아녀자들이나 기녀들이 머리를 쪽질 때 쓰는 은비녀, 혹은 수절과부가 정절을 지키지 못한 자책감에 스스로 자결할 때 필요로 했던 은장도, 왕가에서 사용하는 은수저, 은주발, 은쟁반 그리고 발설하기 조심스러우나 왕의 침전에 들어가는 은촛대, 그 은촛대는 화접 문양이 매우 정교하고 섬세해서 어렵고 까다롭지요. 시간도 많이 들지요. 꽃과 나비의 교접을 통해 수태고지의 절정감이 느껴지도록 나비의 날개에 미세한 흔들림을 살려내야 하니까요. 그런 순 은제품 외에도 청동 재질로는 청아한 우주의 소리로 미망에 잠든 중생을 깨우친다는 단청 아래 매달린 풍경 그 외에도 청동으로 만들 수 있는 것은 부지기수 많습니다."

옹구의 설명은 논리 정연했고 이야기의 갈피가 조리 있었다. 석찬은 한동안 옹구의 설명에 빠져들고 놀라고 있었다. 여러 세계를 섭렵해 다녀온 것 같은 착각에 빠졌다. 갈마가 주축이 되고 옹구는 그저 거드는 정도만 하면 될 거라고 생각했던 자신이 허를 찔린 것 같았다.

"오호, 그래요. 재주가 참 많으시네요."

갈마가 먼저 옹구를 칭찬했다. 석찬도 옹구를 다시금 새롭게 보았다. 옹구는 보기와 다르게 알이 꽉 차서 겉이 터지고 마는 석류를 떠올리게 하는 사람이었다.

"아닙니다. 어쨌거나 맡겨주신 일에 대해서는 성심성의껏 임하겠습니다."

옹구는 겸손하기까지 했다.

"옹구 장인, 참으로 잘 만났소, 이 대업에 동참하게 된 것도 그냥 무심히 넘길 일만은 아닐 것이외다. 부처님의 깊은 뜻이 숨겨져 있을 것이요. 그대의 성심성의껏 임하겠다는 말이 무척이나 마음에 드오."

석찬답지 않게 극찬을 했다. 언제나 사람에 대한 평가는 후일 그가 남긴 업적을 보고나서 하는 거라며 중도를 고집했던 석찬 스님이었다. 그러나 이때만큼은 내심 송구스러움을 칭찬으로 표현하고 있었다.

"송구합니다. 소인에게 맡겨진 생의 마지막 과업이라 여기겠습니다."

밤이 깊어갈 시각 석찬이 먼저 자리에서 일어서고 갈마와 옹구도 일어나서 각자 처소로 가기 위해 승원 문을 나섰다.

옹구는 매일 새벽이면 자신의 처소에서 나와 개울물로 얼굴과 몸을 씻고 법복을 정갈하게 차려입고 법당에 앉아 기도문을 염송하고 절을 올렸다. 옹구가 그러하니 갈마도 가만 있을 수가 없었던 모양이었다. 옹구를 따라 새벽에 법당에 나와 앉아 기도를 따라했다. 갈마에게 전에 없던 변화였다. 스님들과 같이 이마가 바닥에 닿을 듯 넙죽넙죽 절을 하는 모습은 매우 엄숙하고 경건해 보였지만, 그가 절을 하고 손을 짚고 일어설 때 왼쪽 장지가 뭉개진 손을 보면 코끝이 시큰했다.

그는 세속의 시간들을 잊고 승가와 혼연일체를 이루려하는 것 같았다. 그는 주로 자신의 유기 공방에서 주문 맡은 제품을 제작해 왔지, 공방을 비우고 집을 떠나기는 이번이 처음이라 했다

그는 자그마한 체구지만 가느다란 실눈이 매우 예리해, 사물을 관찰하고 깊은 사유에 잠긴 것 같았고 얼굴표정은 늘 진지해 경지에 오른 장인의 품새가 체화된 듯 보였다. 안성 변방에 있는 그의 집에는 병중이신 늙으신 어머니와 처와 어린 자식이 둘이 있긴 한데, 그는 일을 성공적으로 마칠 때까지는 사가에 들르는

일이나 일주문 밖 나들이는 하지 않을 거라고 했다.

이번 이 사찰일은 판서와 조각이 이미 되어있는 일인지라 지금까지 해 왔던 일에 비해 어려울 거야 없겠지만 어딘가 모르게 경건해지고 천기의 힘이 느껴진다고 했다.

그는 새벽기도를 마치면 자신의 처소로 내려가 도환이 날라다 준 아침 공양을 들고 주자소로 향했다. 처음 홍덕사에 올 때부터 시작된 일이었다. 지금은 거의 일상이 되다시피 했다.

옹구는 금속활자 합금 배합에 대해 무척이나 골몰해있었다. 그 옆 지근거리에서 갈마가 그를 돕고 있었다. 목각에 새겨놓은 일만육천여 자에 이르는 낱 활자들이 너른 주자소 바닥을 꽉 채우고 있었다. 얼른 보기에도 매우 섬세하고 크기 또한 일정했다. 일이 빠르게 진척되어지는 것 같았다. 이대로 진행된다면 마동 땜에 출렁거린 시간들을 벌충하고 처음 예정대로 금속활자 주자본을 만나 볼 수 있을 것 같았다.

연등회

앞산 능선이 하루가 다르게 푸름을 더해가고 꽃이 피었다 진
자리에 작은 열매가 달리기 시작했다. 바람이 스칠 때마다 나뭇
가지가 흔들거리고 그 사이에서는 까치, 참새무리가 오래된 벗
인양 한가로이 노닌다. 경내를 돌아 흐르는 개울물 소리가 새들
의 지저귐 소리에 섞여든다.

석찬은 잠시 자연의 순환 질서에 생각을 맡기고 자신을 내려
놓았다. 문득 떠나간 인연들이 그립다. 화방의 주인 솔뫼—그가
머물다 간 화실엔 쓰다만 화구들만 시간이 멈춰진 공간 안에서
물기가 말라간다. —대궐의 부름을 받고 입궁했다. 명필가 자명,
혜전—송나라로 유학을 떠났다는 소식만 풍문으로 들었다. 토공
장인 기웅, 목공장인 석술, 원철 그들 역시 이 홍덕사에 와서 각
자의 소임을 마치고 인연 따라 본래의 자리로 돌아간 사람들이

었다. 그리고 결코 잊을 수 없는 사람, 서마동 그는 늘 돌개처럼 정착하지 못하는 역마살을 안고 다니는 바람 같은 사람이었지. 그는 어디로 갔을까, 매향도 개경으로 돌아갔다고 갈마가 전해 주었다.

마동은 지금쯤 어디 있을까. 청주목 어딘가에 숨어들었는지 아니면 개경으로 되돌아갔는지, 어쩌면 그의 역마살에 끌려 고려팔도를 돌개바람처럼 떠돌고 있을지도⋯ 석찬은 문득 자신도 당초 예상대로 직지금속활자본만 완성되고 나면 이 흥덕사를 떠나야 할지도 모를 일이었다. 직지심체요절 원본이든 주자본이든 스승님의 현신인데, 탑 속에 모셔놓고 곁을 지켜야할지 지금으로서는 예정이 없다.

세상사 모든 일은 인연 따라 왔기에, 인연이 다 하면 흩어지는 게 이치이거늘 만나고 헤어짐에 연연할까보냐. 중생은 영겁의 시간 속에서 머문 바 없이 스쳐 지나가는 한 티끌일 뿐이지, 생각하다 이곳에 직지를 남겨두고 떠난다는 것이 스승님 곁을 떠나는 것만큼이나 불충하는 일일까. 원본 2권을 탑 안에 안치하는 일도 결코 쉽지는 않을 것이다. 장구한 세월을 견뎌내게 하려면 정성과 지혜가 모아져야할 텐데⋯ 석찬은 화두가 고리를 문다.

망중한도 잠시 인기척에 놀라 고개를 들어보니 저만치에서 도환이 석찬을 향해 걸어오고 있었다.

"도환 무슨 일이오."

"석찬스님, 큰스님께서 뵙자십니다."

"그래요, 큰스님 지금 어디 계시오."

"일로향실에 계십니다. 같이 가십시다."

석찬은 도환을 따라 일로향실 방향으로 걸어갔다. 일로향실 문 앞에 이르자 안에서 담소를 나누는 소리가 들려왔다.

"스님, 석찬스님 모셔왔습니다."

도환이 여쭙는다.

"그래 들어오너라."

도환이 문을 열고 석찬에게 들어가라며 앞을 비켜 주었다. 방 안에는 운광스님이 와 있었다. 운광스님과 묵언스님은 긴밀히 좌담 중이었던 같았다.

"어서 오시게 석찬, 근래 심려하는 바가 크다 들었어요."

석찬이 안으로 들어서자 운광스님이 자리를 내어주며 인사를 건넨다.

"소승은 그저 큰스님을 따를 뿐이지요. 크게 어려움은 없습니다."

"석찬, 올해 연등회가 얼마 남지 않았어요."

석찬이 자리를 잡고 앉자 큰스님이 말을 했다.

"올해 연등회에는 석찬이 운광스님을 모시고 다녀오시는 게 어떨까합니다. 이 노승이 몸이 이렇게 좋지 않아서요. 개경까지 출타하기에는 아무래도 무리인 듯싶습니다. 말을 부린다 해도 청주에서 이천으로 해서 남경을 거쳐 개경까지는 못해도 사나흘은 걸릴 것인데 그 긴 여정을 견뎌낼 기력이 없을 것 같아요. 지난해까지만 해도 명운을 대동하고 다녀왔었는데."

묵언스님은 며칠 남지 않은 연등회 참석 문제를 놓고 운광스님과 의논을 하던 중이었다가 석찬을 보자 의견을 물었다.

묵언스님은 말을 하면서도 거친 숨을 힘겹게 몰아쉬었다.

"네에 그렇담 그렇게 하겠습니다. 옹구 장인이 온 후로 주자소 일도 순조롭게 진행되어지고 있습니다. 소승이 잠시 주자소를 비운다한들 뭐 어떨라구요, 스님."

석찬은 내심 반가웠다. 모처럼의 출타요 연등회 참석이라면 지견을 넓힐 좋은 기회일 것 같아서였다.

"그럼 그렇게 하지요."

운광스님도 석찬과의 궁궐 동행을 기쁘게 받아들이고 있었다.

연등회는 궁궐에 마련된 사원에서 나라 안에서 왕사나 국사에 해당하는 법력이 높고 덕을 갖춘 승려들을 초청해서 선왕들의 재를 올리고 국태민안, 즉 나라의 안녕과 복을 기원하며 성대하게 치러지는 불교행사 중 가장 대표적인 불교축제였다.

신과 중생이 하나 되어 경건하면서도 즐거워하는 국가적인 명절로 물론 국왕과 문무백관들도 참여는 하지만 사실 행사의 주관은 전국에서 초청되어 온 승려들이 주축이 되고 이끌어 갔다. 왕궁에서 행사를 위해 내놓은 음식은 주로 채식으로 육식만 삼가 한 채, 먹고 마시는 것은 여느 잔치 음식과 별반 다르지 않았다.

행사는 보통 이삼일 간 계속되었다. 첫째 날은 예불과 선왕들의 제사를 올리고 범대, 불교 강설 등의 순으로 진행되었다. 마지막 날에는 개경이나 지방에서 선발되어 온 그 지방을 대표하는 예술단들이 전통적으로 지켜온 춤을 선보이는 순서로 진행이 된다고 알고 있었다.

관동지방의 법고춤, 나비춤, 영서지방에서는 영산 탈춤, 그리고 바라춤, 범패, 삼회향 놀이 등 연회의 피날레를 춤으로 장식했다. 연등회가 주관하는 의식에서는 부처님에게 바치는 바라춤이거나 승무 같은 엄숙하면서도 격이 있는 불교 사상이 담긴 춤들이었고, 살풀이는 주로 전장에서 전사한 영령들에게 바치는 춤이었다.

고려는 주변국들의 잦은 침략으로 젊은이들이 목숨을 많이 잃었던 터라, 전장에서 산화한 젊은 혼을 불러내어 위로하는 살풀이는 하얀 상복을 입은 무희가 추는 춤으로 춤본새가 매우 처연한 것이 특징이었다.

석찬과 운광스님은 입궁하기 며칠 전부터 승원에 모여 여러 절차들을 의논했다.

"우선 국왕을 배알하는 자리에서 내놓을 선물이 어찌 없을 손가."

운광스님은 잔치에 빈 손으로 갈 수는 없는 일이라며 그간 나라님께서 사찰에 베풀어주신 은공을 헤아려서라도 답례를 할 기회라며 고심하는 눈치였다.

"석찬, 궁에서 귀이 여길 수 있는 귀물이라면 뭐가 있겠소?"

"글쎄올시다. 아무래도 부처님의 뜻이 담긴 것이면 더 좋지 않겠소이까."

"그렇지요, 절에서 승려들이 들고 온 선물이 세속적일 수는 없지요. 나라님께서는 그림 그리기와 활쏘기를 즐겨한다고 들었소마는, 그렇다고 활을 들고 갈수는 없잖소. 화방에 솔뫼가 그려 놓고 간 불화가 몇 점 있기는 하오만 솔뫼가 이미 입궁하여 도화원에서 그림을 그리고 있을 텐데, 그것도 별 특이성이 없지요."

"아 그렇담, 향로나 촛대는 어떨까요. 궁궐에 향로나 촛대가 없지 않을 테지만 새로운 걸로 바꾸어보는 것도 괜찮을 성싶네요. 마침 옹구가 와 있지 않습니까. 옹구는 그런 금속 공예품 중에서도 정교하고 세밀한 것들을 지금까지 만들어왔다고 했어요. 여인네들의 은비녀나 은장도 임금님의 침전 머리맡에 놓이는 화접문양의 은촛대."

"아하, 그래요. 그럼 우리는 향로나 촛대로 합시다. 그럼 재질은 무엇을 써야할까요."

"아무래도 은제를 쓰면 품격도 있고 궁궐의 격에도 맞을 것 같아요."

"그거 순은 값도 비싸고 품삯도 많이 들 텐데요."

"그렇게 옴니암니 따질 일만도 아닐 것이외다. 운광스님, 그간 궁궐에서 보내주는 하사품만도 암만 일 텐데요."

"그건 다 그런 뜻이 있지요. 근동의 궁휼한 민중을 먹여 살리라는 암묵적 책무가 지워져있지요."

"그렇긴 하오만 받는 쪽의 답례이고 지원에 대한 최소한의 경의를 표하는 것이니, 더군다나 요즘 전하의 심기가 흐트러져 계시다고 들었어요."

향로와 촛대를 만드는 재질을 놓고 석찬과 운광스님 사이에 가벼운 실랑이가 있었다. 그러다 곧 운광스님이 석찬의 의견을 좇았다.

"그렇게 하는 걸로 하고 옹구를 불러 제작 기간이 얼마나 걸리는지 물어봅시다."

"그렇게 하겠습니다. 스님."

석찬은 저녁 공양 후 승원에서 옹구를 만났다. 궁궐로부터 초청받은 연등회에 참석하며 가져갈 진상품 제작을 위해서 은제품에 대해 의논하기 위해서였다.

"옹구 장인."

옹구는 단정한 자태로 석찬과 마주 앉았다.

"옹구 장인, 은제로 향로와 촛대를 제작하려면 제작비나 기간 이 얼마나 들겠소."

"어디에 쓸 목적이신지요? 작고 얇게 하기도 하고, 조금 제작 비가 많이 들지만 세밀하고 정교하게 문양을 무엇을 새기느냐에 따라 기간이나 비용이 천차만별 일 수가 있겠지요."

옹구의 대답은 가히 우문에 대한 현답이었다. 석찬은 자신의 조급함을 탓했다.

"이번 연등회 때 궁궐에 진상 올릴 선물이외다."

"아~참, 연등회가 다가오고 있지요."

"가장 아름답고 오래도록 가치를 잃지 않게 만들어주시오. 앞 으로 한 보름 정도의 기간이면 되겠소."

"네에 충분하지는 않아도 그 기간이면 할 수 있을 것 같습니 다. 하던 일을 잠시 미루고 내일부터라도 당장 제작에 들어가겠 습니다."

옹구는 선인 같은 얼굴로 대답했다.

석찬과 운광스님은 주자소로 향했다. 은향로 은촛대가 거의 다 완성되어지고 있다고 했다. 향로의 몸통에 새겨진 문양은 용 의 문양이었다. 매우 정교하면서 사실감 있게 새겨져있었다. 이

문양으로 말할 것 같으면 용의 여덟 번째 아들 산예인데, 산예는 불과 연기를 좋아하고 앉아있기를 좋아해서 불상의 좌대나 향로에 새겨 넣는다고 옹구는 설명까지 곁들이면서 보여주었다. 옹구는 장인이면서 불교경전에도 해박한 지식을 가지고 있는 것 같았다.

  궁궐의 잔치는 성대했다. 석찬은 지금까지 연등회에 대해 말로 들어 알고는 있었지만 참석은 처음이었다. 승과 급제 후, 자명, 혜전 같은 학승들과 송나라로 건너가 혜훈선사를 스승으로 모시고 한학을 연마했고 돌아와서는 백운화상의 승문에 들어가 수제자가 되고 화상을 그림자처럼 따르며 토굴이나 혹은 사찰에서 탁마수행이나 용맹정진에 매진해왔는데 궁월 나들이는 낯설지만 새로운 경험이었다.
  옹구가 제작해준 향로와 은촛대는 궁궐에서도 무척이나 귀히 여기며 사원 제단에 올려졌다. 지금까지 궁궐의 사원에서 사용해왔던 청동으로 된 것과는 비교가 되지 않을 만큼 문양이 정교했고 은 소재라 우아했다. 경향 각지 사찰에서 초대되어온 선승들, 주로 주지 스님들은 석찬과 운광을 보고는 각별한 관심을 보였다.
  "어느 사찰에서 오셨소이까?"
  "소승, 충청도 흥덕사에서 왔습니다."

석찬이 대답했다.

"아, 그 흥덕사 말이오. 요즘 뭣이라더라, 직지. 그러니까 부처님의 경전을 금속 인쇄로 찍어내려는 일을 하고 있다고 들었소만, 뭐 헛소문이 아니겠지요. 만약 그 말이 맞으면 경전을 다량으로 찍어내서 널리 보급한다던데 승가로서 매우 뜻 깊은 일이긴 하오나 역시 쉽지가 않을 것이외다. 더구나 선례가 없다보니… 누가 그런 창조적인 발상을 했는지도 모르오나 어쨌거나 이미 시작한 일 '초발심시변정각'이라 하잖소. 마무리 잘하기를 빌겠소이다."

저 멀리 남경에서 왔다는 노승은 귀도 밝게 풍문으로 들었다며 직지 일을 알고 있었다.

옹구가 제작해준 은향로나 은촛대 덕분에 운광스님이나 석찬 모두 융숭하게 귀빈 대접을 받았고, 궁궐의 문무백관들도 직지 심체요절의 금속활자본 주조에 대해서도 지대한 관심을 보였다.

"이 나라 고려 백성들을 하나로 통합하는 의식의 중심에 불교가 있지요. 어험, 어디 그뿐이겠습니까. 문화를 융성시키는 근간이 바로 불교사상이지요 그림에서부터 그 중에서 으뜸으로 치는 절의 단청은 가히 그림의 진수가 아니겠습니까. 거기에다 청동불상, 목불, 소조불, 석탑, 철탑 그것도 모자라 이렇게 공예품까지, 몽땅 그 영감을 주는 사상이 바로 불교란 말씀이지요. 이제 금속으로 활자만 제작한다면 이야말로 금상첨화요. 화룡점정이올시다. 하, 하, 핫.”

“여기 이 자리에 왕림하신 스님들이시어, 꼭 금속활자판을 성
공적으로 이루어주시기를 간곡히 원하옵니다. 아, 그렇게만 된
다면 과거 시험 문제 출제에도 대변혁이 이루어질 것이외다.”

저마다 한마디씩 덕담을 빠뜨리지 않았다.

지금까지는 과거 시험이라 해봐야 논제 한두 개 제시해 주고
거기에 대해 응시생들이 붓으로 자신의 견해를 써서 제출하는
형식이었으니 다양한 문제 제시가 사실상 어려웠다. 응시생들
역시 서책 구하기가 쉽지 않아 양반가의 자제들마저도 중도 포
기가 다반사였다.

운광스님이 석찬을 가리켜 직지심체요절을 집필한 백운화상
의 시자이면서 집필에 깊이 관여했던 수제자라고 소개했다.

“오~라 그 백운화상, 그는 입적에 들었어도 이 나라의 민중을
굽어 살피시고 호국의 수호신이 되었을 것이외다. 이 나라의 불
교사에 커다란 족적을 남긴 대사지요.”

모두들 허리를 굽혀 석찬에게 예를 표했다. 석찬은 몸 둘 바
모르게 겸손해지면서도 한편으로는 기대에 꼭 부응하는 좋은 발
명품을 내놓아야할 텐데 어깨가 무거워졌다.

“자 어서들 고단하실 텐데. 침소로 가십시다.”

남경에서 오신 노승이 재촉했다.

“네에 그러지요.”

석찬과 운광이 대답하며 남경 노승을 따라 나서려 할 때였다.

"스님, 석찬스님. 저기 충청도에서 오신 석찬스님을 법린 국사님이 궁궐의 후원에서 뵙자십니다요."

늙은 내시의 전갈이었다. 그는 무척이나 연로해 보였다. 허리가 구부정한데다 얼굴은 온통 주름투성이였다.

"오호라 법린이!"

석찬은 법린이 후원에서 기다리고 있다는 전갈을 듣고 가슴에서 감당하기조차 벅찬 파문이 일었다.

"그럼 석찬은 후원으로 가 보시오. 나 먼저 침소에 가 있을 것이오."

운광스님은 침소로 가고 석찬은 내시를 따라 후원으로 향했다.

법린과 얼마만의 조우인가. 그간 서한으로 서로의 안부를 전하고 하였지만 실제 마주하게 되다니, 더군다나 궁궐의 연회에서… 사실 입궁하면 만나게 될지 어떨지 긴가민가하기는 했어도 법린이 먼저 찾아줄 줄이야…

늙은 내시가 불 켜진 청사초롱을 들고 앞장서 걸어 나갔다. 석찬도 내시를 따라 걸었다. 사방이 어두워 방향을 가늠하기가 어려웠다. 사위는 무척이나 조용해져있었다. 낮 동안 북적대던 문무백관들 대부분이 퇴청을 하였고, 왕과 그의 식솔들 궁녀들 내시들 모두 각자의 침소로 잠적한 시각이었다.

한참을 호기심과 기대와 조금의 설레임을 지닌 채 내시를 따라 당도한 곳은 후원 밖에 있는 작은 전각이었다. 법린이 먼저 와 기다리고 있었다. 오호 석찬! 오호, 법린! 두 팔을 벌려 서로를 얼싸안았다. 우리가 헤어진지 얼마 만인가.

늙은 내시는 석찬을 안내해 주고는 어디론가 모습을 감추었다. 내시는 오랜 궁궐생활의 엄격함이 몸에 체화된 듯 아뢰는 말 몇 마디를 제외하고는 거의 말을 하지 않았다. 눈만 뻐끔하게 뜨고 사람을 쳐다볼 뿐 입은 굳게 닫혀있었다. 보고도 못 본 듯, 듣고도 못들은 척하며 긴 시간을 버티다보니 자신의 말도 표정도 잃어버린 것 같았다.

보름을 향해 차오르는 달빛은 앞사람의 얼굴을 겨우 식별할 만큼 밝았다. 석찬은 법린을 바라보았다. 적당히 살이 올라있었다. 수행자의 모습은 찾아보기 어려웠다. 다만 눈빛만은 어둠 속에서 빛나고 있었다.

"법린, 궁에서의 생활이 어떻소."

석찬은 법린의 궁궐생활이 궁금했다.

"그것보다 스승의 유업이었던 직지 간행의 일은 어찌 되어가나요? 소승은 그것이 무척이나 궁금했었답니다. 지금쯤은 직지가 활자본으로 재탄생되어지겠거니 생각했지요. 그간 석찬의 노고가 드디어 결실을 맺게 되나보다 생각하면서 참으로 기뻤지요."

법린은 직지가 주자본으로 모습을 드러낼 때가 되었음을 물었다. 석찬은 마음이 무거워졌다. 그러나 사실대로 말해야하겠다고 생각했다.

"법린 사실은 직지활자, 만육천여 자를 판각 후 배합한 쇳물을 주형틀에 부어 넣고…"

"오호 그러면 다 되었네요."

"그러니까, 그 단계까지 진행이 되었는데 그만 건조되면서 모두 못쓰게 되어버렸어요."

"아니 왜요!"

"그러니까 주물사의 실수로 합금을 배합하는 과정에서 비율이 엉터리였겠지요."

"주물사가 누구였나요."

"서마동이라고 고려에서는 꽤 유명한 주물장인 인데."

"서마동? 그 자."

"법린도 그 자를 아시오?"

"아다마다요. 이 나라에서는 꽤 쓸만한 주철 장인인데, 퇴기가 된 매향이라는 늙은 기생과 정분이 나서 천지 분간 못한다고 소문이 자자하지요. 모두가 망국지색이로소이다!"

법린은 갑자기 소리를 버럭 질렀다. 어둠 속에서 적막이 흔들렸다. 석찬도 깜짝 놀라 주위를 살폈다. 저쪽에서 아까 그 늙은 내시가 쪼르르 달려 나왔다.

"무슨 일이시옵니까."

"아니오. 아무 일도 아닌데, 얘기를 하다가 소리가 좀 컸지요. 어서 그만 침소에 드시오, 천 내시."

법린이 내시를 돌려보냈다.

"궁월의 사정도 다르지 않소이다. 전하가 노국공주를 잃은 후 시름에 잠겨 국사에는 거의 손을 놓고 있어요, 지난번 왕사자리를 놓고 석찬스님을 천거했는데 거절했잖습니까. 결국 신돈이라는 자가 왕사로 왔는데 그 후로 전하의 총기가 말이 아니게 흐려져서 큰일이외다.

오늘 행사 보셨지요. 왕을 앞질러 신돈의 월권행위가 이만저만 아니지 않던가요. 먼저 선왕들의 능에 배알하는 게 순서인데 자제위의 악생과 악공을 불러 배에 태우고 기악을 연주케 하고 여악을 벌이며 석벽을 유람하다가 해가 질 무렵이 되어서야 헌릉(광종의 능)과 경릉(문종의 능)에 배알하는 모습 말이에요.

나라의 질서가 말이 아니외다. 석찬이나 자명 같은 선승이 왕사로 들어와 기강을 바로 세우고 국권을 회복시켜 바른 통치가 이루어져야하는데 말이올시다. 그리고 신돈을 비롯해서 그의 추종세력들이 물러나야지요. 파행이나 비행을 일삼고도 위세가 하늘에 닿아 있는 꼴이에요."

"자제위 악공과 악생들이란 무엇이오, 법린."

"말하자면…"

그러다가 법린은 말을 하다말고 주위를 돌아보았다. 무슨 비밀스런 말을 하려는 듯.

석찬의 귀 가까이 입을 바짝 붙이고 말을 했다.

"왕의 환심을 사려는 간신배들이 보낸 남자 기생들이지요."

"남자 기생! 왜 하필 남자!"

석찬은 너무 놀라 입을 다물지 못했다.

"전하께서 동성애 성향이 강해서요."

"동성!"

석찬은 들을수록 점입가경이었다.

범린은 '쉿' 스치는 바람에라도 소리가 묻어가면 큰일이라는 듯, 손가락을 세워 입을 막았다.

"난삽하기가 그뿐이 아니외다. 몇몇 간신배들과 한통속이 되어…"

"도대체 충신들은 무얼 하고 있답니까?"

"조정대신들도 신돈의 처리문제를 두고 사분오열 패가 나뉘어져있어요. 대의를 결단해야할 전하가 날이 갈수록 총기를 잃어가고 충직한 신하들이 '신돈은 방정한 사람이 아니오니 종국에는 나라를 어지럽힐 것이로소이다' 하고 선견지명이 있는 우국충정에서 상소를 올려도 귓등으로도 안 듣고 오직 신돈이라는 요승에게 미혹되어 혼을 빼앗기고 있어요.

그 자도 처음 왕사자리에 등용되었을 때는 그러지 않았어요.

성균관을 부활시켜 나라의 관리를 양성하려 했고, 토지개혁을 실시하여 소수 문벌귀족에게 편중된 토지를 농민에게 돌려주려 했지요. 딴에는 개혁의 신산한 바람을 일으켰어요. 그러다가 언제부터인지 모르게 왕을 비롯하여 관료들의 신임이 자신에게 집중되고 신임이 두터워지자 그때부터 간신배들이 모여들고 신돈의 세력들이 팽창해지자 급기야 파행을 일삼으면서 도취되어 깨어나지를 못하고 일부 조정의 대신들 역시 정신 줄을 놓은 것 같아요. 잡귀가 들었어요. 왜, 썩은 고기만 노리는 민머리독수리처럼 인간의 집단이 부패하기만을 노렸다가 틈입해 들어오는 잡귀말이에요.

작금의 궁궐 상황이, 무관들의 칼날이 모조리 궁을 향해 번득이는 형국이외다. 참으로 난세이외다. 설상가상 민중의 삶은 피폐해지고 역병마저 창궐하고 있어요.”

“법린이 소속되어 있는 ‘전민변정도감’ 기관에서는 그냥 보고만 있는 거요.”

“궁궐에 설치된 기관이기는 하오 마는 실제 궁에 머무르는 날은 한 달에서 손가락으로 꼽을 정도고, 지방 각지를 다니며 민중들의 생활을 보살피는 일을 주 업무로 하지요. 요 며칠 동안 내내 황해도 송악, 혜주, 풍천지방을 시찰 다녀왔지요. 역병이 창궐하여 많은 희생자가 발생했다고 해서 다녀왔는데 실상은 듣기보다 더 심각했어요. 특히 대다수 희생자가 어린아이들이었지요. 굶주림에 시달리니 원기가 쇠잔해진 데다 역병이 덮치면 속수무책으로 당할 수밖에 없으니 안타깝고. 더 우려스러운 것은 이 와중에 민중들의 원성이 극에 달해 있어 자칫하면 민중봉기가 터질 것 같은 아슬아슬한 기류마저 느꼈어요."

그리고 법린은 눈을 가늘게 뜨고 뭔가 기억을 더듬는 듯하다,

"이 소승이 며칠 전 풍천에서 마식령 고개를 넘어올 때 비렁뱅인 듯, 낭인인 듯한 자를 보았지요. 벙거지를 눌러쓰고 무척이나 색이 바란 갈매색 잠뱅이를 걸친 것으로 보아 중인 정도의 장인 같았는데 퇴락해보였어요."

"아, 그래요. 얼굴색이 검붉고 둥그스름하던가요?"

"얼굴은 벙거지 안에 감추어져있어 잘 모르겠고 기골이 장대한 것 같았어요."

"그러면 홍덕사에서 쫓겨난 주물사 서마동이 맞는 것 같소이다."

석찬이 마동이 맞는 것 같다고 말하자 법린은 잠시 안타까운 얼굴이 되어 말을 이었다.

"참으로 경계해야할 게 자만이요. 그 자도 젊은 시절에는 그러지 않았어요. 쇠를 다루는 솜씨가 타의 추종을 불허할 정도로 독보적 위치를 확보했지요. 그랬는데 어느 때부턴가 여색에 빠져 자아도, 기술도 잃어버리고 추락의 길로 접어들더라고요. 그러더니 종당에는 비렁뱅이가 되었나 보군요."

"그렇고, 말고요. 법린, 부처님의 깨달음 중에서 '과요불급'이나 '재 승 덕'을 가장 경계하셨지요. 다시 말해 넘치면 부족함만 못하다. 재주가 덕을 넘으면 도리어 재앙이 된다고 말씀하셨지요. 심상이나 겸손을 바탕에 두었을 때 그 재능이 가치를 지닌다는 뜻이외다."

석찬과 법린의 나라 근심하는 이야기는 밤새는 줄 모르고 이어지고 있었다. 하늘의 별들이 무리를 이루고 흘러가고 그 자리에 새벽 별이 맑게 반짝인다. 삼경이 지나가고 있었다. 멀리 민가에서 개 짖는 소리가 아스라이 들려왔다. 동녘하늘이 불그스름하게 물들고 있었다.

"석찬 우리도 그만 침소로 들어가지요. 날이 밝으면 또 연회는 계속 될 거예요. 마지막 날에는 경향 각지에서 출연한 춤들이 펼쳐지고 그러면 올해의 연등회 행사는 끝이 납니다. 부디 이 연등행사를 계기로 부처님의 원력이 충만하여지고, 그러기 위해서는 한시라도 지체 말고 직지의 금속주자본을 만들어 불교 사상을 널리 펼쳐 민중의 의식이 하나로 집약되고, 부디 나라가 제 질서를 확립하고 장수들이 왕을 향해 겨누는 칼을 거두어 바람이 새어 들어오는 국경의 틈새를 향해 나아가기를 기원합시다. 석찬."

"그래요 법린, 이제 우리도 침소로 듭시다."

날이 밝자 전 날의 여흥 기류가 이어지고 궁궐의 축제 분위기는 더욱 고취되고 있었다. 팔도 고을의 예술단들이 운집했다. 각자 그 지역에서 선발되어온 무희들인지라 춤 솜씨가 뛰어날뿐더러 용모 또한 출중했다. 가히 궁중 예술제는 무희들의 축제였다. 석찬은 승가에 귀의한 이래로 이런 화려하고 관능적인 분위기에 젖어보기는 처음이었다. 너무 화려하고 유흥적인 분위기가 석찬은 오히려 불편했다.

이번 궁중 예술제에서 맨 마지막 순서는 송악예술단이라고 했다. 송악예술단은 주로 불교춤의 계승 발전에 힘쓰는 단체인데, 연등회의 끝 무대는 역시 불교적 색채가 짙고 긴 여운을 가져갈 수 있는 승무, 우담바라춤으로 장식할 모양이었다. 불교 사유를 몸짓으로 표현하는 승무나 바라춤은 내면의 침잠을 표현하듯 주로 혼자서 추는 게 특징이고 의상부터가 화려하지 않고 담백하다고 했다.

송악예술 단장인 비구니 운화, 그녀는 고려뿐만 아니라 원나라 송나라에까지 단원을 인솔하여 공연을 다니는 국보급 예인이라고 법린이 귀띔을 해주었다. 그녀가 직접 무대에 올라 승무를 선보인다고 했다.

마지막 무대가 시작되고 있었다. 무대 앞으로 걸어 나오는 흰 바탕에 하늘을 닮은 청색의 배치가 담백하면서 경건하게 차려입은 무희의 발 디딤새가 경쾌하면서 섬세했다. 석찬은 심한 기시감에 속이 울렁거리기 시작했다.

모두들 숨을 멈추듯이 숙연한 가운데 지켜보고 있었다. 고깔을 쓰고 무대에 나타난 무희는 듣던 대로 비구니였다. 승무를 추었다. 무대 위를 사뿐히 걷다가 하늘로 날아오를 듯 가벼이 솟구쳤다 다시 내려앉고. 빙그르르 돌고, 하늘을 향해 눈을 치떴다. 아래로 고개를 숙일 때는 살포시 눈을 내려 감고 춤사위가 은근하면서 숙연하게 분위기를 압도했다. 석찬은 그대로 숨이 멎을 것만 같았다.

고깔 속에 들어있던 얼굴이 보일 듯 말 듯했지만 얼굴이 더 갸름해졌고, 볼이 조금 홀쭉해져 있었을 뿐, 콧날이며 입매가 동기였던 금홍 얼굴의 윤곽이 묻어나며 틀림없는 금홍이었다.

아~ 금홍, 옆자리에서 분위기에 몰입되어 꿈쩍도 않고 있는 법린을 손가락으로 쿡쿡 찔러 혹시 저 무희의 세속 이름을 아는가 물었다. 세속 이름은 왜? 법린은 저 경건한 춤 감상에 집중하지 못하는 석찬을 뜨악하게 바라보고 있다가 말을 이었다.

저 여승은 본시 기녀에게서 태어나 기녀가 되어야하지만 한사코 기녀의 길을 거부하고 비구니가 된 춤꾼이지. 불명은 운화랍니다. 아마 이 고려에서 승무라면 저 여승을 따를 무희가 없지요. 비구니이면서 송악예술단을 이끄는 단장이라고 아까 말했잖소.

법린은 정신이 반쯤 나가버린 것 같은 석찬에게 다소 신경질이 난 것 같았다.

석찬은 감정의 격랑 속으로 빨려 들어가 주체할 수 없었다. 애기를 하는 사이 승무가 끝나고 우담바라춤이 시작되고 있었다. 석찬은 자리에서 일어나 무대 뒤로 가 가까이에서 확인하고 싶었다. 울렁거리는 가슴을 진정시키며 기다리고 있었다.

잠시 뒤 숨을 가쁘게 몰아쉬며 그녀가 무대 뒤로 들어왔다. 금홍이! 금홍이! 석찬은 금홍이라 부르며 다가갔다. 여자가 고깔을 벗으며 돌아보았다. 고깔 속에서 차돌처럼 반짝거리는 민머리가 여지없이 드러나고 있었다. 완숙한 여인의 모습이었지만 틀림없는 금홍이었다. 비구니도 석찬을 보자 곧 표정이 일그러지고 눈빛이 흔들렸다. 그녀는 단박에 알아보는 것 같았다. 그러다 울먹이기 시작했다. 도련님, 환주 도련님, 어인일이십니까. 이 승복 차림이… 비구니는 더 이상 말을 잇지 못하고 울음을 터뜨렸다. 여지없이 여승의 눈에서 눈물이 양 볼을 타고 흘러내리고 있었다.

함께했던 지나간 시간들이 어제 일처럼 의식으로 몰려들고 한참동안을 서로 끌어안고 주체할 수 없는 눈물을 쏟으며 울고 울었다.

"어인일로 불가에 귀의 하셨나요? 지금쯤은 벼슬길에 나아가 나라의 녹을 받는 관리가 되어있을 거라 여기고 있었는데."

한참을 울고 난 여승이 승무복 소매 자락으로 눈물을 훔치면서 물었다. 그 모습을 보자 석찬의 기억에 새겨진 그날 밤, 성황당에서 서로의 동정을 바치고 나서 흰 적삼이 얼룩으로 채워질 때까지 한없이 울던 그 밤의 금홍을 다시 보는 것 같았다.

"금홍이 비구니가 되겠다고 했을 때 이 몸도 승이 되어야겠다고 결심을 했지요. 금홍을 가슴에 안고 언제나 앳된 동기로 내 마음에 살아있을 금홍을 품은 채, 다른 규수와 혼례를 치르고 부부의 연을 맺는다는 것은 자기기만이요 상대에 대한 도리가 아니라 여겨졌지요. 바로 문벌 서경과에서 승과시험으로 바꾸어 응시를 했고 급제를 했습니다."

"아~ 그랬었군요. 저 때문에 부모님에게는 불효를 저지른 셈이 되었네요. 저 때문에… 저는 그길로 금강산 백봉사로 가서 수희 스님을 만났고 그 스님 입회하에 삭발을 했지요. 그리고 곧 운화(구름 위에 피는 꽃이라는)라는 불명을 받고 연화대예술단에 들어가 춤을 익혔습니다. 춤을 익히면서도 도련님을 잊어 본 적이 없었어요. 도련님이 그랬던 것처럼 소녀의 가슴 속에도 도련님이 살고 있었지요. 나를 지켜보고 있으면서 격려도 해주었고 해태해지면 질책도 했어요. 흐흠."

금홍은 얼굴에서 미소가 번지면서 갑자기 비음으로 웃었다.

"그건 이 소승도 마찬가지요. 승과에 급제한 후, 송나라에 건너가 한학을 익혔고 고려에 돌아와서는 백운화상의 제자가 되었고 절차탁마로 수행한 끝에 직지심체요절을 탄생시켰어요."

"우리는 우연히 같은 길을 선택했군요."

금홍이 말했다.

"아니오. 필연일 거예요. 우연처럼 다가오는 모든 것들 실은 운명의 끈으로 이어진 필연입니다."

석찬이 말했다.

"이제 들어가 봐야지요."

"도련님, 우리 지금 헤어지면 언제 다시 만나기나 할까요."

"만난다는 기약도 영원히 볼 수 없을 거라는 낙망도 만들지 말아요. 그저 가슴에 또 묻어야지요."

금홍과의 짧은 만남 뒤의 기약 없는 이별을 남기고 석찬은 대기실을 나와 자리로 돌아갔다.

"아니, 이 사람. 석찬 어디 갔었소. 말도 없이 어허 이 사람…"

법린은 황망한 표정으로 석찬을 한참이나 응시했다. 속마음을 꿰뚫어 보려는 듯이.

"수고했어요. 궁궐 안이 혼돈에 싸인 듯하다고요, 어허 이거 큰일이외다. 전하가 미혹에 빠져 국정을 소홀히 한다면 가장 시급한 문제가 인접국들의 침략이요. 이웃 중국에도 송나라가 무너지고 새로운 명나라가 세워졌지만 아직 홍무가 왕권을 확립하지 못한 어지러운 시국인 터라 무슨 짓을 저지를지 몰라요."

연등회에 다녀온 석찬과 운광스님의 이야기를 매우 진중하게 듣고 있던 큰스님의 얼굴에 어두운 빛이 가득 고였다.

"우리 승가의 승들이 정신을 바짝 차려야겠어요. 무엇보다 급한 게 국태민안이니까. 나라가 태평스러워야 민중이 편안할 거 아니겠습니까. 궁궐의 소식을 듣고 나니 마음이 착잡해 지는구려, 어서 직지의 금속주자본 제작을 서두르시오. 이렇게 나라의 인심이 흉흉할 때 역병까지 돌게 뭐랍니까. 신라가 삼국을 통일하여 부처의 가르침을 민중의 중심사상으로 자리 잡게 하려고 했던 것같이 지금이 바로 그때인 것 같소. 직지심체요절로 흩어진 민심을 하나로 모을 수만 있다면 이보다 더 큰 공덕이 있겠소이까, 그렇지 않소 석찬."

묵언스님은 느닷없이 스님답지 않게 조급해했다. 하기야 마동 때문에 세월을 허송으로 흘러 보내지만 않았다면, 갈마를 데리러 갔다가 석 달이 지나서 기생을 태우고 나타난 것부터 시작해서 마지막 단계에 이르러 합금 활자들이 조각조각 부서지고 다시 시작하다보니 날짜가 저만치 훌쩍 지나가 버렸다.

"네에."

석찬은 자신의 어깨에 지워진 책임의 무게를 느끼며 큰스님 방을 나왔다. 연등회에서 전국 사찰에서 오신 덕망이 수승하신 스님들의 관심과 격려차 했던 말들이 다시금 귓가로 몰려들고 있었다. 아직까지 역사상 선례가 없는 초유의 일을 시작한 백운화상이나 수제자인 석찬, 그리고 흥덕사 큰스님에게 경배를 표한다고 전하라고 했다. 무엇보다 석찬의 의식에 새롭게 각인된 금홍 아니 비구니 운화의 모습이 더 생기를 돋우어 주고 있었다.

석찬은 달뜬 생각을 가라앉히려고 밖으로 나왔다. 서녘 너머로 지는 해를 바라보고 있었다. 한층 서늘해진 바람이 몰려와 여름이 저만치 멀어지고 있음을 느끼게 했다.

일주문 밖이 소란스럽다. 아이들이 몰려들어 '비렁뱅이래요. 거지래요.' 놀려대는 소리가 들려왔다.

얼마 전 연등회 때 법린이 하였던 말이 퍼뜩 머리를 스친다. 낭인인지 비렁뱅이인지 모를 작자가 시조 나부랭이를 읊으며 고개를 넘어오는 것을 보았다고 했었다.

석찬은 발걸음을 옮겨 일주문 밖 아이들의 소리가 들리는 쪽으로 나와 보았다. 아이들에 쫓겨 잰걸음으로 달아나고 있는 거지꼴의 작자는 그의 뒤태로 보아 마동 같았다.

"여보시오, 여보시오."

석찬이 뒤따라가면서 불렀다. 사내에게서는 아무런 대꾸가 없었다. 그는 유유히 걸을 뿐 뛰지 않았다. 벙거지 아래 뒷덜미를 덮고 있는 머리에서는 땟국물이 금방이라도 뚝, 뚝, 떨어질 것만 같았다. 석찬이 앞으로 뛰어나가 작자를 막아섰다. 가까이에서 바라보니 마동이었다.

"마동, 어인 일이오! 절 문 앞에 나타날 때의 마음은 무엇이고, 불러도 달아나는 심보는 무엇이오."

석찬은 언중유골이라 일부러 말에 뼈를 심어 뱉었다. 사실 놀랍기도 했지만 이 꼬락서니를 보고나니 연민의 마음이 더 컸다.

"내 앞을 막는 중이 뉘시오. 세월이 하수상하니 도처에 머리 깎은 중들이 득세구려."

거지꼴을 하고서도 입심만은 여전히 살아있었다. 석찬은 작자의 한마디에 급소를 과격당한 기분 때문에 정신이 아득해왔지만 뒤로 밀릴 수는 없었다.

"코흘리개 아이들 눈에도 빌어먹는 거지로 보이는 것을, 그나마 중의 눈으로 보니 머리 기른 중생으로 보이는구나."

태연히 받아쳤다. 그러자 벙거지를 벗으며 "나 마동이요." 하는데 오랜 굶주림에 시달린 때문인지 눈이 휑하니 움푹 들어가 있었다.

주자소 일이 알고 싶어서 혹은, 다른 주철 장인이 들어왔나 염탐하러 왔을 것이라는 복잡한 추측은 할 필요가 없어 보일만큼 마동은 형편없이 망가져있었다. 굶주린 한 마리 산짐승에 불과해보였다.

"마동, 어차피 부처님 도량 앞에 얼쩡거렸으니 들어가 허기나 채우고 가시오."

석찬은 마동의 비루한 모습을 보니, 아, 하, 제행이 무상이요, 제법이 무아라… 그저 발길 닿는 대로 떠돌다 허기에 지쳐 절간에 찾아든 중생에 불과하다고 생각되었다. 금속활자 주조에 앞서 설명회장에서 자신의 주철 실력을 거침없이 뽐내던 그 당당했던 모습도, 좌중을 지지자로 협력자로 발심하게 했던 달변도 모두 사라져버리고 한낱 비렁뱅이에 지나지 않았다.

마동은 흥덕사에서 쫓겨난 후 곧바로 매향을 찾아갔으나 그녀는 이미 개경으로 떠난 후였다. 개경에서 늙수그레한 선비 같은 분이 말에 태우고 삼거리 앞을 지나가는 것을 보았다고 늙은 노파가 알려주었다.

개경으로도 찾아갔지만 기적에서조차 지워지고 어느 낙향 선비의 첩실로 살고 있다는 소식만 흘러 듣고는 돌아서 나올 수밖에 없었다. 그리고 방향을 잡지 못하고 발길 닿는 대로 떠돌았다. 청주목에서 개경으로 또 다시 청주목으로, 오라는 사람도 찾아갈 곳도 없었지만.

청주목 저잣거리에 머리 기른 중인지, 낭인인지, 돈 지 얼마 안 된 광인인지가 나타나 세월을 읊고 다닌다고 풍설이 파다하게 떠돌았다.

김천으로 추풍령 고개를 넘는 것을 보았다는 길손도 있고, 마식령의 험준한 산맥을 타고 송악으로 접어드는 것을 목격했다는 심마니도 생겨났다. 또 어느 상인은 풍천, 혜주, 남경, 춘추, 개경으로 다니면서 많이 목격되었다고도 했다.

색이 바래서 본래의 색을 알아보기조차 어렵게 낡은 잠뱅이에 벙거지는 이마까지 눌러 쓰고 예사롭지 않은 기이한 행색에 놋쇠 징 판처럼 둥글넓적한 얼굴은 볕에 얼마나 그을렸는지 숫제 구릿빛이었다.

'내 마음 둘 곳 없어 허공에 떠웠는데 매화꽃 향기에 실어 림에게로 보낼까나, 매화향 진동하나 실체를 찾을 길 없고 지나간 회상이 머리를 가득 채워도 가슴은 텅 비었도다.'

헤어진 옛 정인에 대한 애틋한 정을 가락에 실어 듣는 이로 하여금 심금을 쥐어뜯게 하는 품새가 예사롭지 않다며 사람들은 고개를 갸우뚱거렸다.

절간에서 들었던 염불의 음률에다 자신의 심경을 쥐나 괴나 읊어내는 염불 가락의 시조였지만 얼핏 듣기에 제법 그럴싸했다. 헤어진 옛 정인이 그리운 사람 같았다. 마주치는 사람마다 흘끔흘끔 쳐다보며 눈을 떼지 못했다.

서원에서 글줄깨나 읽으며 과거시험에 응시했다가 낙방하고 저렇게 방랑객 신세가 되었구나. 쯧, 쯧… 그러다가도 누가 보건 말건 바지춤을 내리고 볼 일을 보는 것을 보고는 정신이 돈 지 얼마 안 된 사람일지도, 아이들이 비렁뱅이라고 뒤따라 다니며 놀려도 묵묵부답으로 일관하는 것을 보고는 높은 경지에 이른 수행자, 길가에 서 있는 장승의 이름자 하나 제대로 읽어내지 못하는 것을 보고는 무지렁이 아냐, 사람들의 분석은 분분했다. 또 저러다가 어느 순간 길가는 행인을 헤칠지도 모르니 관아에 알려 잡아 가두어야 하지 않겠냐고 말하는 사람도 생겨났다.

그런 마동이 홍덕사 앞에 나타난 것이다. 몹시 비루하고 허기진 모습이었다. 석찬은 공양간으로 데리고 가서 묘덕에게 알렸다. 묘덕이 마동을 보자 혀를 끌끌 차며 수자보살에게 밥상을 차리게 했다. 마동은 밥상을 마주하자 허겁지겁 입에 퍼 넣기 시작했다. 마동 천천히 먹어요, 체할라. 묘덕은 멀뚱히 그런 마동을 쳐다보았다. 표정은 점점 연민으로 번져왔다. 마동 여기에 머무르는 게 어떨지, 그러나 배를 한껏 채우고 난 마동은 한사코 뿌리치며 일어나 갈 길을 재촉했다. 어디로 떠나려는지, 아무렴 머무름 없이 떠도는 게 중생이라지만 마동은 묘덕의 만류에도 아랑곳하지 않고 홍덕사 일주문을 나선다. 석찬은 우두커니 서서 멀어져가는 마동의 뒷모습을 바라보고 서 있었다.

오! 직지 금속활자여! 호국의 염원을 담다

주자소에서는 긴장감이 농무처럼 짙게 피어올랐다. 주형틀에 싸인 활자들이 마치 어미 새가 품고 있는 알처럼 모양을 갖추면서 자연바람에 서서히 굳어져가고 있었다. 옹구와 갈마는 건조되면서 식어 가는 낱 활자들을 지켜보며 주자소를 잠시도 비우지 못했다. 옹구에게서는 장인으로서의 마지막 투혼을 이 직지심체요절의 금속활자 제작에 쏟아 부으려하는 것 같은 결의가 느껴졌다.

한번 실패를 경험한 석찬으로서는 이 과정이 피를 말리는 순간이었다. 묵언 큰스님도 깃털처럼 가벼워 보이는 노구를 지팡이에 의지한 채 주자소로 나왔다. 손으로 잡을 수 있게 냉각되기까지는 날씨가 관건이긴 했다. 온도에 민감한 금속의 특성상 급

격한 온도의 변화는 금물이었다. 서서히 마르면서 굳어져야 균열이 생기지 않는다고 했다. 습기의 포화도, 바람의 세기 등도 간과 할 수 없는 중요한 변수였다.

백운화상이 금속활자의 주조지로 홍덕사를 선택한 건 그런 천혜의 조건들을 갖추고 있는 곳이라고 일찍이 간파하고 있었기 때문이었으리라.

웅구가 주형틀 안에서 활자 하나를 집어 들고 손으로 만지면서 이리저리 살핀다. 활자는 웬만큼 굳어진 것 같았다. 손끝의 감각만으로도 그 모든 상태를 측정하는 것 같았다. 바라보고 있는 큰스님이나 석찬, 묘덕, 홍덕사 식구들도 손에 땀을 쥐게 하는 순간이다. 마른침 삼키는 소리가 여기저기서 들렸다. 웅구나 갈마도 긴장하는 빛이 역력했다.

그들의 동작 하나하나에서 모두들 눈을 떼지 못했다. 웅구의 불에 데여 뭉땅하게 뭉그러진 왼쪽 장지가 주형틀 안에서 유연하게 움직이고 있었다.

활자를 집어 들자 해감흙 부스러기가 들러붙어있다. 가볍게 털어내자 날짐승의 알처럼 표면이 매끄럽고 옅은 은색을 띠고 금속활자가 명필의 필체를 고스란히 간직한 채 단단하게 응고되어 있었다. 순간 웅구의 얼굴에서 긴장감이 사라지고 안도의 빛이 떠올랐다. 석찬이 자리에서 일어나 가까이 다가가 웅구와 함께 주형틀 안을 들여다보았다. 안으로 가지쇠의 홈을 따라 흘러

들어간 합금물이 상아빛 매끄러운 고체의 금속으로 굳어 있었다. 석찬은 심장이 거칠게 뛰기 시작했다. 숨을 죽이고 바라보고 있던 운광스님도 앞으로 나와 틀 안을 살피고 있었고, 뒤이어 큰스님도 묘덕도 앞으로 나왔다. '오~호라.' 큰스님이 감격에 겨워 외마디를 질렀다.

자신감을 얻은 옹구와 갈마가 다른 틀 안에서 합금활자를 꺼냈다. 작은 균열하나 없이 겉면이 매끄럽고 자명 혜전의 명필이 그대로 금속에 새겨져서 나왔다. 오호라~ 이 기쁨을 부처님과 백운화상 전에 고해야겠다. 큰스님은 무척이나 고무되어 자리를 떴다.

옹구와 갈마의 손놀림은 점점 탄력을 받아 능숙하게 움직이고, 만육천여 자에 이르는 낱 활자들을 집어내어 이물질을 벗겨내는 것만도 족히 이삼일은 걸릴 것이라고 예상을 했다. 그러고 나면 떼어낸 활자들을 하나하나 줄로 깨끗하게 다듬어내는 일만 남았다. 예상했던 대로 사나흘에 걸려 모두 해감찰흙과 금속활자들을 분리해내는데 성공했다.

옹구는 그 과정을 한 치의 오차도 없이 성공적으로 해낸 셈이었다. 그때서야 침묵으로만 일관해왔던 그가 얼굴을 들고 환한 웃음을 보였다. 막중한 책임감과 긴장감에서 벗어나 모처럼 가져보는 안도의 웃음 같았다.

저녁에 석찬은 옹구와 갈마를 승원으로 불렀다. 그간의 노고를 치하하고 자축의 자리를 마련하고 싶었다. 운광스님과 자성, 도환 등 홍덕사의 식솔들이 모두 한자리에 모였다. 이렇게 자리를 같이 하기란 결코 쉽지도, 흔하지도 않는 일이었다. 명운스님은 자신의 처소에 머무르는 것 같았다. 모두들 성취감에 들떠있는 모습들이 달가울 리 없었을 것이다. 석찬은 그간 마음 졸이며 애태웠던 것을 생각하면 눈시울이 젖어들었다.

"그간 누구보다 애를 태우며 지켜 본 석찬스님의 마음고생이 심하셨습니다."

운광스님이 석찬을 향해 운을 뗐다.

"아니올시다. 옹구 장인의 노고가 컸습니다. 자신이 지켜온 유기 공방을 비우면서 온 마음을 집중해서 오늘 같은 대성공을 이루어낸 옹구 장인이 더없이 고마울 따름이지요."

석찬은 공을 옹구에게로 돌렸다.

"소인 당연히 맡은 일을 해냈을 뿐이지요. 그리고 저 이 일을 마치고도 얼마간 여기 남겠습니다."

"아니 왜요, 저 활자들만 다듬어 놓으면 주물 장인이 할 일은 사실상 마무리가 되지요."

"대웅전 부처님 전에 불기를 제작해 올리겠습니다. 은 소재로 향로, 촛대 그리고 은쟁반 등 상단에 올라가는 불기 일체를 제 손으로 제작해서 올리고 싶습니다. 그간 받은 공임을 부처님께 공양하겠습니다."

옹구는 사뭇 진지하게 더 머무를 것을 간청하였다.

"아니, 옹구 장인이 그러니까 불사보시를 하겠다 그 말씀이십
니까."

도환이 몹시 반가운 듯 반색을 하며 되물었다. 운광스님도,
석찬도 놀라 옹구를 바라보았다.

"그렇습니다. 지금까지 타고난 손재주로 재물도 좀 모았지만
연로하신 노모와 처자식 봉양에 매달려 마음의 의지처요. 언젠
가 돌아가야 할 부처님 세계에 공덕을 올리지 못했습니다. 이번
이 절호의 기회라 사료 되옵니다."

"아, 그래요. 참으로 기특한 생각이십니다."

이번에는 석공이 응낙을 하듯 대답했다.

석찬은 가슴으로 전해지는 진한 감동에 겨워 흐르는 눈물을
보이지 않으려 승원 천장을 올려다보고 있었다.

"아니요. 이 거사를 성공적으로 해 낸 것만도 장하십니다. 옹
구 장인이 아니었더라면 또 무슨 변고가 있었을지, 자리에 맞는
필요한 인재를 만난 덕이옵니다."

석찬은 옹구를 맘껏 칭찬해주고 싶었다.

"과찬이시옵니다. 소인만의 노고뿐이겠습니까. 부처님의 가
피력과 음덕이요, 수승하신 여러 승가의 배려 덕분입지요."

그날밤 승원에서는 밤이 이슥하도록 서로 치하의 말들이 오

고가고 있었다.

날 활자들을 백운화상 초록불초직지심체요절의 원본대로 깨알 같이 한 글자씩 금속판에 짜 맞추는 조판 작업에는 처음 판각 작업을 했던 이암, 선화, 천선 등이 참여하기로 하였다. 원본을 순서대로 펼쳐놓고 한 글자 한 글자를 짜는 조판작업, 글자의 배열이 정교하고 날줄과 씨줄이 배열에 맞게 맞추어나가는 과정 역시 이미 내용을 파악하고 있는 사람이 아니고는 매우 난해한 과정이었다. 한 단원씩 나누어서 짜 맞추기로 했다. 낱개의 활자들을 배열해서 직지심체요절의 원본대로 그 내용을 재현하기란 참으로 복잡하고 집중력이 요구되는 치밀한 과정이었다.

석찬은 승원을 당분간 조판작업실로 사용하기로 묵언스님과 의논을 했고 관계되는 사람, 이암, 선화, 천선 외에 다른 사람의 출입을 삼가게 하였다. 이 네 사람이 모여서 직지심체요절에 수록된 ※[선문염송] [지문경문] 과거칠불, 인조 28조사, 중국110 선사 외 145가의 법어 등 총 307편 일만육천 자에 이르는 게, 송, 찬가, 명서, 법어, 문답 등의 활자들을 내용에 맞춰 날줄과 씨줄로 짜 맞추는 조판작업이 밤낮을 가리지 않고 진행되었다. 참으로 어렵고 지난한 과정이었다.

판이 완성되는 대로 다음 인쇄 작업에 대해 의논 중이었다. 닥나무 한지와 먹물의 농도를 맞추는 일도 매우 신중해야했고 일은 더디게 진행되었다. 처음 활자부터 원본 두 권 분량의 일만 육천여 자에 이르는 활자의 농도가 고르고 일정해야 했기 때문 이었다.

한 과정을 마칠 때마다 성취에 대한 흥분과 기대로 서로를 격려하고 있었다. 입에서 귀로 전해지던 법어가 이제 문자로 탄생되었으니 그 감격을 어찌 말로 표현할 수 있을까. 무엇보다 시, 공간의 확장성이었다.

석찬이 승원에서 활자판 짜기에만 집중하는 사이 큰스님의 방을 묘덕이 수시로 들락거리며 병구완에 정신이 없어 보였다.

그러더니 결국 묘덕이 근심어린 얼굴로 석찬을 부르러왔다.

"석찬스님, 큰스님이 위중하신 것 같아요. 오늘 밤을 무사히 넘길지?"

묘덕이 어두운 얼굴로 석찬에게 말했다.

" 아, 그 지경까지."

석찬은 부리나케 요사채로 달려갔다.

큰스님 방에는 도환은 물론 명운, 운광스님이 이미 와 있었다. 그들은 큰스님의 임종을 지키기 위해 모인 것 같았다.

석찬이 문을 열고 들어서자 명운이 먼저 고개를 들고 석찬을 찌를 듯 노려보았다. 아무리 굴러온 돌 같은 놈이지만 그따위 직지에만 빠져 절 안에서 일어나는 일은 강 건너 불구경이냐 하는 의중이 읽혀졌다. 그는 눈빛으로 의중을 담아 전달하는 사람이었다. 그것을 잘 읽어내는 건 석찬만이 아니었다. 운광스님도 두 사람을 번갈아 바라보다 고개를 숙였고, 도환도 오히려 민망해하며 고개를 돌렸다.

"스님, 스님."

석찬이 스님의 손을 가볍게 잡으며 불렀다. 그러자 스님이 힘겹게 눈을 뜨더니 석찬 쪽을 바라보았다. 감긴 것 같던 눈에서 실 같은 가느다란 빛줄기가 보였다. 그러다가 말라버린 잿빛 주머니 같은 입매를 움찔거리더니 꼬~오 옥 해 내야지…요, 직지금… 속… 화, ㄹ 자. 그리고 큰스님은 '갸르릉' 가래 차오르는 소리 한 번 내더니 숨을 멈췄다. 따로 임종 게나 유언은 없었다. 명운의 얼굴이 험하게 일그러졌다. 이 사바세계를 떠나면서 겨우 그따위 말이나 남길 게 뭐람, 그가 그토록 큰스님의 입에 시선을 꽂아놓고 듣고 싶었던 말은 후계자에 대한 언질이었을 것이다. '명운이 이 홍덕사 주지를 맡아…라' 하는 말이었을 텐데. 유감스럽게도 후계자에 대한 언질은 병중일 때도 들은 바가 없었다.

묘덕은 명운을 건너 뛰어 운광스님에게 다비식 진행위원장직을 맡게 했다. 실지로 묘덕이 홍덕사의 실세가 되었지만 비구니

(여승)는 재위가 되지 못한다는 불법의 계율에 따라 비구(남승)로 지명해야했다. 뜻밖이었다. 그러나 묘덕 나름의 깊은 사유가 깃든 결정이었을 것이다.

홍덕사의 위상으로 보아 조정의 서원부에서 관리가 조문을 올 거고 전국 각지의 승려들이 조문 차 모여들 텐데, 명운의 법력이나 인품이 다비식 진행위원장직에는 미치지 못한다고 여긴 결과였다.

묘덕의 생각이 틀리지 않았다. 운광스님의 법력이 빛을 발하고 있었다. 추진력도 있었다. 다비식은 평소 큰스님의 지론대로 조촐하게 치러졌다. '주인이 떠나버린 빈 거푸집 같은 육신에 지나치게 열성을 바치는 것은 허망한 일이다.' 다비식이 진행되는 내내 엄숙함과 경건함은 지속되었다.

무릇 중생은 어디서 와서 어디로 가는가. 석천은 평소 묵언스님이 병마에 사로잡혀 힘들어했던 모습을 떠올리며 병들고 고통에 붙들린 육신을 이제 여위었으니 부디 법신을 증득하시옵소서, 어둠을 밝히는 한 줄기 빛이 되어 미망을 헤매는 중생을 살피소서, 합장했다.

습골은 큰스님을 스승으로 10여 년을 모셨던 시봉 도환이 했다. 제자의 도리였다. 큰스님이 앉았던 자리에 유골함이 놓아지고 재단 위에는 옹구가 제작한 은향로에서 연향을 머금은 연기가 몽글몽글 피어올랐다. 은촛대 위에는 촛불이 주위를 밝히고 늘 침묵했던 묵언스님의 혼백인양 타고 있었다. 영원한 자유와 해탈, 그리고 열반, 언젠가 돌아가야 할 중생들의 마음의 고향…

다비식에 참석한 조문객들이 돌아가기 전 빠뜨리지 않고 들리는 곳이 승원이었다. 승원에서는 이암과 천선이 손님의 안내를 맡고 있었다. 조판작업을 마치고 금속활자들이 씨줄과 날줄 위에 정교하게 직조되어 지고 있는 모습을 보고는 그들은 마치 천계에 온 듯 놀라움을 금치 못했다.

다비식을 찾아온 조문객이 아니라 금속활자 조판을 견학 온 방문자가 되어 버렸다. 그들의 관심은 온통 금속활자였다.

"오~ 대단하십니다. 어떻게 이렇게 정교하고 고른 정렬과 배열, 당장에라도 한지에 찍어 내기만하면 품격 있고 격조 높은 서책이 눈앞에 펼쳐질 것 같습니다." "문자가 예술을 입고 태어날 것이다. 참으로 수고가 많았어요, 석찬스님." "가히 명불허전이외다. 석찬, 모름지기 백운화상의 수제자로서 할 일을 다 했소이다." "석찬 불교사에 길이 남을 대역작이로소이다." "아직 세계 어느 나라에서도 시도된 적도 없는 최초의 발명품이 될 것이로다." "이 나라의 고려사에 크나큰 공덕 점 하나 찍었어요. 화룡점정이로소이다." 저마다 석찬을 향해 찬사와 칭송이 끊이지 않았다.

다비식이 끝나고 조문객들이 승원에 머무르는 시간 내내 명운의 모습은 보이지 않았다. 경내를 벗어난 것 같지는 않은데, 두문불출하고 자신의 처소 문을 걸어 잠그고 칩거에 들어간 것 같았다.

다비식을 마치고 모두 떠나간 자리에 다시금 정적이 찾아왔다. 큰 행사를 치르고 난 후라 절 경내가 여느 때보다 고요했다. 각자 제자리에 돌아가 차분한 가운데 일상을 영위하고 있었다. 그 중에서도 전에 없이 긴장되고 새로운 기대감으로 달뜬 기류가 깔린 곳이 바로 승원이었다.

승원에서는 석찬의 지휘 하에 처음 판서를 썼던 이암, 선화, 천선이 다시 모여 인쇄 작업에 돌입했다. 인쇄 작업의 핵심은 먹물의 농도를 적절히 고르게 입히는 것이었다. 첫 글자부터 마지막 글자까지 먹물의 농도가 고르게 찍혀져야 한다는 것이었다.

먹물이 지나치면 글자는 한지 위에서 번지기 마련이었고 엷으면 희미해서 쉬이 휘발되거나 지워질 수밖에 없었으니, 끝까지 긴장의 끈을 놓을 수 없었다. 한지의 특성상 배체법으로 찍어냈다.

먹물을 입힌 금속판을 한지 위에 찍어 누르자 선명하게 활자가 찍혔다. 석찬을 비롯해 이암 선화, 천선 모두의 얼굴에 성취의 빛이 차올랐다. 부처님의 커다란 가피요, 그간 중생들의 노고가 만들어낸 대 성취였다. 석찬은 뛰어나가 마당을 가러 질러 대웅전으로 갔다. 이 환희의 순간에 부처님을 향해 절을 하기 시작했다. 부처님 무량한 가피에 감홍할 따름이옵니다. 절은 내내 이어졌다.

석찬이 명운의 불편한 얼굴을 법당에서 맞닥뜨린 건 큰스님의 사십구재 첫날이었다. 재의 집도는 명운이 맡았다. 누구도 말을 걸지 않았다. 도환이 곁에서 함께 했다. 홍덕사 사부대중과 고을의 유력인사 부인인 보현 부인, 반야 부인과 빈궁한 고을의 민초들이 구름처럼 운집한 가운데 진행되었다.

석찬스님, 이제 홍덕사를 떠나시오. 재 의식을 마치고 법문을 해야 할 차례인데 명운이 작정하고 석찬을 향해 포문을 열었다. 좌중이 모인 가운데 안건을 내겠다는 의도가 읽혔다. 이제 큰스님도 입적에 드셨고, 직지도 성공적으로 마무리가 된 걸로 알고 있어요. 명운은 노골적으로 석찬더러 홍덕사를 떠나라고 압박하기에 이르렀다. 그를 홍덕사 주지로 옹립하려는 무리들이 배후에 있었다. 석공을 비롯해 몇몇의 스님들과 불자들이 그랬다. 이제 직지가 금속 인쇄본으로 척 척 찍혀 나온다던데, 뭘 더 바라고 뭉그적거리오. 석찬 승이 이 홍덕사를 찾아와서 그토록 어중이떠중이 다 불러들여 엄숙해야할 부처님 도량을 난장판으로 만들지 않았소. 소승은 더 말하지 않겠소. 귀승이 뜻한 바 목적은

달성하지 않았소이까, 이제 큰스님도 입적하셨고요. 뜻을 함께
했고, 그 뜻을 이루기까지 많은 지원과 노고를 보태주었던 큰스
님마저 극락정토를 찾아간 마당에 귀승이 이곳에 머물러야할 그
어떤 이유가 없지 않겠소. 그간 수고 많으셨지요.─명운의 음성
에는 강약이 들어있었다. 어느 대목은 강하게 어떤 문장은 나지
막이, 진정한 치하인지 회유인지 모를 알쏭달쏭한 말투였다.

석찬은 좋은 문도도 많이 가지고 있지 않소. 궁궐에서 왕사자
리를 마련해놓고 아~ 참 왕사라면 왕의 사사로운 스승이 아니겠
소, 문도가 초청을 했는데도 거절하고 홍덕사에 남으려는 암중
을 모르겠소. 이렇게 환송하면서 보내드릴 때 떠나시는 게 도리
가 아닐까요, 그렇지 않소 자성. 명운은 혼자서 설법하듯이 자신
의 생각을 늘어놓다가 옆에 있는 자성에게 동의를 구하였다. 그
것은 분명 회유였다. 혹시 저 탑 속에 넣어둔 직지 책 때문이신
지요, 그렇담 더욱 염려를 놓으시지요. 이 소승이 무엇보다 소중
히 갈무리하고 불자들로 하여금 공경 예배하고 받들게 하겠소이
다. 그래도 미덥잖고, 정 마음이 안 놓이신다면 가지고 떠나셔도
되지요. 올 때도 바랑에 넣어 오시지 않았습니까.

석찬은 뒤통수를 맞은 것 같았다. 저 정도의 언행이라면 수행
자라기보다 협잡꾼, 시정 모리배와 무엇이 다른가.

"명운 그게 무슨 말씀이오. 홍덕사가 명운의 개인 소유 절이
오이까!"

석찬의 음성이 격하게 나왔다. 얼굴은 심한 굴욕감에 발갛게 달아올라 있었다. 명운의 야유인지 회유인지 경계를 넘나들면서 내뱉는 말을 듣는 것도 이제 신물이 난 석찬이었다.

"가지고 떠나라는 말씀은 명운이 할 수 있는 말이 아니외다. 이 청주목을 직지의 보존 장소로 지목한 건 백운화상의 선견지명이었고 소승은 그 뜻을 받들었을 뿐이로소이다. 청주목은 강우가 적고 쾌청한 날이 많은 데다 기온차가 크지 않고 온화한데다 바람이 거세지 않고 살랑거려 백운스님이 직접 한지에다 쓴 귀중한 직지 원본을 보관하기에는 최적지라 여긴 스승의 뜻이었소."

석찬은 곧 이성을 회복한 듯 침착해졌다. 자리에 동석하고 있던 묘덕이나 도환스님들 모두 석찬의 말에 일리가 있고 석찬이 주지의 자리에 오르는 게 마땅하다고 생각은 하는 것 같으면서도 명운의 날이 선 기세에 눌려 입도 벙긋하지 않았다. 두 세력 간 힘의 균형이 팽팽했다. 저쪽 끝 귀퉁이에 묵묵히 앉아있던 부목처사 만질이 "어, 더, 더, 더" 하며 입을 열더니 손짓 턱짓으로 석찬을 가리켰다. 석찬이 주지가 되어야한다는 의사표시였을 것이다. 명운의 눈초리가 만질에게 꽂혔다. 그 바람에 모두들 옳소, 옳소 손뼉을 치며 환호했다.

명운의 언행은 수행이 체화된 적 없는 속인 그대로의 모습이었다. 지위에 대한 야망도 사적인 욕망도 그대로 살아 호시탐탐 기회만 주어지면 꿈틀거렸다. 저 아상을 몰아내고 보리의 싹을 키워야 수행자의 길을 갈 터인데, 같은 수행자의 마음마저도 진실 되게 볼 수 있는 혜안을 갖지 못하고 자신의 탐욕의 색으로 채색시켜 유추하는 명운이 참으로 난감하게 느껴졌다.

도환이 석찬에게 눈짓을 했다. 떠나지 말고 머무르고 있으면 될 일 아니냐는 뜻이다. 성미가 매우 급하고 좌우장단 간에 시시비비를 가리기 좋아하는 명운이니 스스로 지쳐 포기할 때까지 시간을 견디라는 깊은 뜻이 담긴 의중을 석찬인들 모를 리 없었다. 도환은 상좌였던 묵언스님의 입적으로 마음의 허전함을 느끼고 있는 듯했고, 명운을 새로운 상좌로 모시기보다 석찬스님을 주지로 머무르는 게 하는 게 여러모로 좋을 듯하다고 여기면서도, 자신의 그런 생각을 명징하게 드러내는 데 주저했다. 그렇게 되면 저 탑 속에 소장해놓은 스승의 유작인 직지심체요절을 지켜 가는데 각별한 애정과 투철한 사명감이라면 석찬을 따를 자가 없을 텐데, 그러한 사람이 주지가 되어야 어떤 어려움 속에서도 직지의 가치를 지켜갈 것이라는 것을, 도환은 예리하게 간파하고 있으면서도 자신의 뜻을 내 비칠 만큼의 용기나 모험은 없었다.

그날 밤 명운이 석찬을 찾아왔다. 명운은 몹시 힘든 모습이었다. 그간 직지 금속활자 제작에 관여했던 옹구를 비롯해 모든 장인들과 석찬의 도반들, 솔뫼, 업둥도 다 떠나가고 누구보다 큰스님의 입적으로 경내는 어둠과 적막에 들어있었다. 그들이 남겨놓은 환영만이 석찬의 뇌리에서 맴돌 뿐, 스치는 바람 소리에도 가슴이 졸여지는 적요의 시간이 짓누르고 있었다.

무던히도 업둥을 향해 소리를 질러대던 수자도 업둥이 떠난 뒤로 풀이 죽어있었고, 만질도 더 무표정해지고 더 노쇠해져서 방 밖으로 잘 나오지 않았다. 가끔 묘덕만 코가 땅에 닿을 만큼 구부정해진 모습으로 경내에 나와 풀을 뽑거나 비질을 하는 정도였다. 예전에 비해 홍덕사는 적막하기만 했다.

명운의 눈에는 열목어의 눈처럼 핏발이 서 있었다.

"거두절미하고 말하리다. 이 소승이 주지가 되지 못하면 이곳, 홍덕사를 떠날 수밖에 없는데 승과를 장원으로 급제한 후로 지금까지 오로지 홍덕사만을 수행 처로 삼고 탁발 한 번 나가 본 적 없고, 만행 한 번 떠나 본 적 없이 묵언스님을 스승으로 받들며 절을 이끌어왔는데 불쑥, 책 두 권 들고 굴러 들어온 돌 같은 객승에게 주지 자리를 내어준다는 일은 홍덕사 역사에 길이 남을 크나큰 오점을 만드는 일이요. 상황이 이러할진대 귀승이 취해야할 태도가 어떤 것인지 스스로 판단해서 처신해주기를 바라겠소."

명운으로서는 많이 절제된 표현 같았지만 사실 강력한 겁박

을 내포하고 있었다. 핏발 선 눈알에서 지친 피로감이 읽혀지기
도 했다. 석찬은 명운이 처연해보였다. 저토록 홍덕사 주지 자리
에 연연하는데 필시 무슨 까닭이 있을까. 석찬은 어디로든 떠나
야겠다는 마음이 일었다.

한참 침묵이 흐른 뒤 명운이 다시 입을 열었다.

"이 소승이 굴러들어 온 돌에게 밀릴 수는 없는 일이요. 묵언
스님의 재가 끝나는 대로 이 홍덕사를 떠나시오."

사실상 최후의 통첩이었다.

"직지심체요절은 원본이든 주자(인쇄)본이든 염려 마시오. 내
가 정성껏 지키리다."

이번엔 회유였다.

석찬이 홍덕사를 떠나는 날, 묘덕이 주먹밥 세 뭉치를 바랑 안
에 넣어 주었다. 수자보살이 수수 화전 세 개를 들고 나와 먼 길
가다가 허기지면 요기나 하시라며 바랑을 열고 넣어주었다. 석
공이 엮어놨던 짚신 세 죽을 바랑 끈에 매달아 주었다. 도환이
나와서 은화 너댓 냥을 바짓단 아래 댓님 속에 넣어주었다. 만질
이 눈가를 훔치면서 무명천 수건을 앞섶에 걸어주었다. 자성스
님이 '길 가는 나그네에게 나침반이 될 것이외다. 사나운 맹수를
만나거든 다라니경 주문을 외우시오' 하면서 대다라니경전을 손
에 들려주었다.

생주이멸이라, 인연 따라 모였다 인연이 다하면 머무름 없이 흩어짐을 어찌 탓하겠소. 석찬은 곧장 홍덕사 일주문을 나왔다. 그길로 곧장 보폭을 키워 걸어 나갔다.

조우

산등성이를 가로질러 한참을 걸었다. 방향을 정하지 못한 채 무작정 걸어 나갔다. 외로운 산행에 그림자만이 앞서기도 하고 뒤따르기도 하다 나무그늘에 들어서면 사라지기도하면서 동행이 되어주고 있었다. 불현듯 금홍이 그립다. 그녀는 지금도 예술단에서 그 고운 자태로 춤을 추고 있을까.

석찬은 금홍이 삭발을 했다는 금강산 백봉사 방향으로 길머리를 잡고 몇 발자국을 걷다가 이내 곧 생각을 고쳐먹었다. 금홍은 가슴에만 묻어야할 여인이다. 그녀는 지금 그곳에 없다. 허물처럼 남겨진 환영만 느껴질 뿐이다. 그렇다면 여주 취암사. 그곳은 스승이 입적에 들었던 절이고 지금은 도반이었던 달잠이 스승의 뒤를 이어 주지로 있는 절이 아니던가. 찾아갔다가 혹여 달잠에게 짐이 되지나 않을지… 생각은 쉬이 정리되지 않고, 발걸음은 차츰 무디어지고 갈증이 입안을 말렸다. 깔딱 고개를 넘어서자 산 아래 마을길로 접어드는 길머리에 오랜 풍우에 씻긴 듯 허름한 정자가 하나 보였다. 혹시 저기에 샘물이 있을까, 저기서 목 좀 축여 갈 수 있을까, 석찬은 지치고 허기진 육신을 끌고 터벅터벅 정자 쪽으로 걸어갔다.

정자는 오랫동안 인적이 없었던 듯 먼지가 쌓여있었는데 정자 마루 한가운데 덩치가 커다란 웬 사내가 사지를 넉 사 자로 벌리고 곤한 잠에 빠져있었다. 이 외딴 정자에 벌러덩 드러누워 세상사 다 잊은 듯 코를 고는 나그네라 가까이 가서 살펴보니 형색이 눈에 익었다. 아무렇게나 자란 머리털이며 조금도 야위어지지 않은 살집, 얼굴은 여전히 놋쇠 징 판처럼 넓적했다. 아~, 그 마동, 원수는 외나무다리에서 만난다던가. 호젓한 산길에서 그 산돼지 같은 놈과 맞닥뜨리고 보니 반가워해야 할지 줄행랑이라도 쳐야 할지, 참으로 난감했다.

사나운 맹수를 만나거든 대다라니경의 주문을 외우시오, 자성스님이 들려주었던 불경이 손에 있었다. 석찬은 정자마루 한구석에 자리를 잡고 앉았다.

참새무리들이 날아들었다. 잠시도 머물지 못하고 분주히 날아다닌다. 조금 있으려니 어치, 동고비 몇 마리가 정자 주위로 날다 마루 끝에 내려앉았다. 모두 이 산중을 지켜온 텃새들이다.

눈을 들어 저 멀리 바라보니 옹기종기 모여 앉은 움집, 뜸집 산막 같은 민초들의 집들이 눈 안으로 들어왔다. 오랜만의 해탈이다. 산까치 산비둘기 산꿩들이 내려앉았다가 후드득, 날아오르기를 반복했다. 석찬은 바랑을 열고 수자보살이 넣어준 수수화전을 꺼내어 잘게 찢어서 놓아주었다. 먹이를 쪼아 먹는 소리, 푸드덕 날아오르는 날갯깃 소리, 산중은 날짐승들의 소리들로 어수선해진다.

석찬은 낮은 소리로 다라니를 외우기 시작했다. 몇 줄을 외웠을까,

"으 흐 아아암!" 짐승의 포효 같은 소리로 하품을 하며 사내가 부스스 눈을 뜬다. 뭐이가! 도깨비디! 사내가 움찔 놀라 벼락같이 소리를 지르며 몸을 일으킨다.

"오~라, 보아하니 그 홍덕사의 새끼 중 석찬이구래, 어인 일이오까."

"그 덩치에도 도깨비는 겁이 나는가 보구려. 도깨비가 제일 무서워하는 게, 또 중이지요."

"쉰소리 허구 지랄이디. 탁 보니께네, 니 눔도 쫓겨 났구래. 그라믄 그러디, 니눔이라고 빌 수 있간. 기나더나 반갑소이네. 이 산중에 네발 달린 짐승들뿐 인디, 두 발로 걷는 짐승을 보니까네, 반갑디 안캤소."

마동의 말본새는 여전했다. 마동은 자신이 베고 누웠던 봇짐

을 열어 무언가를 꺼냈다. 나뭇가지로 피운 불에 그슬린 풋보리 알갱이 한 움큼을 꺼내,

"자 묵어 보라우. 중이라고 밸 수 있간, 배아지 비면 날래 채워야디 받으라."

"뉘집 보리밭에서 서리를 했구려."

석찬이 일격을 했다.

"여기도 있지."

석찬도 바랑에서 묘덕이 넣어준 주먹밥을 꺼내 마동에게 한 덩이를 건네주었다.

"그때 홍덕사 찾아 갈 때도 같이 갔었디, 웬수는 웬수로디."

둘은 먼지 쌓인 정자에서 만나 밥을 서로 나누어 먹고 또 길을 나섰다.

"석찬 중, 어드메로 갈 거디?"

석찬은 아무 대답도 하지 않았다.

"후 하핫, 중이 가고 싶은 디는 절간이겠디만 여게는 절간이 없디 알간, 기리면 나를 따르라."

마동은 지팡이를 휘저으며 앞장서서 걸어 나갔다. 둘은 더할 나위 없이 좋은 길동무가 되고 다시 길을 나선다. 햇빛은 어느새 석양빛이 되어 등 뒤를 비춘다.

"고놈의 직진가는 어띠 되었디."

마동이 불현듯 생각이 났는지 물었다. 석찬은 직지를 하찮게

말하는 마동의 말투가 몹시 언짢았지만 어쩔 도리가 없었다.

"잘 되었지요. 금속활자는 그 후 옹구라는 명장이 들어와 아주 성공적으로 완성이 되어서 금속활자 주자본을 여러 편 인쇄해서 다른 사찰로 보내기도 했고, 승과급제를 준비하는 서생들에게도 보낼 것이외다."

"기럼 원본인가는 어드메 숨겼소이까."

"원본은 탑 속에 내장시키고 떠나오는 길이외다."

석찬은 그저 의심 없이 말을 했다.

"탑이라 카믄 거저, 대웅전 앞에 있는 3층 석탑 말이디."

"그렇지요."

한동안 두 사람 사이에 침묵이 흘렀다.

"기때 그 영감 중이 나에게 한 번만 더 기회를 주었더라면 한 번 실수는 거저 뭐이드라, 상가 병…사."

침묵을 깬 건 마동이었다. 마동은 직지 금속활자를 모조리 못 쓰게 해 놓고 묵언스님으로부터 호된 질책을 듣고 쫓겨났던 일에 대해 못내 아쉬움을 간직하고 있었던 듯했다.

"병가의 상사처럼 흔하게 일어날 수 있는 일이란 말이지만 그건 세속에 국한된 얘기올시다. 불가에서는 단 한 번의 실수도 용납되지 않아요."

석찬이 말했다. 마동은 잠자코 듣기만 하면서 앞서서 걸었다. 산세가 높고 험한 산길은 방향을 잡기가 퍽 어려웠다. 마동도 길을 잘못 들었다가 바꾸기를 여러차례 했다.

"내래 속박을 벗고 떠돌디, 이제 더 이상 잃을 것도 없디."

지금의 처지에 자족한다는 뜻이 느껴졌다.

"마동 장인, 마음속에 있는 노스님에 대한 섭섭한 마음도 비워야지요."

석찬이 말을 받았다.

"머이 어드래!"

마동이 발끈했다.

"길동무 되어 줄 때 주동이 달으라. 잘난 척 고만 두고, 기러치 않으면 이 산중에 놓아두고 갈디 몰라. 기리믄 오늘밤 산짐승, 날짐승들이 모여 포식하겠디. 푸 하핫."

석찬은 등골이 오싹했다.

해는 서쪽 산등성이 너머로 숨으려하고 절은 고사하고 주막하나 보이지 않았다. 사위는 어둑해지려하는데 까마귀 울음소리는 음울하게 들렸다. 산짐승들만이 부스럭대며 나타났다가, 석찬 일행을 보고는 어슬렁거리며 나무들 사이를 느리게 걸어가기도 했다.

"이리 가믄 춘추 고을에 닿디, 기리다 방향을 틀어 오른쪽으로 가면 명주가 나오디. 명주에서 아래로 길머리를 돌리면 집령에 이를 거디. 사방팔방 고려 땅 8도가 내집이다 이거야. 기런디 말이디, 석찬 중~…기때, 기 매향은 아직도 내 가슴에 살아 있디.”

마동이 말을 하다 말고 히죽 웃으며 뒤를 돌아보았다. 마동의
누런 이가 드러나 보였다.

그러더니 하늘을 올려다보며 시조 한 소절을 읊었다.

“~매화향 진동하나 실체를 찾을 길 없고, 정렴이 타올라도 림
은 가슴에만 있어라.”

‘저 비렁뱅이 꼴에도, 헤어진 매향이 그리운 모양이구나…’

석찬은 코끝이 찡했다. 참으로 애절한 심정이 느껴졌다. 마동
의 얼굴을 멀뚱히 바라보았다.

“매향 기것 말이다. 개경에서 뉘집 첩실로 살고 있다는 풍문
은 들어 알고 있디. 기리믄서도 잊지를 못허디. 고 지긋 지긋 헌
기 남녀 간의 정이디.”

마동은 쉴 새 없이 지껄였다. 석찬은 말없이 따라 걷고 있었
다. 마동이 뒤를 돌아보면서 말을 할 때마다 오랜 풍찬노숙의 냄
새가 흘러나와 석찬의 콧속으로 솔솔 흘러들고 있었다. 석찬은
가뜩이나 빈 속이 울렁거렸다.

“허긴 머리 깎은 중이 남녀 간의 정을 알 턱이 없디.”

석찬이 반응을 보이지 않자 마동이 염장을 친다. 석찬은 마동
에게서 빨리 벗어나고 싶은 생각뿐이었다.

“마동 얼마나 더 걸어야 주막이라도 만날 수 있을까요,”

“거 참, 조용히 따라 오믄 될 거 아이가.”

"아니 그러니까 얼마쯤 가면 나오느냐 이 말이오."

"기리니께 입 닥치고 따라오란 말이디. 지금 여게가 마식령 능선을 지나가고 있간 저게까지 가면 분기점이 나타나디. 분기점 아래 옴팍진 자리에 주막이 하나 있디. 저 험준한, 말도 쉬지 않고는 넘을 수 없다는 마식령 고개를 벼슬길 따라 말을 타고 넘나들던 선비나부랭이들과 고 마필꾼들과, 개성 인삼을 팔러 내륙으로 나가려는 장사치기들 그리고 짐을 실어 나르는 마방 그 사이에 흥정을 붙였다, 뗐다 농간치는 거간꾼들이 득실대는 주막 말이야. 그 주막에서 하룻밤을 묵고 동쪽으로 나 있는 길을 따라 가다 보믄 갈골령 마전을 거쳐 충북 청주목으로 들어갈 것이고 여게서 서북쪽으로 나 있는 길을 택해서 들어가면 해주, 풍천으로 가게 될 것이… 디, 아이쿠 말도 마슈, 해주, 풍천."

마동은 느닷없이 말을 하다말고 몸서리를 쳤다.

"아니 어째서요? 해주 풍천에서 무슨 일을 겪었습니까, 마동 장인."

"몇 해 전 그곳에 역병이 몰아닥쳐 어른 아이 할 것 없이 죄다 쓸어 버렸디. 기리니께 거적 떼기에 싸놓은 송장뭉치가 산 데미, 어이쿠…"

마동은 인상을 한껏 찌푸리면서 석찬을 돌아보았다. 봉두난발한 머리가 거센 산바람 줄기 따라 사방으로 휘갈겨졌다.

마동은 천지팔방을 떠돌면서 보았던 상황들을 생각날 때마다

한 조각씩 꺼내어 들려주곤 했다.

"참 길동무 하나 잘 만났수다. 마동 장인."

석찬도 별수 없이 마동의 비위를 맞추려 장인, 장인 극진히 예우해 주었다. 산중에 놓아두고 갈지 모른다는 말에 석찬은 기가 완전히 꺾여 있었다.

"하루 길을 가다 보믄 중도 보고, 소도 본다 드만. 그린디 소는 못 보고 중은 봤디."

석찬의 우호적인 말에 대해 마동의 대답은 석찬의 비위를 긁었다. 중과 짐승인 소를 같은 선상에 놓았다. 그러나 참아야 했다. 이 자리에서 이 자와 대적하는 것은 불을 쥐고 섶으로 들어가는 꼴이 될 터였다.

"그러면 여주로 가려면 어느 길로 가야할까요."

석찬은 처음 금강산 백봉사로 가려던 생각을 바꾸어 달잠이 있는 취암사로 가는 게 나을 것 같았다.

"거 참, 보채지마라캤디. 석찬 중, 세월아 네월아 발자국을 헤아리믄서 가다보믄 당도하게 되는 것이 길이디."

'아~이제 마동은 도인이 다 된 듯…' 석찬은 마동의 말을 듣고 있자니 주객이 전도되고 역시 절 떠난 중은 뭍에 오른 망둥이였다. 홍덕사 법당 앞에서 말 실랑이 할 때와는 상황이 완전히 뒤바뀌어있었다. 둘은 얼마를 걸었을까, 마동이 뒤를 돌아보며 목적지에 다다랐다고 말했다.

"여게가 마식령 분기점이디. 관원들의 숙소가 저게 있었디, 벼슬길 따라 오르내렸던 길이건만 몹시 험준했다 이거야."

석찬과 마동 두 길손은 마식령 깔딱 고개에 올라서서 아래를 내려다보았다.

저만치 산마루에 희미하게 도깨비 빛 같은 불을 밝히고 걸려 있는 염색장막(힐막)이 산 바람에 거세게 펄럭이는 것이 보였다.

"저게가 주막이외다."

마동이 걸음을 멈추고 서서 턱짓으로 가리켰다. 청색 홍색 서로 대비시켜 선명하게 짠 비단으로 된 장막이 산바람에 거세게 펄럭거리며 길손을 부르고 있었다.

주막 마당에 사람들의 움직임이 멀리서 개미떼들처럼 보였다. 석찬은 허기가 꿈틀거리는 것을 느꼈다.

회자정리

　마식령 깔딱 고개 아래 자리 잡은 주막은 길손들에게는 퍽 요긴해보였다. 고산지방이어서인지 날씨가 무척 덥고 건조했고, 마당을 오가는 수많은 발길질에 흙먼지가 풀풀 날렸다.

　석찬과 마동이 마당으로 들어서자 "어서 오시라우." 머리를 질끈 걷어 올려 묶은 주막집 여자의 무감하고 투박한 음성이 맞아주었다.

　둘은 대꾸도 없이 자리를 잡고 앉았다.

　"주모, 여게 국밥 두 그릇 날래 대령이외다!"

　마동이 몹시 배가 고픈지 숨을 할딱이며 국밥을 주문했다. 그의 그런 모습은 퍽 익숙해보였다. 절간과 토굴생활에만 젖어있는 석찬에게는 꿈에서도 만나보지 못했던 별천지 딴 세상이었

다. 석찬은 무척이나 낯설고 생경한 모습에 어리둥절했다

왁자지껄한 주막 마당 주위를 찬찬히 훑어보았다. 사람들은 패거리끼리 모여앉아 소리를 지르며 흘러간 옛 시절을 되새기고 어수선한 현 시국을 한탄하면서 막걸리사발을 기울이고 있었다.

보부상 패거리들, 남경 상인과 개성상인과 마부짝패들과 갓을 쓴 행세께나 하는 양반들 같은 족속들이긴 한데, 어딘가 삭풍 낙엽 같이 초라해 보이는 걸로 봐서 낙방하고 돌아가거나 벼슬을 삭탈당하고 낙향하는 문벌패잔병들처럼 보였다.

저마다 떠들어대는 소리들로 산중 외딴 주막이 시끌시끌, 와글와글, 마치 초여름 논두렁에서 들려오는 남생이들의 울음소리 같은 소리조각들만 떠다닐 뿐, 무슨 내용인지 알아들 수 없었고 분위기가 퍽 난삽했다.

저 입구에 있는 마구간에서는 마방이 말에게 여물죽을 먹이고 있었고, 막걸리사발을 기울이는 장사꾼 형색들과, 그들이 대부분 개성 말씨를 쓰고 있는 걸로 보아 개성인삼 상인들 같았다. 개성상인들은 대부분 이곳에서 인삼을 소매상에게 넘긴다고 했다. 그 중간에서 거간꾼들이 끼어들어 흥정을 하는 척 농간을 치기도 하는데, 흥정에 실패한 분을 토로하는 거간꾼들의 악다구니 같은 소리들, 그들은 대부분 남경말씨의 억양이 강해 알아들을 수가 없었다.

이 혼돈의 시국을 토론하는 벼슬길에서 퇴장하는 선비들과

새로이 벼슬길에 나서려는 젊은 서생들, 그들은 비교적 말수가 적었고 말씨가 완만하고 차분해 충청도 사람 같았다. 그들은 하나같이 지친 모습들이었고 주모가 날라다 준 도야지 국밥 한 그릇으로 허기진 배를 채우고 있었다.

저만치 퇴락한 선비 꼴의 한 젊은 사내가 석찬의 눈에 들어왔다. 사내는 철 지난 들풀같이 볼품없이 시들고 비틀어졌지만 퍽 눈에 익숙한 기시감이 있는 얼굴이었다.

석찬은 눈을 뗄 수가 없었다. 누구더라 어디서 보았더라, 비록 망가져보였지만 어딘가 배어나오는 기품만은 예인의 면모였다. 석찬은 한참을 눈을 감고 기억을 더듬었다. 그러다 퍼뜩, 오라 그 솔뫼, 국왕의 부름을 받고 궁궐 안에 있는 도화원으로 떠났던 솔뫼가, 홍덕사 업둥이 그토록 흠모했던 솔뫼가, 그의 초췌하고 초라한 형색이 웬말이란 말인가. 오호! 재행이무상이라, 세월의 변화무쌍함이라, 석찬이 자리에서 솟구치듯 일어났다.

"이보우 중. 거저 국밥 나올 시간 됐구마, 어드래 일어나디?"

마동이 눈을 부라리며 바라보았다.

"국밥, 그게 뭐라고!"

석찬도 종일 마동 구박에 시달린 앙금이 남아있어 눈을 동그랗게 치켜뜨고 되물었다,

"여보게 중, 여게는 도야지 국밥 말고는 없다. 산나물에 밥 비벼먹은 절간 생각일랑 말고 입 닥치고 있으랬디! 절간 떠난 중이

면 물 떠난 망둥어 새끼디, 때 모르고 지랄이야. 배아지 비었거들랑 헛소리 말고 기다리구래."

마동은 동문서답 같은 소리를 내질렀다. 그 소리에 마당에 웅성웅성하던 인간 무리들이 일제히 고개를 돌려 마동과 석찬을 바라보았다. 석찬은 개의치 않았다. 성큼성큼 다가가 시든 선비에게 알은 체를 했다.

"여보시오, 솔뫼, 화동 솔뫼가 맞지요?"

사내는 석찬을 흘깃 쳐다보고는 대답대신 입가에 조소 같은 웃음을 물었다. 석찬을 알아보는 것 같기는 한데 눈빛이 몽롱했다. 얼굴빛은 무척이나 창백했다. 말없이 빈 사발에 막걸리를 좔, 좔 넘치도록 부었다.

"솔뫼! 어인 일이오,"

석찬이 솔뫼의 술상머리에 앉으면서 놀랍고 연민에 찬 음성으로 물었다. 중생에 대한 연민은 애착을 만들고 고통을 만든다는 불가의 가르침을 잠시 잊은 채 솔뫼를 바라보았다.

"크 ~하, 석찬이야말로 어인 일로 바랑을 매고 절간을 나왔소이까? 더군다나 이 잡스러운 주막까지."

솔뫼는 막걸리 사발을 들어 한 모금 마시고나서 비아냥거리듯이 대답을 했다.

"그때, 도화원으로 가지 않았소."

석찬은 그때를 상기하며 솔뫼를 지금처럼 누추한 모습으로 만나게 될 줄이야 설마 예상이라도 했겠는가.

"그래서요? 그게 어쨌다는 건가요?"

솔뫼는 눈을 찌그려 뜨고 석찬을 노려보았지만 동공에는 빛이 없이 흐릿했다. 표정이나 말본새도 정상궤도를 벗어나보였다.

"석찬 중! 요승 하나가 나타나 이 나라 왕실에 분탕질을 했소이다. 왕을 타락 시키더니 급기야 왕족이다 친족이다 문벌귀족들까지 모조리 타락하고 부패하여 추풍낙엽처럼 우수수 스러져 가는 꼴이란 우, 하 핫…"

솔뫼의 소리는 어둠을 찢고 사방으로 퍼져나갔다. 사람들이 일제히 하던 얘기들을 멈추고 이쪽으로 쳐다보았다.

"그 썩은 냄새가 역겨워 이 몸이 떠나왔소이다. 말이 있잖소 중 보기 싫으면 절 떠나면 된다고. 그런데 중도 절간을 떠나 왔구려, 절간도 썩었나이까, 역겨웠나이까, 중~?"

솔뫼의 말은 퍽 비아냥조였고 지리멸렬 갈피를 잃어버렸다. 그 옛날의 방정하고 앳되고 선비님 같던 반듯한 모습은 어디에도 없었다.

"도화원이고 지랄이고… 망국지색이라, 경국지남이지. 다 미친 세상이야 신돈인지, 개신인지, 미소년자제원지, 왕의 남자기생, 밤이면… 크 야~ 하, 고려는 망할 것이요. 서서히 멸망해 가고 있소."

솔뫼의 갈피 없는 중얼거림은 계속되고 주위는 어둠속에서 슬렁거리고 있었다. '왕과 왕족들이 타락해가고 멸망하는 꼴을 지켜보다 자신도 타락에 물들고 정신이 나간 것이 아닐까.' 누군가 얼굴을 어둠에 묻고 말을 했다. '길쎄 기리두 전혀 근거 없는 소리는 아닌 것 같구레.' 좌중들은 저마다 한마디씩을 내뱉더니 고개를 돌려 하던 얘기들을 하기 시작했다. 주위는 다시금 웅성거렸다.

"솔뫼, 세상사 모든 일은 부처님의 깨달은 이치 안에 있소이다. 재행이 무상이요 제법이 무아라, 나라도 종국에는 생주이멸의 범주를 벗어나지 못하지요. 잃어야 얻고 비워야 채워지듯이, 스러지는 게 있으면 누군가 나서서 일으킬 것이요. 흥하고 쇠함이 우주의 질서인 것을 통일 신라가 스러지니 고려가 개국을 했잖소, 솔뫼 너무 괘념치 마시오. 어서 정신을 가다듬고 세상을 바로 보시오. 부처님의 영원불멸의 진리를 내안으로 불러들여 마음의 등불로 삼으시오. 진리만이 영원불멸이로소이다."

석찬의 말에 귀를 기울이고 있던 솔뫼가 급히 바지춤을 움켜쥐고는

"이보우 주모 측간이 어디냐!"

소리를 버럭 질렀다. 저만치에서 게걸스럽게 국밥을 먹고 있던 마동이 입술을 핥으며 석찬과 솔뫼가 있는 쪽으로 성큼성큼 걸어왔다.

"오오라 이게 뉘시더라."

그는 가까이 다가와 솔뫼의 눈앞에 자신의 커다란 얼굴을 디밀었다.

"오, 그 환쟁이 솔뫼. 저 혼자 고매한 척 굴던 환쟁이가 어인 일로 이 마식령 골까지 굴러 왔디? 이런 개도야지 같은 꼬락서니로, 그때 왕궁으로 떠났디 안 칸."

마동은 다짜고짜 죽상 끝에 걸터앉았다. 솔뫼는 일어나 바지춤을 잡고 뒷간으로 줄행랑쳤다.

"저눔이 돌았소이까."

어둠 속에서 마동이 왕방울 같은 눈알을 뒤룩거리며 물었다.

"솔뫼가 조금 심신이 미약해진 것 같으니 말을 조심해주시오."

마동은 자신과는 아무런 상관이 없다는 표정을 짓더니 느닷없이 검은 하늘을 올려다보며 자작시조 한 구절을 읊었다.

"자연은 고요한데 이내 마음은 왜 이리 어수선한지, 저 하늘에 구름은 홀로 흐르다 다시 만나 얽히거늘 한 번 흩어진 이내 인연은 다시 볼 길이 없으니 애달프구나."

참으로 뚱딴지같은 시조였다. 마동은 온통 매향생각뿐인 것 같았다. 지금 솔뫼를 만나듯 매향을 만나게 될지 모른다는 실오라기 같은 기대감이 가슴에 피어오르기라도 하는 것일까, 인간들은 제 생각에 갇혀 주위를 바로보지 못하는 것 같았다. 석찬은 이 중생들의 헝클어진 의식 속으로 맑고 고요한 진리의 불빛이 스며들기를 마음으로 간절히 기원했다.

얼굴이 창백해진 솔뫼가 뒷간에서 돌아왔다. 마동과 석찬 사이에 끼어 앉았다.

"자, 마동, 술 한 잔 부어랏!"

"아니 이눔이 정신이 돌기는 돌았구먼. 오라 업둥이를 못 잊어, 그 궁궐에 낯짝이 반반한 계집이 널렸을 텐디. 하기사 모두 왕이 침 발라 놓은 계집들이라고 하드만, 졸개들은 그림의 떡이었구래!"

솔뫼가 몹시 불쾌한 듯 마동을 째려보았다. 마동의 이죽거림만은 그대로 알아들은 것 같았다. 순간 눈빛에서 분노가 섬광처럼 번득이는가 할 때, 솔뫼가 두 팔을 뻗어 마동의 멱살을 거칠게 움켜잡았다.

"켁 켁."

피할 새도 없이 숨통을 잡힌 마동은 마른 혀를 쑥 내밀고 할딱거렸다.

"여보시오, 누가 와서 이 사람 좀 말려주시오!"

석찬은 겁이 덜컥 나서 소리를 질러 주위에 도움을 청했다. 사람들은 고개를 이쪽으로 돌리고 좋은 구경거리, 밤중에 투계판이라도 벌어지려나, 기대하는 낯빛으로 바라보고만 있었다. 정지 청에서 주모인 듯 늙은 여자가 고개를 쑥 내밀고는 '쯧쯧, 기저 사내족속들이란 만나면 멱살잡이디, 아니믄 눈깔 뒤집어

까고 삳바질이든가, 기낭은 못 놀디.' 여자는 별거 아니라는 듯 고개를 돌리고 정지 청으로 들어가 버린다.

이 외딴 산골 주막마당에서 멱살잡이쯤은 다반사요. 일상인 듯했다. 석찬이 달려들어 마동을 솔뫼의 손아귀에서 간신히 풀어냈다.

마동의 모가지를 놓쳐버린 솔뫼의 눈빛에서는 광기가 번득거렸다.

"이보시오 마동, 솔뫼가 마음을 많이 다친 모양이구려. 심기가 편치 않은 것 같소이다."

석찬이 마동을 향해 참으라고 말했다. 마동도 더는 덤벼들지 않고 거칠게 숨을 할딱거리며 자리에 걸터앉았다. 솔뫼가 분을 이기지 못해 좌중 앞으로 나가 소리치기 시작했다.

"누구든 왕과 계집 말만하면 죽여 버리겠다. 왕의 단칼에 모가지가 날아간 신돈처럼 말이야. 신돈의 잘린 모가지가 데굴데굴… 굴러가는 꼴을 보았는가. 우 헤 헤 헷… 우, 하, 핫."

솔뫼는 두 손으로 잘린 목이 굴러가는 흉내를 내다 의미 모를 엽기적인 웃음을 쏟아내고 있었다. 사람들은 솔뫼를 안됐다는 듯 바라보았다. 갑자기 주위가 고요해지는가 할 때 누군가가 소리쳤다.

"시국이 불안하니 미친놈이 나타났구나!"

"그래도 맞는 말도 하누만, 돈 지 얼매 안됐나 보군." "야, 앞

날이 구만리 같은 놈이 안됐구려." 저마다 뱉어내는 말들로 야심한 밤중에 주막 마당이 웅성거리고, 솔뫼의 지리멸렬 설변이 계속되고 있었다.

'일엽폐목불견태산'이라 누가 왕의 눈을 가렸는가, 누가 왕의 총기를 흐려 놓았는가, 충직한 신하의 직언을 잘 듣는 것은 성군의 자질이요. 줏대 없이 귀가 팔랑거리는 것은 미색에 빠져 자신을 놓아버렸음이라, 민심은 이미 왕을 떠났도다. 왕의 황음무도함이, 음행이 하늘의 노함을 불렀도다. 하늘이 진노하여 신돈을 보냈도다. 주왕은 서서히 미쳐가고 고려는 서서히 멸망해갈 것이로소이다. 소인은 왕의 미소년 자제위였소이다. 말하자면 왕의 어릿광대였지요. 처음 입궁하여 얼마간은 도화원에서 왕이나 왕족의 그림 지도를 했지요. 수렵도, 천산대렵도, 음산대렵도 등, 왕은 뛰어난 예인이었소. 그랬던 왕을 미치게 한 건 여자에 대한 애착이었소. 죽은 여자에 대한 집착… 왕이다, 귀족이다. 수행자다, 중생이다, 하는 것들 모두 하나의 관념일 뿐이로소이다. 위선을 벗어버리고 미쳐버리니까 모두가 개돼지로소이다. 미치지 않으면 위선이요. 미치니까, 개, 돼지 우 하 핫 하, 솔뫼는 영락없이 광인의 모습이었다.

홍덕사 화방에서 불화를 그릴 때의 온화하고 차분했던 모습은 어디로 가고, 누가 저토록 그의 이성을 마비시켰는지.

석찬은 참담했다. 항간에 떠도는 흉흉한 소문들이 헛소문이 아니었구나. 요승이 나타나 이 나라 국왕을 타락시키고 조정을 망치고 자신도 비극적인 종말을 맞았다는 소문을 이미 들어 알고 있던 터였지만 지금 이 솔뫼의 모습과 맞닥뜨리고 보니 진실은 훨씬 더 심각한 것 같았다.

석찬이 바랑에서 무구정광대다라니경을 꺼내 솔뫼의 윗옷 속에 깊숙이 넣어주면서 관세음보살, 관세음보살, 나무관세음보살 세 번 염송했다. 솔뫼가 속히 맑은 정신을 되찾기를 염원했다.

"솔뫼, 궁에 들어가 무슨 고초를 겪었고, 무슨 못 볼 것을 보았소, 그럴수록 심기를 굳게 세우시오. 일어나고 스러짐이 어찌 인력으로 되는 일이오이까. 나라의 흥망성쇠도 하늘의 뜻이라오. 곧 천명을 받든 장수가 갑옷을 버리고 용포를 입은 천자의 모습으로 나타나 새 시대를 열어갈 것이오. 위기에 빠진 이 나라 중생을 구할 것이오. 새날이 밝아 오리다. 솔뫼, 정신을 차분히 가라앉히시오. 그리고 한때나마 마음을 주었던 업둥을 떠올려 보시오. 업둥은 진사부인의 수양딸이 되어 이름도 이가희라 새로 지어주었고, 송나라로 그림 유학을 떠났소. 지금쯤은 화가의 길을 걷고 있을 지도 모르오."

석찬은 솔뫼의 기분을 환기시키려 업둥의 근황을 꺼냈다. 솔뫼와 업둥사이에서 아지랑이처럼 피어오르던 첫 연정을 떠올리게 하려 했다.

"업둥 낭자가? 화가?"

솔뫼가 정신이 번쩍 드는 듯 눈을 동그랗게 뜨고 석찬을 한동안 바라보고 있었다. 그의 의식은 기억의 길을 따라가 업둥을 만나고, 홍덕사를 찾아가고 화실에 들어가 자신이 붓 끝에 안료를 찍어 비단 폭에 그려냈던 우아하면서 격조 높은 불화들, 봄이면 업둥이 산과들로 쏘다니면서 꺾어다 꽂아놓아 준 들꽃, 막 싹트려던 업둥과의 연분홍빛 연정, 그 추억들을 홍덕사에 묻어두고 떠나왔었지. 언젠가 다시 찾아가고 싶은 마음의 고향 홍덕사, 솔뫼는 광기를 멈추고 다소 차분해졌다.

"보고 싶소이다."

솔뫼의 입에서 가느다랗게 소리가 새어나왔다. 눈가는 발갛게 물들어 있었다. 더함도 덜함도 없이 본래의 감성에 따라 순수의 그리움이 솟아나는 것 같았다.

"업둥낭자, 언제 만나 볼 수 있을까."

업둥은 솔뫼에게 기억을 끌어올리는 마중물 같은 존재로 살아있었구나.

석찬의 먼지 낀 의식을 뚫고 금홍이 고개를 내민다. 비구니 운화, 그러고 보니 사내들이란 가슴에 여인네 하나씩 품고 살았나. 석찬은 잔잔한 미소가 입가에 맴도는 걸 느꼈다. 간만에 옛 정인을 떠올리며 지어보는 미소였다. 산간 주막이 짙은 어둠에 싸인 채 적막해져 있었다.

"자, 이제 그만 잠자리에 듭시다. 날이 밝는 대로 떠나야하지

않소. 소승은 여주 취암사로 갈 것이오. 그곳은 스승께서 입적하
셨던 곳이기도 하고 지금은 승문인 달잠이 주지로 있으니까. 굴
러들어온 돌, 취급은 안 받겠지요. 하 하."

"저는 땅끝 마을 해남고을로 내려갈까 합니다. 세상이 어수선
하니 산야에 묻혀 시간이 지나가기를 기다리는 수밖에요."

솔뫼는 다소 감정을 추스른 듯, 차분한 어조로 말했다.

"해남이라면, 저 전라도 지방, 땅끝 마을인데, 거기는 누구 아
는 사람이 있소?"

석찬이 그 먼 곳까지 가려는 솔뫼의 의중이 궁금했다.

"아무도 없지요. 부러, 아는 이도 없고, 왕궁으로부터 멀리,
아주 멀~리 떨어진 곳으로 가려고요. 그런 곳에서 산야에 묻히
고 산수에 취해서 세월을 잊어볼까 합니다."

솔뫼는 심신의 안정을 되찾은 듯 조곤조곤 말을 했다. 석찬과
솔뫼가 이야기를 주고받는 사이 '드르릉 큭큭 크으윽' 마동은 앉
았던 자리에 고꾸라진 채 벌써 꿈속을 헤매고 있었다. 회자정리
라, 이 밤이 지나고 나면 모두 흩어질 인연들인 것을… 가는 길
에 부디 부처님의 광명이 훤히 비추기를 기원하리다, 솔뫼.

정토의 꽃

초판 1쇄인쇄 2020년 2월 2일
초판 1쇄발행 2020년 2월 4일

저　자 송경하
발행인 박지연
발행처 도서출판 도화
등　록 2013년 11월 19일 제2013 - 000124호
주　소 서울시 송파구 중대로34길 9 - 3
전　화 02) 3012 - 1030
팩　스 02) 3012 - 1031
전자우편 dohwa1030@daum.net
인　쇄 (주)현문

ISBN ｜ 979 - 11 - 90526 - 07 - 4 *03810
정가 13,000원

도화道化, fool는
고정적인 질서에 대한 익살맞은 비판자,
고정화된 사고의 틀을 해체한다는 뜻입니다.